# SCHICKSALSHAFTE GÖTTIN

DIE SPIELE DER GÖTTER BUCH 3

NIKKI KARDNOV

CADENCE PRICE



TORTOISE HOUSE PRESS

ISBN 13: 978-1-950270-36-1



Übersetzung aus dem Englischen von Sophie Mut

# NEWSLETTER

Um über Neuerscheinungen und Buchverkäufe auf dem Laufenden zu bleiben, und erhalte KOSTENLOSE Rezensionsexemplare meiner Bücher, melde dich für meinen Newsletter an:

https://www.subscribepage.com/thpgermannewsletter

# PROLOG

ALS DIE SCHICKSALE ihre letzten Atemzüge nehmen, ist ein Zeitalter und ein Tag vergangen seit dem Moment, in dem sie sich das erste Mal an den Händen gefasst haben und das Ende dieser Reise sahen.

Während das silbrig glänzende Wasser des Moirai-Brunnens an den Höhlenwänden leckt, reichen das Weibchen und das Mütterchen einander die Hand.

Dies ist das erste Anzeichen dafür, dass Kronos gekommen ist, um sie zu töten.

Das Mütterchen und das Weibchen deuten dem jungen Schicksal an, sich ihnen anzuschließen.

„Müssen wir das wirklich tun?", fragt sie, wobei ihr dumpfer Tonfall zeigt, dass sie die Antworten ihrer Schwestern bereits kennt. Diese Geschichte hat nur ein Ende.

Das Gesicht des Weibchens ist wie immer ausdruckslos. „Unsere Zeit ist gekommen." Sie schüttelt ihre Hand in Richtung ihrer Schwester, und das junge Schicksal nimmt schließlich ihre Hände.

Das Mütterchen drückt jeder ihrer Schwestern einen sanften Kuss auf die Fingerknöchel.

Sie sind gleich alt und alterslos, diese Schwestern des Schicksals, aber im Laufe der Jahre sind sie mehr und mehr zur wahren Verkörperung ihrer sehr unterschiedlichen Haut geworden. Das Weibchen schließt die Augen, die Falten sind tief und die Haut erschlafft, bereit für das Ende.

Das Mütterchen schaut die Junge besorgt an und runzelt ihre Stirn in dem Wissen, dass die letzte Aufgabe ihrer lieblichen Schwester schwierig sein wird. Es wird das erste Mal sein, dass eine von ihnen einen Weg allein gehen muss.

Die Junge, ihr schönes Gesicht faltenlos, ist plötzlich rasend vor Wut und Ärger.

Die Wände der Höhle funkeln und fangen Feuer, schwarze Flammen kommen näher und näher.

Kronos betritt ihr Heiligtum in gemächlichem Tempo, gerade sichtbar hinter der Wand aus schwarzen Flammen, die er geschaffen hat. Selbst wenn Schatten um ihn gewickelt sind, verleiht ihm seine maßgeschneiderte Tunika einen Hauch von Anmut und Anstand. Er gleitet beiläufig durch die Flamme, als ob er nicht da wäre, um sie zu zerstören und ihre Existenz zu beenden. Er lächelt, als er zum ersten Mal in vielen unsterblichen Leben den Schicksalen ins Gesicht sieht.

„Ehrenwerte Schicksale." Seine Braue ist spöttisch gehoben, sein Ton eiskalt.

„Du glaubst zu wissen", beginnt das Weibchen, die letzten Worte, die geschrieben wurden, bevor die Worte Bedeutung hatten.

„Aber dir fehlt der Schlüssel." Das Mütterchen schüttelt den Kopf und die Enttäuschung ist in jeder Falte ihres Körpers deutlich zu sehen.

„Das Schicksal liegt nicht in deiner Hand", sagt die Junge leise, entzieht den Schwestern ihre Hände und weicht ganz leicht zurück.

Kronos greift hinter sich und zieht einen schwarzen

Feuerball von der Wand. Er schwebt um seine Hand, verbrennt ihn nicht, sondern strahlt Kraft durch den Raum aus, als sei er eine Verlängerung seines Willens.

„Keine Rätsel mehr." Er geht langsam vorwärts. „Keine Tricks. Keine Einmischung in meine Pläne." Seine Augen sind auf das Weibchen gerichtet, als ob ihr Alter sie am verantwortungsvollsten macht. Er bemerkt nicht, dass sich die Junge einen kleinen Schritt weiter von ihren Schwestern entfernt.

„In jeder Version meiner Geschichte ist das Ende dasselbe." Das dunkle Feuer in Kronos' Hand beginnt zu entfachen, ein Zeichen dafür, dass er nicht so ruhig und gefasst ist, wie er vorgibt zu sein. „Eines meiner Kinder bekommt immer genau das, was es braucht, um mich zu besiegen. Und dank euch finden sie alle den Weg zu diesem Geschenk. Dieses Mal bin ich es also, der euch ein Geschenk machen wird. Ich bin es, der die Geschichte verändern wird." Er gestikuliert zu dem Feuer, das er in der Hand hält. „Ich bin der Gott der Zeit und eure Zeit ist jetzt abgelaufen."

Das Mütterchen bewegt sich leicht und blockiert den Blick auf das junge Schicksal, während sie sich entfernt.

„Du kannst das Schicksal nicht einfach an dich reißen", sagt das Mütterchen.

„Und die Zeit genauso wenig", sagt das Weibchen.

„Genug Spiele!" Kronos' Feuer breitet sich auf seine beiden Hände aus und seine langen Finger summen, als er sie über seinen Kopf hebt.

„Wie es vorhergesagt wurde." Das Weibchen lächelt.

„So soll es sein", sagt das Mütterchen.

Die Flammen aus Kronos' Händen umschwärmen die Schwestern und umhüllen sie. Ihre Haut wird schwarz.

Obwohl der Schmerz in ihrem Gesicht sichtbar ist, lächelt das Weibchen immer noch, während es Kronos' Blick für die letzten Sekunden festhält, bevor die Schwestern zu

Asche zerfallen und von einem Phantomwind davon getragen werden.

Kronos atmet tief durch, geplagt von der Anstrengung, die es gekostet hat, in das Reich der Moirai einzudringen, und von der großen Kraft, die nötig war, um sie zu vernichten.

Doch sein Stolz auf die vollendete Aufgabe macht ihn blind.

Denn als seine schwarzen Flammen die Wände des Brunnens entlang flackern und die Höhle in Schutt und Asche verwandeln, merkt er nicht, dass er ein sehr wichtiges Detail übersehen hat: den Anblick des dritten Schicksals, das fast bis zur Unkenntlichkeit verbrannt ist und schweigend entschwindet.

# KAPITEL 1

Ich kann nicht sagen, ob Minuten oder Stunden vergangen sind, seit das helle weiße Licht zu verblassen begann.

Ich schätze, das spielt keine Rolle, oder?

Ich öffne meine Augen und schaue mich mit meinem neuen sterblichen Sehvermögen um. Nur... es scheint nicht wirklich verändert zu haben... und es ist nicht der Himmel über mir, sondern eine Decke.

Ich bin irgendwo drinnen?

Ich blinzle ein paar Mal und plötzlich erscheint ein Gesicht vor mir.

Ich kenne dieses Gesicht.

„Theo?", röchelt meine Stimme.

Theo lächelt erleichtert und setzt sich neben mich. Das Bett, in dem ich liege, sinkt unter seinem Gewicht leicht ein. Ich versuche, mich in eine sitzende Position zu kämpfen, aber Theo zwingt mich sanft dazu, liegen zu bleiben.

„Ruhig", sagt er. „Du warst eine Weile nicht ganz bei der Sache. Und für lange Zeit mit einem sterblichen Körper im Bett zu liegen, macht nicht so viel Spaß."

„Wie *lange*?", frage ich.

„Mmmm…“ Er denkt eine Sekunde nach und sagt dann: „Ich denke, vier Tage? Oder zumindest ist es vier Tage her, seit ich dich am Göttertor gefunden habe.“

„WAS? Vier Tage!?“ Ich lege meinen Kopf wieder auf das Kissen, schließe die Augen und atme ruhig ein.

In Olympus City würde ein viertägiges Koma bedeuten, dass alle meine Hausarbeiten nicht erledigt würden und Sura sie entweder selbst erledigen oder die anderen Waisenkinder damit beauftragen müsste. Und in Hades' Haus wären vier Tage katastrophal gewesen. Nereus hätte mich als schwachen Verlierer bezeichnet, wenn ich so lange nicht im Dienst wäre.

Aber im Reich der Sterblichen? Ich schätze, vier Tage sind hier vielleicht keine große Sache. Ich habe keine Aufgaben. Niemand braucht mich.

Die Erkenntnis trifft mich wie Schlag in die Magengrube.

*Niemand braucht mich.*

Niemand im Olymp erinnert sich überhaupt an mich.

„Vier Tage“, sage ich noch einmal, diesmal ruhiger. „Es kommt mir vor, als wäre es erst ein paar Minuten her, seit Nereus mich am Tor zurückließ.“

Ich kann immer noch seinen Gesichtsausdruck sehen, als er bestätigte, dass er Haven getötet hätte, wenn er in der letzten Nachkommensprüfung verloren hätte.

*Haven.*

Ich stöhne und bedecke meine Augen mit der Hand, als mir die Erinnerung an unseren Abschied in den Sinn kommt. Die Wut in seinem Gesicht, der Verrat in seinen Augen. Wenigstens werde ich inzwischen aus seinem Gedächtnis gelöscht worden sein.

Wo auch immer er im Olymp ist, er hat mich vergessen. Ich glaube fast, dass das schlimmer als direkte Ablehnung ist.

Theo verwechselt mein Stöhnen mit Schmerz und seine Hände flattern über mich, als wüsste er nicht, was er tun soll. „Was ist los? Hat Nereus dir wehgetan? Geht es dir gut?"

Ich seufze tief und räuspere mich dann. „Nein, Nereus hat mir nicht wehgetan. Zumindest glaube ich nicht, dass er das hat. Das Letzte, woran ich mich erinnere, ist, dass ich am Göttertor stand. Nereus hielt mir einen glühenden Unterweltstab an die Stirn und dann war da dieses wahnsinnig helle, weiße Licht und dann nichts mehr, bis ich hier aufwachte."

„Ja, das Gleiche haben sie mit mir gemacht, bevor ich in die Welt der Sterblichen kam. Nur war es kein weißes Licht. Für mich war es genau hier ein brennender Schmerz" - er zeigt auf die Mitte seiner Stirn - „im nächsten Moment stand ich allein auf der Seite der Sterblichen und das Tor war geschlossen."

„Der Zauberstab hat dich also nicht ohnmächtig gemacht?", frage ich und Theo schüttelt verlegen den Kopf. „Vielleicht hat Nereus einen supermächtigen Unterweltstab auf mich gerichtet, nur um ein Arschloch zu sein."

„Das klingt nach Nereus", stimmt Theo zu.

„Und wie hast du mich gefunden? Warum warst du am Tor? Gut, dass du da warst. Ich kann mir nicht vorstellen, was ein normaler Sterblicher mit mir gemacht hätte, wenn er mich bewusstlos im Wald gefunden hätte."

Theo reibt mit der Hand seinen Nacken. „Ich war nicht wirklich am Tor. Ich war auf dem Heimweg, als ich ein Gewitter über den Wald hereinrollen sah. Was für Sommernachmittage in dieser Gegend nicht ungewöhnlich ist, nur kam dieses Gewitter wie aus dem Nichts. Ich prüfe jeden Tag die Wettervorhersage, denn das Wetter ist hier nicht so perfekt wie in Olympus. An diesem Tag sah es nicht nach Sturm aus. Wie auch immer, während ich mir den Sturm anschaute, fühlte es sich an wie... naja, wie ein Erdbeben, denke ich? Der Boden unter mir bebte. Dann schoss ein Blitz über den Himmel. So ein Sturm kommt nur auf, wenn Zeus in das Reich der Sterblichen kommt." Theo zuckt mit den Achseln. „Vielleicht schlich ich mich nur aus Neugierde dorthin, aber statt Zeus fand ich dich."

So ein Sturm rollt nur bei einem Gott auf?

*Du* bist *ein Gott.*

Du bist ein Gott. Nicht mehr. Vielleicht nie mehr. Kronos hat wahrscheinlich gelogen.

Aber es *ist* seltsam, dass meiner Verbannung ein Sturm vorausging.

Theo nimmt mein Schweigen als Melancholie und fügt hinzu: „Es tut mir leid, dass du es nicht geschafft hast."

Die stolze Seite in mir will ihm alles sagen. Ich habe nicht verloren. Ich habe Haven den Sieg überlassen. Aber all das ist unwichtig.

„Ich bin froh, dass du mich gefunden hast", sage ich stattdessen und lächle ihn an. „Mein Plan war eigentlich, dich sofort nach meiner Ankunft aufzusuchen. Jetzt, wo ich ein ganz normales Mädchen bin, bekomme ich ein paar Lektionen im Einmaleins des sterblichen Lebens." Ich versuche, meine Stimme ruhig zu halten und mich gegen die Enttäuschung und den Schmerz zu wehren, die ich jedes Mal empfinde, wenn ich an das denke, was ich hinter mir gelassen habe.

„So weit würde ich nicht gehen..." Theo fängt an und hört sich an, als versuche er, mich nicht zu verärgern. „Ich bin mir nicht sicher, ob *„normal"* ein Wort ist, das jemand jemals benutzen würde, um dich zu beschreiben. Ich meine, als ich dich direkt vor dem Tor fand, lagst du auf dem Boden, aber der ganze Wald um dich herum hatte sich verändert. Du warst umgeben von..." Er weicht zurück und wirft mir einen unbehaglichen Blick zu.

„Umgeben von was?", frage ich und richte mich auf, um mich auf die Ellbogen zu stützen.

Als sich etwas von dem schläfrigen Nebel lichtet, bekomme ich endlich einen guten Blick auf das Schlafzimmer. Es hat vier Wände, zwei Fenster, ein Bett und eine kleine Kommode...

...und alles ist mit Blumen bedeckt.

Keine Schnittblumen in einer Vase. Oder künstliche Blumen, die zur Dekoration dienen.

Wachsende, blühende, lebende Blumen in allen Farben des Regenbogens.

Es ist, als wäre ich in eine Art Fantasieland getreten.

„Was zum... Wie hast du..."

„Ich habe das nicht getan." Theo atmet tief aus. „Obwohl Reyla davon besessen ist. Ich habe das Gefühl, selbst wenn wir das hier verstehen, wird sie wissen wollen, ob du dafür sorgen kannst, dass unser Haus weiterhin wie eine überdachte Wiese aussieht."

Ich brauche eine Minute, um mich daran zu erinnern, dass Reyla die Verlobte von Theo ist. Das sterbliche Mädchen, für das er sein Leben im Olymp opferte.

Neue Knospen sprießen an einer Ranke am Fußende des Bettes, dann entfalten sich die Blütenblätter und enthüllen Blüten in leuchtendem Fuchsia, violett und gelb.

Ich lache und schüttle den Kopf. „Reyla denkt, ich war das? Das kann nicht ich sein. Nereus hat mir jegliche Macht genommen, die ich hatte."

Theo schaut sich um und zuckt mit den Achseln. „Nun, da bin ich mir nicht so sicher. An der Stelle im Wald, wo das Göttertor ist, sind noch nie Blumen gewachsen. Es ist ein Hartholzwald. Der Schatten ist zu dicht. Aber als ich dich fand, blühten überall Blumen. Jeder Busch hing schwer mit Knospen. Exotische Pflanzen, die nicht einmal auf dieser Seite des Göttertors wachsen sollten, waren aus der Erde gesprossen, als ob sie schon seit Jahrzehnten dort gewesen wären."

Ich sehe Theo an, als sei er verrückt. Weil er verrückt ist. „Ich habe das nicht getan. Ich habe die Nachkommensprüfung verloren. Ich wurde in das Reich der Sterblichen geschickt und mir wurde meine Macht genommen. Ich bin jetzt sterblich."

Aber selbst während ich meine Worte ausspreche, wachsen die Blumen schneller, neu geformte Knospen öffnen sich und tun in wenigen Sekunden das, wofür sie normalerweise ein oder zwei Tage brauchen würden.

Mein Herz schlägt in meiner Brust. Eine Reihe winziger rosafarbener Sternblüten um den Fuß des Bettes entfaltet sich, dann schrumpft sie, dann entfaltet sie sich wieder.

„Ich weiß, wie die Situation sein *sollte*", sagt Theo. „Wenn ich jetzt nicht hier säße, umgeben von einem lebenden Garten, würde ich dir sagen, dass es nicht möglich ist. Aber dennoch sind wir hier."

„Vielleicht hast du noch etwas Macht..."

„Oh nein, ich bin jetzt völlig sterblich. Das bin ich schon seit dem Moment, als ich verbannt wurde. Entschuldige, Ana. Das kannst du mir nicht anhängen."

Ich schiebe die Decke zurück und stelle meine Füße auf den Boden. Ich bin überrascht, kühles Gras zwischen meinen Zehen zu spüren. Okay, das ist definitiv nicht normal.

Vielleicht träume ich.

Vielleicht bin ich immer noch am Göttertor und das ist mein Traum-Selbst, das auf ein Wunder hofft.

*Wach auf, Ana. Du bist jetzt sterblich. Zeit, die Tatsachen zu akzeptieren.*

Nur, wenn ich träume, ist das der lebhafteste Traum, den ich je hatte. Ich höre Luft durch die Lüftungsschächte rauschen und Kinder, die draußen spielen und den vorbeifahrenden Verkehr.

Okay, also kein Traum. Na gut. Nehmen wir etwas anderes.

„Vielleicht ist es ein Fluch", sage ich. „Nereus wollte mich mit seiner Idee eines verkorksten Abschiedsgeschenks wegschicken."

Theo wirft mir einen zweifelhaften Blick zu. „Nereus Knightfall, einer der unfreundlichsten Menschen, die ich kenne, schickte dich mit der Fähigkeit, Blumen zu züchten, in das Reich der Sterblichen?"

Ich schlendere durch den Raum. „Ja, schon gut. Das klingt nicht nach ihm."

„Viel interessanter", fährt Theo fort, „ist die Tatsache, dass die Blumen mit deinem emotionalen Zustand im Einklang zu stehen scheinen. Ich bin kein Experte in Magie oder so etwas. Ich habe mir als Kind nie die Mühe gemacht, in meinem Unterricht aufzupassen. Aber dies" - er wedelt mit der Hand durch den Raum - „scheint eher ein Geschenk als ein Fluch zu sein."

*Gaia, dort oben.*

Wie kommt es, dass ich nicht einmal auf normale Weise verbannt werden kann?! Was stimmt nicht mit mir?

Natürlich, das hier würde mein Schicksal sein. Denn jetzt bin ich nicht nur im Olymp nicht willkommen, ich werde auch nicht in das Reich der Sterblichen passen können, wenn in meinem Gefolge ein Aufstand von Blumen blüht.

Mein Atem wird schneller. Die Blumen pulsieren. Ich lege meine Hand auf meine Brust und versuche, mich verdammt noch mal zu beruhigen. Da bemerke ich die Reben, die um das gegenüberliegende Fenster wachsen, und die bekannten Sonnenhutblumen, die aus den zarten Stielen sprießen.

„Weria-Blumen", flüstere ich und gehe zum Fenster.

Ich pflücke eine blasse Lavendelblüte von der Ranke. Die Blüte ist duftend, süß und erdig. Es ist dieselbe Art von Blume, die an der Felswand außerhalb des Moirai-Brunnens wuchs. Es ist dieselbe Blume, die die Luft in der Nacht parfümierte, als Haven und ich einander endlich nachgaben.

Ich werde nie in der Lage sein, diesen Duft zu riechen, ohne mich daran zu erinnern, wie es sich anfühlte, seine Hände auf mir zu spüren.

Mein Magen füllt sich mit Schmetterlingen und gleichzeitig bricht mir das Herz.

Obwohl die Blume nicht mehr mit ihrer Rebe verbunden ist, öffnet sie sich in meiner Hand, als mir ein Bild von Haven in den Sinn kommt. Haven schaut auf mich herab, umrahmt von goldenem Licht.

Die Erinnerung an das, was wir getan haben, wie sanft und doch fordernd er war und wie verdammt großartig es sich anfühlte, durchbohrt mich wie eine Klinge.

Ich schaue aus dem Fenster und sehe die Wälder, die nach Norden führen, zurück zum Göttertor, zurück zu Haven. Er ist so nah und doch völlig außerhalb meiner Reichweite.

Ich werde Haven nie wieder haben.

Ich werde ihn nie wieder sehen.

Ich werde nie wieder ein widersprechendes Wort von ihm hören oder das Feuer in seinem Blick sehen.

*„Ich werde froh sein, wenn die Erinnerung an dich verschwunden ist."*

Dass er sich über mich geärgert hat, war eine gute Sache. Ich bin sicher, dass er mir die letzten Stunden vor meiner Verbannung leichter machte.

Ich wünschte nur, *ich* könnte die Erinnerung an ihn loswerden. Ich will diesen Schmerz nicht mehr fühlen. Oder für den Rest meines dem Untergang geweihten sterblichen Lebens eine klare Vorstellung von ihm in meinem Kopf haben.

Sofort brennen mir die Tränen in den Augen. Die Weria-Blüte rollt sich in sich zusammen und wird brüchig. Mein Herz schmerzt vor den überwältigenden Erinnerungen an den Duft. *Haven.* Mein Atem stockt und der Rest der Weinrebe folgt, bis alle Blumen verwest und zu Staub geworden sind.

Theo tritt zurück. „Ana? Vielleicht solltest du etwas Wasser trinken oder so." Er schnappt sich ein Glas von einem Tablett aus verwelkten Veilchen auf der Kommode und schiebt es dann zu mir hinüber.

Ich nehme das Angebot dankend an und nippe daran. Die kühle Flüssigkeit vertreibt etwas von der Verwirrung und den sich windenden Emotionen.

Ich muss nachdenken. Ich muss herausfinden, was vor sich geht und wie ich es in Ordnung bringen kann. Wenn ich nur Sura oder Clea oder Max hätte! Das ist nicht das, was passieren sollte. Ich sollte normal sein, ein normales, sterbliches Mädchen. Das war meine Bestrafung, mein Opfer, damit Haven auf dem Olymp sicher sein würde. Sicher und lebendig.

Jetzt sitze ich im Reich der Sterblichen fest, ohne unsterbliche Freunde, die ich um Hilfe bitten könnte.

Als meine Atmung wieder normal wird, beruhigen sich die Blumen ebenfalls, aber ich habe das Gefühl, monatelang nicht geschlafen zu haben. Ironisch, wenn man bedenkt, dass ich gerade aus einem viertägigen Koma aufgewacht bin.

„Danke für deine Hilfe, Theo", sage ich und stelle das Glas wieder auf die Kommode. „Ich glaube, ich brauche nur noch etwas Ruhe und etwas Zeit allein. Ist das in Ordnung?"

Theo sieht immer noch besorgt aus, aber er nickt mir kurz zu. „Aber natürlich. Ich muss sowieso in etwa einer Stunde zur Arbeit gehen, aber Reyla und ich kommen beide später nach Hause. Wir kochen dir ein deftiges Essen, und dann können wir uns weiter unterhalten. Wir helfen dir, eine Lösung zu finden."

Ich strecke meine Hand dankbar aus, um seine zu drücken, ziehe sie aber in letzter Sekunde zurück, um ihn nicht zu berühren, für den Fall, dass dieser ganze Lebens-

und Todeszyklus der Blumen sich auch auf ihn auswirken könnte.

Was auch immer es ist, es fühlt sich der Macht, die ich immer hatte, zu vertraut an – der Macht, zu zerstören.

Außer dass diese neue Version wie eine verrückte Verbesserung erscheint. Ich brauche die Blumen nicht einmal anzufassen, um sie zu zerstören.

„Danke, dass du gekommen bist, um mich zu finden", sage ich und steige zurück ins Bett. „Ich kann ehrlich sagen, dass ich nicht weiß, was ich ohne dich tun würde."

Zumindest habe ich immer einen Freund an meiner Seite. Wenn ich bei irgendetwas Glück gehabt habe, dann das.

„Natürlich." Theo lächelt, als er nach der Tür greift. „Haven war mein Freund und er würde wollen, dass ich für deine Sicherheit sorge."

Ich zucke leicht zusammen und drehe mich mit dem Gesicht zur Wand um, als er geht. Seine Worte drohen, mich in den Schmerz meiner Gefühle für Haven zurückzuziehen. Wenn er nur wüsste, wie die Dinge geendet hatten. Selbst wenn Haven sich an mich erinnern würde, wäre es ihm egal, ob ich lebe oder sterbe.

Als Theo weg ist, versuche ich, mich zu überwinden, wieder einzuschlafen. Mein Körper ist so schwer, dass ich mich fühle, als hätte Medusa mich in Stein verwandelt. Aber der Schlaf kommt nicht. Ich kann Haven nicht aus meinen Gedanken verbannen.

Was tut er in dieser Minute? Welche Position hat er im Haus des Hades erlangt?

Oder schlimmer noch, ist er mit Lyantha zusammen?

Die Blumen pulsieren wie ein schlagendes Herz.

Okay, atme tief durch. Wen kümmert es, mit wem er zusammen ist?

Ich kuschle mich ins Kissen. Meine Nase ist gefüllt mit dem Duft von Weria-Blüten und Distel und Thymian. Ein

Bild von Haven auf dem Berg Ida blitzt vor meinen Augen auf. Ich sehe ihn lachen, während er mit Tarter und Russ spielt. Er lächelt mich an, als er auf dem Bergpfad zu mir zurückblickt.

Der Raum wird behaglich warm. Meine Augen werden schwer. Ich glaube, ich bin fast eingeschlafen, als ein neues Licht hinter meinen Augenlidern erblüht. Ich öffne sie einen Spalt breit.

Die Blumen glühen in einem tiefen, tiefen Gold. Ich erkenne diese Farbe sofort.

Es ist die Farbe von Havens Auge, und als ich endlich einschlafe, ist es fast so, als würde er über mich wachen.

# KAPITEL 2

## HAVEN

Als Haven den Kriegsraum im Herzen des Hades-Palastes betritt, will er sich sofort umdrehen und gehen.

Es ist Wochen her, dass er das letzte Mal mit seinem Vater, Jorl Knightfall, Kommandeur der Armee des Hades, gesprochen hat. Es ist noch länger her, dass er mit seinen älteren Brüdern gesprochen hat. Obwohl Haven der jüngste von sechs Knightfalls ist, hat er sich in gewisser Weise immer wie ein Einzelkind gefühlt. Alle seine Brüder waren bei seiner Geburt älter und bereits in ihren derzeitigen Positionen. Deshalb ruhte die Sorge um ihre Mutter auf seinen Schultern.

Und genau deshalb wurde er für ihren Verlust verantwortlich gemacht.

Hades steht am Ende des langen Raumes. Mondlicht fällt durch die matten Fenster auf der linken Seite. Über den Fenstern hängen eiserne Kronleuchter, die mit der orangegoldenen Magie des Hades beleuchtet werden. Es liegt eine

Frische in der Luft, die Haven an den Herbst auf dem Olymp erinnert, aber damit vermischt ist der berauschende Duft von olympischen Gewürznelken. Letzteres lässt sich auf die Nelkenzigarette zurückführen, die an Damon Knightfalls Mund hängt. Der Rauch windet sich um sein Gesicht, während er auf eine Karte des Olymp schielt, die auf dem Tisch vor ihm ausgebreitet liegt. Hinter ihm steht Caib, der fünfte der Knightfall-Geschwister.

Caib und Damon stehen ganz unten auf der Liste der Lieblingsbrüder von Haven. Sie stehen in der Mitte der Knightfall-Hierarchie. Sie sind zu jung, um das Sagen zu haben, und zu alt, um Verbundene zu sein.

Wenn Haven gezwungen wäre, sich einen Bruder auszusuchen, den er am wenigsten hasst, wäre es Ryver, der älteste Knightfall und Hauptmann in der Armee des Hades. Ryver war immer zu beschäftigt gewesen, als dass er Haven als Kind viel Aufmerksamkeit geschenkt hätte. Ryvers Gelegenheiten zur Folter waren geringer.

„Nun, da ist er“, sagt Damon. „Der Champion durch Nichtantreten!“

Haven strotzt.

In der Vergangenheit, wenn ihn seine Brüder ihn quälten, hatte Haven die einzigartige Fähigkeit, sich einen Dreck um ihn zu scheren. Ihm war es egal, was seine Brüder von ihm dachten, und je älter er wurde und je besser er seine Macht im Griff hatte, desto leichter war es, sie in eine Illusion zu locken und wegzugehen.

Aber dies war anders.

Denn dies ist nicht nur ein Schachzug zwischen Brüdern.

Es ist eine Zensur, die vor dem gesamten inneren Elitekreis des Hades ausgesprochen wird.

Verdammte Ana.

Ihr Name steckt immer noch in seinem Kopf fest. Jeder weiß noch, was sie getan hat und wie er gewonnen hat.

Wie lange wird das noch so weitergehen? Wie lange wird die Folter andauern? Will niemand wissen, warum zum Teufel man sich noch an sie erinnert?

Als das Schicksal Haven sagte, dass er nicht nur den letzten Prozess gewinnen würde, sondern auch Ana haben würde, war ihm nicht klar, dass es das war, was sie meinten. Dass er an der Erinnerung an sie festhalten, aber an ihrer Anwesenheit verhungern würde.

Er wollte glauben, dass er irgendwie etwas Besonderes sei und dass sie es auch sei. Dass alles, was sie hatten, die archaische Institution der Nachkommensprüfung überwinden und irgendwie die brutale Behandlung der Familie Knightfall überleben würde.

Während der gesamten Prüfung war es das, worüber Haven sich am meisten Sorgen gemacht hatte. Dass Nereus oder Havens Vater Ana als Bedrohung ansehen und mit ihr so umgehen würden, wie sie mit jeder Opposition umgingen – diskret, mit einer Klinge.

Und nun? Sie ist immer noch in ihren Köpfen und doch haben sie nichts dagegen unternommen. Haven ist sich nicht sicher, ob das gut oder schlecht ist.

Hades hatte Haven gesagt, dass er Anas Namen nicht in die Moirai-Box gelegt hat, die Box, in der ausgewählt wurde, welche Nachkommen an der Prüfung teilnehmen sollten. Sie ist eine Anomalie, und die Knightfalls wollten eine Anomalie schon immer entweder besitzen oder sie töten.

Zum Glück gibt es im Moment größere Bedrohungen am Horizont.

Denn Kronos, König der Titanen, ist nicht nur dem Tartarus entkommen, er hat jetzt offenbar auch die Schicksalsgöttinnen getötet.

Damon klemmt seine Zigarette zwischen zwei Finger und dreht sich in seinem Stuhl um, um Haven gegenüberzustehen. „Ich war nicht sicher, ob Vater dich überhaupt in den inneren Kreis lassen würde", sagt er. „In Anbetracht dessen, dass du technisch gesehen nicht gewonnen hast."

Caib lehnt sich gegen den langen Tisch und verschränkt die Arme vor seiner Brust. Caib sieht eher wie ihr Vater aus, mit Haaren so weiß wie gebleichte Knochen und Augen in der Farbe des Höllenfeuers. Haven hat seine Augen auch von Jorl, aber alles andere an ihm von seiner Mutter. Dunkel und scharf und leise gefährlich.

Caib und Damon sind so subtil wie ein Kriegshammer.

„Hast du Angst, dass ich dich in den Schatten stelle?", sagt Haven und sucht sich einen Platz aus. Er lehnt sich träge zurück, als würde er sich am Nisa-See sonnen, hat die Beine gespreizt und die Hände über den Bauch gelegt.

Damon schnaubt. „Ein Verlierer kann niemals einen Sieger in den Schatten stellen." Er führt die Zigarette zum Mund.

Obwohl die meisten Nachkommen ihre Macht erlangen, wenn sie erwachsen werden, hat Haven seine erste Illusion bewerkstelligt, als er erst fünf Jahre alt war. Es war seine Mutter, die ihm in diesem jungen Alter beibrachte, wie er sie kontrollieren kann.

„Stell dir deine Kraft wie eine Pflanze vor", hatte sie gesagt. „Um sie zum Wachsen zu bringen, stocherst du nicht an ihren Wurzeln und reißt sie nicht am Stängel aus dem Boden. Du bewässerst und pflegst sie und lässt sie in Ruhe. Deine Magie ist wie das Atmen, Haven. Du solltest nicht daran denken müssen."

Er war sich nicht sicher, ob er nur das Glück hatte, seine Mutter als Lehrerin zu haben, oder ob er irgendwie etwas Besonderes war. Denn er hatte gesehen, wie seine Brüder mit ihrer Macht kämpften und er hatte gesehen, wie seine Freunde kämpften. Haven wusste kaum, was das war.

Wenn er jetzt also nach seiner Macht greift, ist es so einfach wie ein Fingerschnippen.

Die Zigarette, die sich zwischen Damons Lippen befindet, verwandelt sich in einen schleimigen, schleichenden Wurm. Damon schreckt auf, als sich die Zigarette an seinem Kinn windet. „Verdammte Scheiße!“ Er lässt den Wurm fallen. Er landet als Zigarette wieder auf seinem Schoß. Die Hitze der Zigarette versengt ihm die Hose und brennt sich bis auf die Haut durch. Er springt auf, um sie wegzuwischen, Glut fliegt durch die Luft, als er einen Schrei ausstößt.

Der ganze Raum verstummt.

Haven lächelt, als Jorl herüberstürmt und Damon an der Schulter packt und ihn herumreißt. Seine Stimme ist tief, die Zähne zusammengebissen, als er sagt: „Was zum Teufel machst du da?“

„Haven und seine Illusionen“, fängt Damon an.

„Willst du mir sagen, dass du nicht gut genug bist, um einer Attacke eines Champions standzuhalten, der nur gewonnen hat, weil ein *Mädchen* aufgegeben hat?“

Das Lächeln verschwindet aus Havens Gesicht. Scham ist ein Gefühl, das er nicht kennt, aber es brennt heiß und schnell auf seinem Gesicht.

„Er hat mich überrascht“, sagt Damon.

Jorl ist locker doppelt so groß wie die meisten Männer. Er trägt die Rüstung, die einem Armeechef angemessen ist. Sein Brustpanzer ist aus Zyklopenstahl, ebenso wie die netzartigen Platten, die seine Schultern bedecken. An seine Seite ist ein langes Schwert geschnallt.

Er ist eine Figur, die selbst das fieseste aller olympischen Ungeheuer dazu bringt, sich abzuwenden.

Haven hat seinen Vater noch weniger gesehen als seine älteren Brüder, als er aufgewachsen war. Aber wann immer er Jorl gegenüberstehen musste, wünschte er sich, er hätte die Fähigkeit der Götter, einfach aufzustehen und zu verschwinden. Er ist froh, jetzt die gleiche Angst auf Damons Gesicht zu sehen.

Zumindest haben sie etwas gemeinsam.

„Setz dich hin und halt den Mund." Jorl schubst Damon zurück in seinen Stuhl. „Und du" - er dreht sich um und zeigt mit dem Finger auf Haven - „du stehst bereits auf unsicherem Boden. An deiner Stelle wäre ich vorsichtig, mit wem du Spielchen spielst."

Haven sagt nichts. Er weiß, wann er den Mund zu halten hat.

Die Versammlung wird schnell zur Ordnung gerufen, jetzt, da Jorl, der Kommandant, seine Kinder unter Kontrolle hat. Als alle ihren Platz gefunden haben, ist Haven nicht überrascht, Nereus zu seiner Linken vorzufinden. Nereus ist zwar der drittälteste in der Knightfall-Linie, hat aber immer die Rolle von Havens Babysitter übernommen. Und Nereus hat, wie Jorl, nie seine Schläge zurückgehalten.

Haven hat die Narben auf seinem Körper, die das beweisen.

Nereus blickt Haven mit einem finsteren Blick an, der ein Echo von Jorl ist.

*„Benimm dich"*, sagt der finstere Blick. Darauf antwortet Haven mit einem *Fick dich* Blick.

An der Spitze des Raumes legt der Gott der Unterwelt seine Hände auf die Rückenlehne seines Thrones. Ryver sitzt auf dem Stuhl zur Linken des Hades. Jorl, obwohl er einen Stuhl hat, steht zur Rechten des Hades.

Schwaden der Finsternis heben sich von den Schultern des Hades und Glut steigt aus seinem ungebundenen dunklen Haar empor, als bestehe Hades aus Höllenfeuer. Seine Stimme dröhnt durch den Raum. „Wie viele von euch wahrscheinlich schon gehört haben, hat Kronos die Schicksale getötet."

Obwohl Haven die Nachricht am frühen Morgen während des Frühstücks hörte, und man wohl das Gleiche auch von allen anderen im Raum sagen könnte, durchzieht ein unleugbares Raunen die Versammlung, als ob diese Gräueltat erst wahr wurde, wenn sie von einem Gott bestätigt wird.

„Ich hätte nicht gedacht, dass die Schicksale getötet werden könnten", sagt Caib von der anderen Seite des Tisches aus. „Wie ist das möglich?"

Hades stößt sich von seinem Thron ab und geht zu den milchigen Fenstern. Das silberne Mondlicht steht in starkem Kontrast zu seiner feurigen Dunkelheit. „Wir können alle getötet werden. Sogar ich. Man muss nur den Weg kennen."

Götter geben gewöhnlich nicht zu, dass sie Schwächen haben. Interessant, dass Hades das jetzt tut.

Als Junge erlaubte ihm Havens Mutter immer, kleine Risiken einzugehen. Unsterbliche Knochen wachsen schneller wieder zusammen als sterbliche. Aber sie ermahnte ihn, mit seinen Risiken klug umzugehen.

„Du magst unsterblich sein", sagte sie, „aber es gibt einen Unterschied zwischen Unsterblichkeit und Unbesiegbarkeit."

„War Achilles nicht unbesiegbar?", behauptete er, als er sehr nahe an den Rand eines rutschigen Felsens am Ufer des Flusses Enipeas kam.

Seine Mutter saß auf einer Decke im Gras und nippte an einem Glas frischen Safts. „Das war er, aber nur, weil seine Mutter ihn in das magische Wasser des Flusses Styx tauchte."

„Dann werde ich auch im Styx schwimmen", hatte Haven gesagt, und sie hatte gelacht.

„Dann ist das ein Abenteuer für die Zukunft, mein Sohn."

Hades' raue Stimme reißt Haven aus seiner Träumerei.

„Ich hatte meinen Vater unterschätzt", fuhr Hades fort. „Er war nie ein Freund von roher Gewalt, wenn eine Schachpartie genügen würde." Hades kehrt zu ihnen zurück, seine Hand packte nun fest den Griff seines Schwertes. „Wir haben keine Zeit mehr für Fehler. Mit dem Tod der Schicksale ist die Struktur der olympischen Gesellschaft zerrissen worden.

Wir müssen mit unserer Vergeltung brutal vorgehen. Wir dürfen weder Zurückhaltung noch Geduld zeigen."

Seine Augen leuchten, als er seine vertrautesten Männer ansieht. „Wir müssen meinen Vater aufhalten. Um jeden Preis. Ihr alle werden Teil der Kampagne sein. Eure Positionen sind bereits vergeben."

Jorl tritt vor. „Ryver führt die zweite Armee nach Norden zum Berg Ida, wo Kronos zuletzt gesichtet wurde. Nereus soll in der Unterwelt nach den Schicksalen suchen. Wenn du sie findest, sieh nach, ob es etwas über ihre letzten Momente zu erfahren gibt."

Nereus bewegt sich neben Haven. Das Schwert an seiner Seite klirrt heftig gegen seinen Stuhl.

Ist ihm dieser Befehl unangenehm?

Für den kürzesten Moment hat Haven Mitleid mit seinem Bruder. Das einzige Mal, als Haven durch den Schleier in die Unterwelt blickte, kam er mit einem kaputten Auge zurück und das verdankt er Nereus. Haven kann mit seinem verbleichten Augen immer noch sehen, aber alles ist in Dunkelheit getränkt.

Er würde nicht durch den Schleier in die Unterwelt gehen wollen. Um nichts in der Welt.

*Du würdest es für Ana tun.*

*Ach, halt die Klappe,* sagt er dieser Stimme in seinem Hinterkopf.

„Caib und Damon werden mit der dritten Armee nach Osten ziehen."

Jorl fährt mit seinen Aufträgen fort und befiehlt mehreren weniger hochrangigen Beamten, sich mit kleinen Gruppen von Männern auf dem Olymp zu verteilen.

„Und Haven", sagt Jorl.

Haven schaut auf. Er hat seine Position im Haus des Hades noch nicht erhalten und ein Teil von ihm fragte sich, ob er überhaupt keine bekommen würde. Nach jeder anderen Prüfung gab es eine Feier für den Champion und der Titel wurde mit Prunk und Aufhebens überreicht.

Aber das hier war nicht wie jede andere Prüfung.

Zum einen bahnte sich ein Krieg an und zum anderen war Ana...

Hades tritt vor. „Haven Knightfall, als unser neuester Champion, wurde dir der Titel Legat verliehen."

Haven ist sich nicht sicher, ob er erlöst oder beleidigt sein sollte. Ein Legat ist der Kommandant einer kleinen Einheit von Soldaten. Gewöhnlich fünf. Natürlich hätte er auch zum Kommandanten des Bades ernannt werden können, er kann sich also nicht beschweren.

„Du nimmst deine Einheit und durchkämmst das südwestliche Ende des Olymps."

„Ja, Herr", sagt er und nickt. Aus irgendeinem Grund fühlt sich dieser Gehorsam hohl an.

Hades dreht sich zur Tür gegenüber seines Throns um und sein purpurroter Umhang flattert hinter ihm wie blutverschmiertes Wasser.

„Ihr seid entlassen", sagt er dann. „Jorl."

Havens Vater folgt dem Gott der Unterwelt zur Tür hinaus.

Nun, da die Wichtigen weg sind, setzen sich Caib und Damon zu Haven. Caib war schon immer der klügere der Brüder und seine Macht ist für Haven am schwersten zu verteidigen. Mit einem Fingerschnippen kann Caib einen Mann zum Schlafen bringen. Mehr als einmal ist Haven in unbekanntem Land aufgewacht, ohne sich zu erinnern, wie er dorthin gekommen ist. Manchmal war es wegen zu viel Wein, manchmal wegen Caib.

„Ein Legat", sagt Caib lachend. „Lieber Bruder, wie willst du es mit so vielen Soldaten schaffen?"

Ryver kommt vorbei. Sein weißes Haar ist mit einem Lederstreifen zurückgebunden und seine bernsteinfarbenen

Augen leuchten mit dem Versprechen einer Schlacht. „Komm“, sagt er zu Haven und beugt einen Zeigefinger. „Ich werde dir deine Männer zeigen.“

„Männer“, wiederholt Caib, als ob er in Wirklichkeit Trolle oder Waldkobolde meint.

*Wunderbar.*

Das dürfte Spaß machen.

Haven steht auf. Nereus streckt die Hand aus und packt Haven am Handgelenk, um ihn aufzuhalten. „Sei achtsam“, sagt er mit dem Versprechen eines Mordes in den Augen, falls Haven nicht achtsam sein wird.

Haven reißt ihm die Hand weg. Er weiß um den einen Vorteil, den es ihm bringt, endlich einen Auftrag im Haus des Hades zu haben - er kann endlich Nereus Befehlen entkommen.

„Wenn ich deinen Rat brauche, Bruder, lasse ich es dich wissen.“ Dann dreht er sich um und folgt Ryver zur Tür hinaus.

# KAPITEL 3

NACH STUNDENLANGEM, unruhigem Schlaf und noch unruhigeren Wachstunden, in denen ich von Havens dummen Gesicht träumte, habe ich endlich das Gefühl, atmen zu können.

Das Schlafzimmer bei Theo sieht ein wenig mehr wie ein Schlafzimmer und weniger wie eine überdachte Wildblumenwiese aus. Auf der kleinen Kommode auf der anderen Seite des Zimmers und rund um das kleine Bett, auf dem ich liege, sind immer noch Blumen, aber der Rest ist verschwunden. Vielleicht kehre ich also zur Normalität zurück?

Ich setze mich auf und strecke mich, meine Muskeln schmerzen von der langen Zeit im Bett. Tageslicht scheint durch die geteilten Vorhänge am Fenster. Also, Tageszeit, aber welcher Tag? Ich bin so desorientiert, dass ich beim Öffnen der Schlafzimmertür fast aus der Haut fahre.

Die Blumen um das Bett herum glühen rot.

„Oh!", sagt das Mädchen von der Tür aus. Ihr Blick gleitet von mir zu den Blumen und dann wieder zu mir zurück. „Du bist wach! Gut."

Ich erkenne sie auf einem der gerahmten Bilder von meinem ersten Besuch bei Theo und diesem Haus. Reyla ist dunkelhäutig, mit geflochtenen schwarzen Haaren und großen braunen Augen. Um ihren Kopf ist ein farbenfrohes Tuch gebunden und an ihren Ohren hängen große Perlenohrringe.

„Bist du hungrig?", fragt sie. „Ich bin nur kurz nach Hause, um etwas zu essen zu machen."

Als würde ich das Angebot spüren, knurrt mein Magen laut. Reyla lacht. „Ich schätze, das beantwortet die Frage?"

„Essen wäre toll. Danke", krächze ich, meine Stimme ist rau, weil ich sie lange nicht gebraucht habe. Es klingt, als ob ein Frosch versucht, sich aus meiner Kehle zu befreien.

„Ich gebe dir ein paar Minuten Zeit, um aufzuwachen. Komm einfach in die Küche, wenn du bereit bist."

Als sie mich verlässt, steige ich aus dem Bett und muss mich auf der Fensterbank abstützen, während mein Kopf brummt. Es dauert gut dreißig Sekunden, bis der Schwindel vorbei ist. Sobald es mir besser geht, verlasse ich den Raum und schaue in die erste Tür, zu der ich komme. Treffer. Es ist das Badezimmer.

Darin starre ich mich im Spiegel über dem Waschbecken an. Meine Haut scheint gesund zu strahlen, aber unter meinen Augen habe ich Augenringe, obwohl ich mich tagelang ausgeruht habe. Ich brauche nur etwas zu essen, das ist alles. Und Wasser.

Nachdem ich die Toilette benutzt habe, gehe ich weiter den Flur entlang und komme in die Küche. Reyla stellt gerade die Teller auf dem Tisch. Dort wartet bereits ein Korb mit Brot, eine Schale Butter und ein Brett mit Schnittkäse. Es ist nicht anders als das, was ich vom Olymp gewohnt bin, aber die Düfte sind anders, nicht ganz so reichhaltig.

„Nimm Platz", sagt Reyla. „Theo wird bald hier sein.

Normalerweise treffen wir uns beim Mittagessen für ein paar Minuten. Er ist eigentlich um zwei Uhr für den Tag fertig, also kommt er genau dann nach Hause, wenn ich am Nachmittag zurückkehre.“

Ich setze mich an den kleinen Tisch in ihrer fröhlichen Küche, nehme dankbar ein Glas Wasser, das sie mir reicht, an und schlucke es dann ungnädig hinunter. Sofort fühle ich mich besser.

„Was machst du?“, frage ich Reyla, als sie mir einen Teller mit geschnittenem Fleisch reicht. Ich kenne nicht viele Sterbliche, aber nach dem, was ich gesehen habe, wie sie auf das Unbekannte reagieren, schätze ich, dass nur sehr wenige so sind wie Reyla. Sie scheint sich in meiner Nähe wohl zu fühlen. Akzeptierend und freundlich und warmherzig. Ich vermute sofort, dass sie eine der Besonderen sein muss.

Ich meine, wie viele Sterbliche würden einer Fremden, die Wildblumen sprießen lässt, gerne erlauben, in ihrem Haus zu bleiben?

„Ich bin Kunstlehrerin an der örtlichen Schule.“ Reyla nickt zu dem, was, wie ich annehme, der Eisschrank ist. Auf der Vorderseite des Kühlschranks hängen ein Dutzend Bilder. Einige sind grobe Kritzeleien, andere beeindruckende Werke abstrakter Holzkunst. „Von meinen Schülern. Sind sie nicht großartig?“

„Ich liebe sie“, sage ich aufrichtig. „Besonders die Blumenvase am unteren Ende des Eisschranks. Mit den gelben und orangefarbenen Blumen.“

„Das ist meine kleine Juju.“ Reyla hält sich die Hand wie ein Schild vor den Mund, als ob wir ein geheimes Gespräch führen würden. Sie senkt ihre Stimme zu einem Flüstern. „Sag es niemandem, aber Juniper ist mein Liebling.“

Ich lache. „Dein Geheimnis ist bei mir sicher. Ich habe niemanden auf dieser Seite des Tores, dem ich Geheimnisse erzählen könnte, selbst wenn ich wollte.“

Als ich das realisiere und Reyla über die Kinder, die sie unterrichtet, reden höre, denke ich sofort an Marigold. Sie machte für Clea und mich Kunst aus gefundenen Blumen. Sie klebte Blütenblätter und Blätter auf Papier und kritzelte dann mit Kohlestäbchen um sie herum.

Es tut weh zu wissen, dass ich die Waisenkinder in Hestias Haus nie wieder sehen werde.

Als ich mich in diesem Gedanken verliere, blüht eine Blume in der Mitte der Käseplatte. Ich sehe aus dem Augenwinkel, ihre violetten Blütenblätter, die sich entfalten, und reiße sie schnell an ihren magischen Wurzeln heraus, bevor Reyla sie sehen kann.

Aber ich bin nicht schnell genug.

„Das alles tut mir sehr leid." Ich gestikuliere vage zum Tisch und dann wieder zum Schlafzimmer. Ich habe mich in ihr gemütliches Leben hier eingemischt. Ich muss mir meinen nächsten Schritt überlegen, damit ich ihnen aus dem Weg gehen kann.

Aber Reyla winkt meine Entschuldigung ab. „Entschuldige dich nicht. Wer kann sich schon über spontan wachsende Blumen ärgern? Und ehrlich gesagt war es aufregend, die Art von Magie, mit der Theo aufgewachsen ist, aus erster Hand zu sehen. Er spricht nicht viel darüber, aber wenn er es tut, wirkt es immer so jenseitig und unmöglich." Sie lächelt mich an, als sie sich auf den Stuhl neben mir setzt. „Es war erstaunlich, deine Blumen zu beobachten. Glaubst du, dass sie lange halten?"

„Ich weiß nicht", sage ich und versuche, mich nicht davor zu scheuen, wie unsicher ich klinge. Ich muss eine so enttäuschende Olympionike sein. Der erste Blick dieser Sterblichen auf die Magie und es ist ein seltsames Mädchen, das nicht einmal ein paar Blumen kontrollieren kann. Reyla wäre beeindruckt, wenn sie die Chance hätte, Haven zu treffen und in eine seiner Illusionen zu stolpern.

*Blumen sind nichts,* möchte ich ihr sagen. Wenn du nur wüsstest, wie unbedeutend das ist.

Das Geräusch der sich öffnenden und schließenden Haustür bewahrt mich davor, mehr über Haven nachzudenken.

„Liebling, ich bin zu Hause!", ruft Theo, bevor er sich auf den Weg in die Küche macht.

Reyla lacht. „Das macht er immer. Ich habe ihn dazu gebracht *I Love Lucy* zu bingen, und jetzt denkt er, das ist es, was ein Mann tun sollte, wenn er durch die Tür kommt. Und zwar jedes Mal. Jeden Tag."

Ich weiß nicht, was das alles bedeutet. Reyla könnte genauso gut eine andere Sprache sprechen. „Was ist *I Love Lucy?*"

„Nur die beste Show im Fernsehen", sagt Theo, als er zu uns stößt. „Schön, dass du wieder auf den Beinen bist, Ana." Er beugt sich vor und küsst Reyla auf die Stirn, die Hand an ihrem Nacken. Es ist eine süße Geste, die meinem Herzen seltsame Dinge antut.

„*I Love Lucy* ist technisch gesehen nicht mehr im Fernsehen", korrigiert Reyla. „Seit den 1950er Jahren ist sie nicht mehr gesendet worden."

„Und ihr guckt es immer noch?", frage ich.

„Natürlich", antwortet Reyla. „Das ist klassisches Fernsehen!"

Das überrascht mich, denn die 1950er Jahre sind noch gar nicht so lange her, selbst nach menschlichen Maßstäben. „Im Olymp ist alles alt, aber immer neu, wenn das Sinn ergibt. Wir blicken nur auf unsere Ursprungsgeschichten zurück. Alles andere wird ausgelöscht für das, was als nächstes kommt."

„Die Olympioniken blicken immer in die Zukunft", fügt Theo hinzu. „Prophezeiung wird dort drüben groß geschrieben."

„Und anscheinend ist es besser zu wissen, was passiert, als aus seinen Fehlern zu lernen?“, fragt Reyla.

„Genau so ist es.“ Theo setzt sich neben sie und steckt sich ein Stück Käse in den Mund. „Olympioniken machen keine Fehler.“

Reyla schnaubt. „Wenn du mir damit sagen willst, dass du immer rechthast…“

Er hält die Hände kapitulierend hoch. „Ich würde niemals eine so kühne Aussage machen.“

Sie lächeln sich an, und Theo zwinkert. Dies ist eindeutig ein Spiel, das sie schon einmal gespielt haben, und es ist bezaubernd anzusehen. Gleichzeitig ist es aber auch schwer zu beobachten, weil es mir einen scharfen Schmerz durch die Brust jagt.

Werde ich mich immer nach dem sehnen, was ich hatte, und loslassen musste? Ich hoffe verdammt noch mal nicht.

Theo piekst ein Stück des gebratenen Fleisches auf und legt es auf seinen Teller. „Also, Ana, wie fühlst du dich?“

Ich fühle so viele Dinge auf einmal, dass ich nicht weiß, wo ich anfangen soll. Ich entscheide mich für eine Antwort, bei der ich nicht ins Detail gehen muss.

„Es geht mir gut.“

Theo schaut Reyla an, und es ist klar, dass sie mir nicht glauben, aber er drängt nicht.

„Ich danke euch. Euch beiden“, füge ich hinzu. „Dafür, dass ihr mich hier wohnen lasst und euch um mich gekümmert habt, während ich… äh…“

„Geblüht habe.“ Theo grinst. Reyla verdreht lachend die Augen.

„Sobald ich einen Plan ausgearbeitet habe, werde ich weiterziehen. Das verspreche ich.“

Reyla reicht ihr Glas. „Es besteht überhaupt keine Eile, Ana. Wir sind froh, dich hier zu haben, solange du eine Bleibe brauchst.“

Ich lächle dankbar über ihre Freundlichkeit. Das ist nicht die Art von Sterblichen, von der man uns gelehrt hat, dass wir ihr auf der anderen Seite des Göttertors begegnen würden und ich beginne zu verstehen, warum Theo die Entscheidung getroffen hat, den Olymp hinter sich zu lassen.

Während wir essen, erzählt mir Reyla mehr über das Reich der Sterblichen und Theo kommentiert das Ganze aus der Sicht des Olymp. Er ist begeistert, als sie mir von dem neuen Robotik-Programm an ihrer Schule erzählt und ich muss zugeben, dass nichts davon für mich Sinn ergibt. Dann tut Theo so, als schliefe er ein, als Reyla in die Politik eintaucht.

„In diesem Sinne“, sagt Reyla und steht auf. „Ich sollte wieder zur Schule gehen. Es war nett, mit dir zu plaudern, Ana.“

„Mit dir auch. Und danke für das Essen.“

Sie greift nach ihrem Teller, aber Theo hält sie auf. „Ich mach das schon, Schatz. Rühre keinen Finger.“

„Ja, wir räumen auf“, füge ich hinzu.

„Ich muss das glücklichste Mädchen im Reich der Sterblichen sein.“ Sie gibt Theo einen Kuss, schnappt sich ihre Schlüssel und ihre Tasche und geht.

Obwohl ich am Verhungern war, als ich mich hingesetzt habe, habe ich nicht viel gegessen. Das Gespräch hat mich beschäftigt, aber es ist auch das Essen. Es ist kein olympisches Essen, und es verwandelt meinen Magen gerade zu Stein.

Theo räuspert sich. „Möchtest du darüber reden?“

Ich weiß, dass er sich nicht nur auf etwas Bestimmtes bezieht. Eher auf alles.

„Wo soll ich überhaupt anfangen?“, frage ich.

Irrsinnige Kräfte? Blumen, die überall blühen? Haven, sein ehemaliger Freund? Derselbe Freund, der Theo geholfen hat, dieses schöne Leben hier drüben aufzubauen? Derselbe Haven, den ich hasse, aber auch nicht hasse? Derselben Haven, der mir Bauchschmerzen bereitet, wenn ich nur an seine Abwesenheit denke?

„So sollte es nicht ablaufen." Ich breche gegen meine Stuhllehne zusammen. „Ich dachte, ich werde hierher verbannt, um eine Sterbliche zu sein. Ich war darauf vorbereitet, sterblich zu sein. Nichts davon ergibt irgendeinen Sinn." Ich starre die kleinen rosafarbenen Blüten an, die auf dem Tisch sprießen und sie verwelken unter meiner Irritation und werden dann zu Asche.

„In der Welt der Sterblichen ist nichts an uns wirklich normal, weißt du?" sagt Theo leise. „Wir werden immer etwas anders sein, jemand, der nicht ganz hier hingehört. Aber es wird leichter. Ich bin sicher, es wird sich einiges ändern..."

Die Vordertür wird aufgesprengt.

Theo und ich drehen uns beide in Richtung der Vorderseite des Hauses.

„Rey, bist du das?", sagt Theo.

Aber es ist nicht Reyla, die den Flur entlangkommt.

Ein Wirbel von funkensprühendem Rauch weht in den Raum. In der Ferne höre ich die Haustür zuschlagen. Der Tisch zittert vor dem Sturm und das Geschirr klappert.

„Ist das normal für das Reich der Sterblichen?", rufe ich Theo über den Wind hinweg zu.

„Nicht im Geringsten!", schreit er zurück.

Der Wind umkreist den Raum wie ein Tornado. Theo und ich stehen auf, und dann verbindet sich der beißende Wind zu der Gestalt einer Frau. Die Form nimmt mehr Details an. Arme und Finger, ein wundes Kinn, ausgehöhlte Augen, versengte Haare.

Ich keuche. Ich kenne diese Frau.

Sie ist eine Schicksalsgöttin.

Im Reich der Sterblichen?

Ich erstarre an Ort und Stelle. Theo ist neben mir erstarrt.

Das Schicksal taumelt auf den Füßen vor Theos Eisschrank, öffnet den Mund und schreit.

# KAPITEL 4

ICH STÜRZE mich auf die Schicksalsgöttin und fange sie auf, gerade als ihre Knie nachgeben.

„Was-wie-" fange ich an, aber ich bin nicht einmal sicher, was ich zu fragen versuche.

„Du...", sagt sie und schluckt Luft. Ihre angesengten Hände schlingen sich um meine Arme. Ihre Haut ist aufgesprungen wie ein trockener Wüstenboden und silbrige Flüssigkeit sickert aus den Wunden.

Ist das Blut? Das Blut einer Schicksalsgöttin?

Als sie einen silbernen Handabdruck auf meiner Haut hinterlässt, wird mein Arm sofort kalt.

„Was machst du hier?", frage ich.

„Du...musst...gehen..." Ihre Stimme ist rau, als ob auch ihre Stimmbänder versengt wären und nur noch aus Staub bestehen würden.

„Warum heilst du nicht? Können wir... jemanden rufen, der dich heilt?" Die Worte klingen lächerlich, als sie aus meinem Mund kommen. Wen holt man, um eine Schicksalsgöttin zu retten? Die Schicksale sind die, zu denen man geht, wenn man alle anderen retten muss. Ich wusste nicht einmal, dass sie individuell reisen können. Ich habe noch nie davon gehört, dass sie den Brunnen von Moirai je verlassen.

Ich schaue Theo über die Schulter. „Gibt es jemanden im Reich der Sterblichen, der ihr helfen kann? Ein sterblicher Heiler?"

Theo blinzelt.

„Theo!"

Er springt, als hätte er mich gerade erst gehört.

„Wer kann ihr helfen?" Wiederhole ich.

„Ich weiß es nicht. Ich weiß nicht... ich meine... das ist das Reich der Sterblichen, Ana. Hier gibt es keine Klinik für das Göttliche oder so etwas."

Ich wende mich wieder der Schicksalsgöttin zu. „Wer hat dir das angetan? Ist etwas passiert? Wie können wir dich heilen?"

„Du ... musst ... zurück ... gehen."

Ich lockere meinen Griff. Sie bricht auf den Boden zusammen. Ich fluche leise und Theo fasst sich endlich und hilft mir, sie wieder hochzuheben. Sie ist die jüngere der drei Schicksale, und bei weitem die kleinste, aber sie ist schwer wie ein Stein.

„Was ist mit dir passiert?", frage ich noch einmal.

„Was schon immer passieren sollte."

Wir richten sie wieder auf, und Theo schlingt ihren Arm um seinen Hals, um sie auf den Beinen zu halten, so dass ich zurücktreten kann.

„Wo sind die anderen Schicksale?", frage ich. „Können wir sie einberufen?"

„Meine Schwestern haben diese Welt verlassen, und bald werde ich... mich ihnen anschließen."

Theo richtet seinen Blick auf mich. Die Schicksalsgöttin beugt sich zu mir und hustet. Silbernes Blut spritzt auf den Boden.

„Hast du gerade gesagt... dass die anderen Schicksale... tot sind?“, sagt Theo.

Die junge Göttin richtet sich auf und wischt sich mit dem Rücken ihrer verbrannten Hand den Mund ab. „Die Zeit der Moirai ist... zu Ende. Kronos hat uns zu unserem Ende gebracht... wie es am Anfang vorhergesagt war.“ Jedes Wort aus ihrem Mund scheint ihr mehr Schmerz zu bereiten.

„Kronos hat das getan?“, sage ich. „Wie ist das möglich? Ihr seid die Schicksale!“

Sie lächelt, aber es ist ein schwaches Lächeln, als ihre Augenlider schwer werden. „Alles hat sein Ende, Kind.“

„Aber nicht ihr“, rufe ich. „Nicht die Schicksale.“

„Sogar wir.“

„Was ist mit Anas Macht?“ Theo versucht es. „Ihre Magie scheint Leben zu erschaffen. Die Blumen...“

Die Schicksalsgöttin schüttelt den Kopf. „Ich bin nicht dazu bestimmt, gerettet zu werden.“

„Okay“, sage ich, „was *soll* denn passieren?“

„Du“, ihr Blick lässt mich an Ort und Stelle erstarren, „musst zum Olymp zurückkehren. Sofort.“

Ich schnaubte. „Das werde ich nicht tun. Ich kann es nicht tun. Ich wurde verbannt, schon vergessen?“

„Es ist der einzige Weg.“

„Der einzige Weg wozu?“

„Damit das nächste Kapitel beginnen kann.“

Ich stoße ein Stöhnen aus. Immer diese grandiosen Botschaften!

„Ich gehe nicht zurück“, sage ich noch einmal, auch wenn mir der Gedanke den Magen umdreht. Ich könnte Haven wiedersehen. Aber er würde sich nicht mehr an mich erinnern. Und ich weiß nicht, was passiert, wenn ein verbannter Olympionike versucht, wieder durch das Tor zu gehen. Wahrscheinlich werde ich in Flammen aufgehen oder so.

Die Schicksalsgöttin hustet wieder, und Theo hält sie fest

im Griff, als sie gegen den Eisschrank sackt. Als sie sich so weit erholt hat, dass sie Luft holen kann, sagt sie: „Das Schicksal des Olymp liegt in deinen Händen."

Mein Mund klappt auf. „Du willst mich wohl verarschen."

„Ich glaube nicht, dass die Schicksale generell zum Scherzen aufgelegt sind", betont Theo.

„Ich gehe *nicht* zurück."

Eine gewisse Kraft kehrt in die Schicksalsgöttin zurück und sie richtet ihre Schultern auf und schaut mich direkt an. „Wenn du nicht zurückgehst, wird der ganze Olymp sterben, und wenn Olympus stirbt, stirbt auch der Junge."

Mein Herz bleibt stehen.

Ich möchte für einen Moment so tun, als wüsste ich nicht genau, von wem sie spricht. Dass sie mir nicht gerade gesagt hat, dass Haven sterben wird.

„Sie sagten mir, er wäre sicher, wenn ich die Prüfung verliere!"

„Und das tatst du auch, und das war er auch. Aber das war nur ein Teil der Geschichte. Ihr habt das Ende noch nicht erreicht."

Ich reibe mir das Gesicht und drehe in der kleinen Küche einen Kreis. „Wird Haven jemals *wirklich sicher sein?*"

„Wenn du ihn rettest, wird er es," krächzt sie.

Ich werfe meine Hände hoch.

Ich lasse mich nicht an den einen Gedanken denken, der mich quält, seit ich durch das Göttertor getreten bin: dass, selbst wenn ich die Möglichkeit hätte, zurückzugehen, Haven sich nicht an mich erinnern würde und ich weiß nicht, ob ich es überleben würde, wenn er mich wie eine Fremde ansehen würde.

Ich atme tief ein und drehe mich um. Die Haut der Schicksalsgöttin wird schnell fieberhaft gelb. Es ist ein starker Kontrast zu der rissigen, verbrannten Haut ihrer Hände. Sie stirbt genau hier in einer sterblichen Küche.

„Warum ich?", frage ich. „Von all den Orten, zu denen du hättest gehen können, zu all den Menschen, zu denen du hättest gehen können - warum ich?"

Draußen laufen mehrere Kinder auf dem Bürgersteig kreischend und kichernd vorbei.

Hier drinnen stirbt eine Schicksalsgöttin und sie sieht mich an, als wolle sie mich erschüttern.

Wie bin ich hierhergekommen? Ich, eine Waise aus Hestias Haus. Verliererin der Nachkommensprüfung. Tochter von... nein.

*Warum ich?*

Die Schicksalsgöttin nimmt einen rasselnden Atemzug und sagt: „Dies war schon immer dein Weg. Der Weg, der sich durch die Zeit schlängelt. Der Weg, der dazu führte, dass meine Schwestern und ich deinen Namen in die Moirai-Kiste gesteckt haben."

Mein Atem stockt mir in der Kehle. *„Ihr* habt meinen Namen in die Kiste gegeben?" Es klingt wie eine Anschuldigung. Vielleicht ist es das auch. Denn vor Kronos dachte ich, Hades hätte meinen Namen in die Kiste gesteckt. Ich dachte, mein Vater sei der Gott der Unterwelt.

Anstatt dass alle einfach nur ehrlich zu mir waren, hüllten sie die Wahrheit in so viele dunkle Schleier, dass ich nicht wusste, wer ich war oder wo ich sein sollte.

Das bringt mich nur noch mehr dazu, die Bitte zu ignorieren. Ich bin niemandes Schachfigur und ich bin es leid, alles hinzuschmeißen, um irgendeiner großen Prophezeiung oder einem Plan zu dienen.

„Kronos will mich im Olymp", bemerke ich. „Verstehst du das nicht? Er hat mich zu einer Waffe gemacht, nicht, weil er eine Tochter wollte oder weil er stolz darauf war, Vater zu sein. Sondern weil er wollte, dass ich ihm helfe, die olympischen Götter zu stürzen."

Der Blick der Schicksalsgöttin wird scharf. „Statt einer

Waffe schuf er sich sein eigenes Ende."

Theo schaut mich wieder mit großen Augen an.

„Soll das heißen, ich bin die Einzige, die Kronos aufhalten kann?"

„Ja... und nein. Die Reise gehört dir... aber... du sollst sie nicht allein machen, also musst du zurück... den Jungen holen."

„Warte, meinst du..."

Die Schicksalsgöttin nickt.

*„Haven"*, sage ich.

„Oh Scheiße", sagt Theo. „Nun, das erklärt einige Dinge."

„Das erklärt gar nichts." Ich schreie jetzt praktisch, aber ich habe das Gefühl, dass ich die Gedanken, die durch meinen Kopf wirbeln, nicht kontrollieren kann, geschweige denn meine Lautstärke. „Wie kommt es, dass ich eines Tages den Olymp verlassen muss, um das Leben von Haven zu retten und Tage später wieder zurückmuss, weil sonst der ganze Olymp zerstört und Haven sterben wird? Ist das eine Art olympischer Folterkreislauf? Haven immer und immer wieder retten, bis ich mich selbst in den Wahnsinn treibe?"

Die Schicksalsgöttin hustet und silbernes Blut spritzt auf ihre Hand, als sie damit ihren Mund abwischt. „Du hörst mir nicht zu." Ihr verzweifelter Seufzer ist keuchend, nass und flach. „Zwei Leute können sich auf derselben Reise befinden und doch auf zwei verschiedenen Wegen."

Ich schüttle den Kopf, unfähig, wieder mit diesem Thema anzufangen. „Ich bin nicht die Heldin, die der Olymp braucht. Ich bin eher die Ursache für die Zerstörung des Olymps als seine Retterin."

„Zerstörung kann auch Wiedergeburt sein."

„Hör mit den Rätseln auf", sage ich, bevor ich merke, wie schnippisch ich bin. Vielleicht bin ich ernsthaft verärgert über das ständige Herumrennen, aber die Schicksalsgöttin stirbt buchstäblich.

„Okay, wie wär's damit: Wenn ich zurückgehe, wird Haven sich nicht einmal mehr an mich erinnern. Ich werde eine Fremde für ihn sein. Wie soll ich ihn davon überzeugen, mit mir auf diese mysteriöse, möglicherweise zerstörerische Reise zu gehen, wenn er mich nicht einmal kennt? Ich weiß nicht, ob du dich erinnerst, aber Haven Knightfall ist nie leicht zu überzeugen, etwas zu tun, was er nicht tun will."

Die Schicksalsgöttin lächelt. Ein Tropfen silbernes Blut rutscht aus ihrem Mundwinkel. „Oh, Kind. Göttinnen können nicht ausgelöscht werden."

„Göttin?!" Theo kreischt und lässt sie fast los.

Ich ignoriere ihn, denn hat sie gerade gesagt, dass Haven sich noch an mich erinnert?

„Ja", sagt die Schicksalsgöttin, als ob sie meine Gedanken lesen könnte. „Die Erinnerung an dich ist intakt. Für alle."

Die Schicksalsgöttin hängt in Theos Armen. Er verlagert sich, um sie an der Taille zu packen. Ich eile zu ihrer Seite, unsicher, was ich tun soll. Ich habe noch nie den Tod eines göttlichen Wesens gesehen. Nicht viele haben ihn gesehen. Das Leben entleert sich buchstäblich aus ihren Augen.

Und mir läuft die Zeit für Antworten davon. „Wenn ich zurückgehe und Haven irgendwie überzeuge, mit mir zu kommen, wie hilft mir das, Kronos aufzuhalten? Er ist ein Titan, er ist schon seit über einem Jahrtausend da."

Die Haut der Schicksalsgöttin wird heiß. Ich spüre die Wärme, die von ihr ausgeht. Theo krümmt sich, lässt sie dann fallen und springt davon, als ob er verbrannt worden wäre. Das Schicksal fällt auf den Boden.

„Du bist den ganzen Weg hierher gekommen. Sag mir, was ich tun muss. Bitte."

„Finde...Gaia."

Dann bricht die Haut der Schicksalsgöttin wie eine Eierschale auf und sie zerplatzt in einer Wolke aus silbernem Nebel.

# KAPITEL 5

WAS IST GERADE PASSIERT?

Ist das gerade passiert?

Die Schicksale gehören zu den ältesten göttlichen Wesen. Und jetzt sind sie tot? Und Kronos hat sie getötet? Und sie glauben, ich sei die Einzige, die den Olymp retten kann? Ich, das Mädchen, das aus einem Kohlkopf entsprungen ist, das Kronos nach seinem eigenen Bildnis geschaffen hat, um es gegen die Olympier einzusetzen?

Oh Götter.

Oh Scheiße.

Ich will wieder ein nutzloses, unbekanntes Waisenkind sein, *jetzt sofort*. Ich will noch einmal von vorne anfangen. Ich hab sowas von keine Lust mehr. Ich meine, erst einmal soll ich das einzige Waisenmädchen sein, das jemals im Haus des Hades angetreten ist. Dann muss ich diesen Titel aufgeben, um den Jungen zu retten, in den ich mich dummerweise verliebt habe. Dann finde ich *endlich* heraus, dass ich doch kein Waisenkind bin… nur um zu erfahren, dass mein Vater der König aller Zerstörung ist und… oh ja, jetzt hat die

Schicksalsgöttin beschlossen, ihren letzten Atemzug zu nutzen, um mir zu sagen, dass ich alle vor ihm retten soll.

Das. Ist. Absolut. Wahnsinnig.

Erkennen die Schicksale das nicht? Ich bin genauso eine Zerstörerin wie Kronos.

Theo steht in der Mitte der Küche mit den Händen auf beiden Seiten seines Gesichts. All das silberne Blut, das den Küchenboden befleckt hat, ist mit dem Tod des Schicksals verbrannt. Es gibt keinen Beweis mehr dafür, dass wir Zeugen dessen waren, was gerade geschehen ist. Aber die Erinnerung wird für immer in unseren Köpfen eingebrannt sein.

„Hat sie gerade gesagt... finde Gaia?“ fragt Theo. „Es klang, als hätte sie Gaia gesagt. Also GAIA. Aber das wäre verrückt.“ Er lacht und fährt sich grob mit der Hand durchs Haar. „Ich meine, Gaia? Die Mutter aller?“

„Genau. Genau.“ Ich nicke. „Sie ist nur eine Gutenachtgeschichte, richtig? Vielleicht meinte die Schicksalsgöttin, dass es jemanden namens Gaia gibt? So eine weise Waldhexe, die einen Zauberspruch kennt oder...“

Okay, das klingt vielleicht noch verrückter. Irgendeine beliebige Märchenhexe weiß, wie man den König der Titanen besiegen kann?

„Ich muss mich hinsetzen.“ Theo geht ins Wohnzimmer und lässt sich auf das Sofa fallen. Er starrt auf eine beliebige Stelle auf dem Boden. „Die Schicksale sind tot“, sagt er.

Ich laufe durch den Raum und versuche, meinen Kopf frei zu bekommen.

„Was wirst du tun?“, fragt er. „Warte, mir fällt gerade ein - das Schicksal, sie hat gesagt“ Schock erscheint zum x-ten Mal auf seinem Gesicht - „Du bist eine Göttin?!“

„Hah.“ Ich gehe weiter auf und ab. „Ich meine... ich weiß es nicht? Es ist wahrscheinlich ein Fehler. Ich meine, sie lag im Sterben, sie war wahrscheinlich verwirrt. Ich meine sicher, Kronos sagte, ich sei seine Tochter…"

„Du bist WAS?!" Theo springt auf die Füße. „Heilige Scheiße. Ana. Heilige Scheiße. Kein Wunder, dass du Blumen züchtest. Und der Sturm! Und der Stab der Unterwelt." Er nickt vor sich hin. „Ja, es macht alles Sinn! Der Unterweltstab funktioniert nicht bei Göttern. Okay, also… okay. Ana. Du musst zurückgehen. Du musst den Olymp retten."

Ich bleibe stehen und verschränke meine Arme vor der Brust. „Ich bin hier im Reich der Sterblichen, weil ich mich geopfert habe, damit Haven gewinnen kann! Um sein Leben zu retten! Damit jemand anders den Krieg führen kann!"

„Es klingt, als wärst du der Jemand anders. Du bist eine neue Göttin!"

Ich lasse mich auf den Stuhl gegenüber fallen und atme tief durch.

Im anderen Zimmer ist gerade eine Schicksalsgöttin gestorben. Direkt vor meinen Augen. Und ich soll zurück zum Olymp gehen, um ihn zu retten? Wie bin ich an diesen Ort gekommen? Und wie kommt es, dass ich jedes Mal, wenn mir ein neues Schicksal aufgetragen wird, nur mehr Fragen als Antworten habe? Wie kann man von jemandem erwarten, etwas zu retten, wenn man keine wirklichen Informationen hat? Es ist nicht so, dass ich irgendetwas davon bestätigen kann.

„Das Schicksal gab dir buchstäblich einen Plan", sagt Theo. „Finde Haven. Finde Gaia. Besiege Kronos. Das ist es, was sie sagte."

„Ich hab schon einmal mit den Schicksalen geredet. Nichts, was sie mir je gesagt haben, war so klar und deutlich und es gibt keine Möglichkeit, dass ich jetzt zum Olymp zurückkehren kann. Wenn Kronos sogar die Schicksale töten kann, welche Chance habe ich dann? Und wenn er mich nicht tötet, dann wird Hades es definitiv tun. Ich bin verbannt, *schon vergessen*? Als sie mich hierher geschickt haben, waren sie mit dem ganzen „Komm nicht zurück, sonst bedeutet das deinen Tod"-Teil der Verbannung sehr deutlich. Ich werde wahrscheinlich in Flammen aufgehen, sobald ich durch das Tor gehe."

„Du kannst nicht *nichts* tun. Die Schicksale sind weg. TOT. Auf dem Olymp muss im Moment absolutes Chaos herrschen. Die Götter tun nichts, ohne vorher die Schicksale zu konsultieren."

„Nun, ich weiß nicht, warum. Es ist nicht so, dass sie jemals eine klare oder nützliche Antwort geben."

„Die Schicksale mögen verdammt vage sein, aber sie lügen nie. Wenn die Schicksalsgöttin dir befohlen hat, Gaia zu suchen, dann bestätigt das beinahe schon, dass sie nicht nur real ist, sondern dass sie noch lebt und dass du sie finden kannst."

Ich seufze. Er hat ein gutes Argument. Aber es ist eins, das ich ignorieren möchte. Mein ganzes Leben lang wollte ich Antworten darüber, wer ich war und wer meine Eltern waren. Ich wollte einen Ort, wo ich hingehöre.

Jetzt habe ich Antworten, aber irgendwie fühle ich mich noch mehr im Widerspruch zu mir selbst.

Wenn ich zugebe, dass es eine Chance gibt, dass ich glaube, dass Kronos mein Vater ist, dann bedeutet das, dass ich zugeben muss, dass ich überhaupt kein Waisenkind bin. Ich bin nicht einmal ein Nachkomme... ich bin eine Göttin.

Das ändert alles.

Es ändert alles, was ich über mich selbst zu wissen glaubte.

„Die Schicksalsgöttin nutzte ihre letzten Augenblicke, um dich zu finden", betont Theo. „Ich glaube, du bist viel wichtiger, als du denkst."

Mein Gehirn will das überhaupt nicht glauben. „Du tust so, als wäre ich ein lang ersehnter Retter. Theo, ich bin's,

Ana. Ehemalige Waise aus dem Haus der Hestia, Verliererin der Nachkommensprüfung."

Meine Worte werden durch ein tiefes Donnergrollen und ein lautes KRACHEN von außerhalb des Hauses unterbrochen. Theo und ich eilen beide zum Fenster hinüber.

Eine riesige schwarze Gewitterwolke wächst über dem Wald außerhalb der Stadt. Ein Blitz fährt durch den Himmel.

Die Kinder rennen schreiend nach drinnen, als sich der Himmel öffnet und der Regen die Straße durchnässt.

„Das sieht völlig normal aus", sage ich.

Theo sieht aus, als wolle er die Augen verdrehen, aber dafür ist er zu nett.

Der Regen fällt heftiger und prasselt gegen das Fenster.

Ich beiße mir auf die Unterlippe, während ich denke.

Die Sache ist die, ich würde so ziemlich alles dafür geben, Haven wiederzusehen.Trotz der Art und Weise, wie wir uns getrennt haben, kann ich sein dummes Gesicht scheinbar nicht aus meinem Kopf verdrängen.

Ich würde seine Grausamkeit seiner Abwesenheit vorziehen.

Ich glaube, ein Teil von mir hatte gedacht, dass es immer eine Chance gäbe, ihn wiederzusehen. Vor der Nachkommensprüfung besuchte er das Reich der Sterblichen, also war es gar nicht so abwegig zu glauben, dass er es wieder besuchen würde.

Aber wenn der Olymp zerstört wird...

Es ist nicht nur Haven, den ich verlieren würde. Clea wäre in Gefahr, und Marigold, Sura, alle, die ich je geliebt habe, alle, die mich je geliebt haben.

Verdammt seien die Götter.

„Okay", sage ich und atme tief ein.

Theo lächelt und nimmt mich in eine feste Umarmung. „Du schaffst das."

„Ich weiß es nicht, aber niemand wird sagen können, ich hätte es nicht versucht."

*Finde Gaia,* sagte das Schicksal. Als ob das eine leichte Aufgabe sein wird.

Als ich mich zurückziehe, schaue ich mich in Theos bezauberndem kleinen Haus um. Mein Instinkt sagt mir, ich solle meine Sachen zusammensuchen, aber ich habe hier nichts, was mir gehört. Noch immer zögere ich, spüre, dass ich kurz vor etwas stehe, das mich für immer verändern wird und ich habe das Gefühl, dass mich nichts, was ich tue, darauf vorbereiten könnte.

Mit einem langen Ausatmen öffne ich die Haustür. Der Wind peitscht herein und mein Hemd flattert um meine Hüften. Mein Haar löst sich aus seinem Zopf, und der Regen durchnässt mich, sobald ich die Schwelle überquere.

„Bedank dich für mich bei Reyla?", sage ich.

„Aber natürlich. Und Ana?"

Ich schaue Theo über meine Schulter.

„Viel Glück."

„Danke, Theo. Danke für alles", sage ich und gehe hinaus in den strömenden Regen.

# KAPITEL 6

TROTZ DES PRASSELNDEN Regens und der zunehmenden Dunkelheit finde ich schnell und problemlos den Weg zum Tor der Götter. Bis dahin sind meine Kleider durchnässt und meine Haare kleben mir im Gesicht. Ich streiche es beiseite, während ich auf das Tor starre.

Auf dieser Seite ist es nichts weiter als ein Lattenzaun mit einem Gitterbogen über dem Tor.

Die Wolken sind zu riesigen Gewitterwolken herangewachsen, und Blitze erhellen den Himmel und lassen alles unheimlich und scharf erscheinen.

Von der sterblichen Seite aus betrachtet, gibt es auf der olympischen Seite nichts von Bedeutung. Aber wenn ich hinübergehe, wird dann ein Alarmsignal ertönen? Wird Nereus dort mit einem Schwert warten, um mir den Kopf abzuhacken?

Und noch schlimmer ist der Gedanke, dass Kronos für meine Rückkehr bereit sein könnte. Bereit und wartend.

*Kronos wird dich zerquetschen, wenn es darauf ankommt.*

Ugh.

Ich greife nach der Klinke des Tores, darauf gefasst, dass es mich mit einem Stromschlag bestraft.

Aber als ich das Holz berühre, erscheint statt einem elektrischen Schock, eine dicke grüne Ranke aus der Erde und windet sich um den Torpfosten. Orangefarbene und violette Blumen platzen aus den Stielen, blühen auf und knistern dann vor Feuer. Die Blumen zerplatzen zu Asche.

Ich taumle zurück.

Die Glut fliegt in den Wind und glitzert wie geschnittenes Glas. Strom rast durch das Göttertor und formt sich auf der olympischen Seite zu einer erkennbaren Form.

Ich kenne die breite Linie seiner Schultern, den Schnitt seines Bizeps, den Rücken immer gestrafft. Ich würde ihn überall erkennen, aus der Ferne, durch die Dunkelheit hindurch.

„Haven!", schreie ich, doch meine Stimme verliert sich, als der Donner wieder hereinbricht und meine Warnung übertönt, als eine zweite Schattengestalt auf ihn zukommt.

Ich stürze nach vorne und bleibe an der Schwelle des Tores stehen.

„Haven!"

Die neue Form nimmt die Gestalt eines Menschen an. Er ist um die Hälfte größer als Haven. Ich kenne den Mann vielleicht nicht sehr gut, aber es ist schwer, einen Titanen zu verwechseln.

*Kronos.*

Die Asche verschmilzt und nimmt mehr Details an. Ich kann den Feuerbernstein in Havens gutem Auge sehen, das bleiche Weiß seines beschädigten Auges.

Ich sehe den grauen Bart in Kronos' Gesicht und die eisernen Verschlüsse an seiner Kampfrüstung.

Was geschieht hier?

Wie ist es möglich, dass ich das sehe?

Sind sie dort auf der anderen Seite? Sehe ich das nur durch eine Art Schleier des Reiches der Sterblichen?

Wenn Haven gegen Kronos kämpft, wird er nicht überleben.

Ich gehe auf die Schwelle zu, während mein Herz laut in meinem Kopf pocht.

Ich schwöre bei den Göttern, wenn ich beim Hinübergehen in Flammen aufgehe.

In Kronos Hand blitzt eine Klinge auf.

„Haven! Nein!"

Kronos vergräbt die Klinge in Havens Brust.

Ein nutzloser Schrei ertönt in meiner Kehle, als ich durch das Tor stürme. Die Macht strömt durch meine Hände. Dafür werde ich Kronos ermorden!

„Geh weg von ihm!" Ich strecke meine Hände aus, glühende Magie um meine Finger funkelnd.

Licht blitzt durch den Wald. Der Boden bebt unter mir. Ich stolpere vorwärts, als Kronos wieder zu Asche zerfällt und sich im Wind zerstreut. Ich falle auf die Erde, das Gesicht in die Farne gedrückt.

Ich rolle mich schnell ab und krabble auf meine Füße hoch.

Kronos und Haven sind beide verschwunden.

Die Asche ist verschwunden.

Der Regen hat aufgehört.

Ich bin allein im Wald auf der olympischen Seite und... ich bin nicht in Flammen aufgegangen. Das ist ein gutes Zeichen.

Aber was zum Teufel war das? Vielleicht war die Vision eine Art olympischer Trick des Auges, wie eine Fata Morgana?

Ich lehne mich gegen einen Baum in der Nähe, um zu verschnaufen, und warte darauf, dass mein Herz wieder zu seinem normalen Tempo zurückkehrt.

So schaffte ich es durch das Göttertor. Der Sturm scheint vorbei zu sein. Und mein Verstand spielt Spielchen mit mir. Vielleicht besteht die eigentliche Gefahr des Übertritts nach der Verbannung darin, dass man langsam verrückt wird.

Wahnsinnig.

Außer... das fühlte sich auf eine seltsame Art und Weise schrecklich real an. Da ist immer noch ein schwacher Faden des Schreckens in meiner Brust, als ob Haven vielleicht in Gefahr war oder ist.

Wenn die Schicksalsgöttin recht hatte, wenn der gesamte Olymp in Gefahr ist, dann war das vielleicht eine Vision von dem, was noch kommen wird. Und wenn es so ist, dann steckt Haven wirklich in Schwierigkeiten.

Dummer Haven Knightfall. Wenn es eine gute Sache ist, ihn zu finden und ihn wieder zu retten, dann nur, damit ich es ihm unter die Nase reiben kann.

Das ist der rote Faden, dem ich folge, als ich durch den Wald in Richtung Olympus City marschiere.

# KAPITEL 7

## HAVEN

Als Haven die ihm zugewiesenen Soldaten einschätzt, wird ihm klar, dass seine Brüder vor ihm wussten, wen er bekommen würde. Weil Caibs dünn verschleierte Verspottung richtig war.

Troll oder Waldkobold war nicht weit davon entfernt. Und schlimmer noch, es sind nur vier Soldaten. Nicht einmal eine vollständige Legateneinheit.

Da ist Roy, der aussieht, als wolle er sich entweder in die Hose scheißen oder sein Mittagessen hervorwürgen.

Da ist Turm, mit dem ewigen Spott und der Ich-bin-besser-als-du-Einstellung, und Hunter, der, als Haven fragte, was er gerne jagen würde, sagte: „Hm?"

Der Einzige, der etwas verspricht, ist ein Typ namens Big Leif. Niemand antwortet Haven, als er fragt, woher der Name kommt. Big Leif sieht aus, als könnte er auf seinen Schultern einen Ochsen über die Landschaft tragen.

Nachdem er sich vorgestellt hat, reicht Ryver Haven

einen kleinen Stab, der auf eine Lederschnur aufgefädelt wurde. Der kurze Griff ist aus Silber und der Stab ist aus milchigem, weißem Kristall. „Er erkennt die Titanen", erklärt Ryver. „Er leuchtet, wenn einer in der Nähe ist. Wenn du auf Kronos stößt, brich den Kristall, um ein Signal zurückzusenden. Er wirkt wie ein Leuchtfeuer, damit die Götter wissen, wo sie Kronos finden. Zerbrich ihn nicht, wenn du nicht in der Nähe des Titanen bist. Und am allerwichtigsten: Greif Kronos nicht an." Ryver richtet seine bernsteinfarbenen Augen auf Haven. „Hast du mich verstanden?"

Haven überlegt, ob er sich auf irgendetwas davon einlassen will, als er Ryver zunickt, nur um ihn in Bewegung zu bringen. Ryver klopft Haven auf den Rücken, sagt: „Bleib heil und bleib sicher", und verlässt sie dann.

Vielleicht nimmt Haven, anstatt diesen verdammten Krieg zu führen, seine Männer mit in das Reich der Sterblichen, trinkt sich zu Tode und stolpert zudem über Ana.

Verdammte Scheiße, so darf er nicht denken.

Was würde sie zu ihm sagen, wenn er sie findet?

Sie würde ihm wahrscheinlich in die verdammten Eier treten. Er hätte es verdient.

Dann würde er sie an den Hüften packen, sie umdrehen und sie über die nächste...

„Legat", sagt Big Leif. „Wie lauten unsere Befehle?"

Der Titel lässt Haven aufhorchen.

„Nennt mich Haven."

Die Männer werfen sich einen Blick zu. Das ist die Art von Soldaten, die gelehrt worden sind, Befehle zu befolgen, die Hierarchie zu respektieren, sich den Machthabern zu beugen.

Haven, der darum bittet, mit seinem Vornamen gerufen zu werden, ist ein Befehl eines vorgesetzten Offiziers, also wollen sie ihn befolgen, aber es ist respektlos, keinen Titel zu benutzen. Aber wenn Haven sich mit dem Abschaum herumschlagen muss und keine Elitesoldaten im Rücken haben will, dann braucht er zumindest loyale.

Wenn er ihnen den Eindruck vermittelt, dass sie auf dem gleichen Niveau sind, werden sie etwas haben, was sie noch nie zuvor hatten - das Gefühl, Macht und Wert zu besitzen.

Sie stehen in der Kaserne der Einheit. Es ist ein kleiner Raum in den Ausläufern des Palastgeländes des Hades. Die Baracken sind lange, schmale Gebäude, die alle gleich weit voneinander entfernt wie Kämme im Sand aufgereiht sind. In dem Raum befinden sich fünf Betten, die alle nach strengen Richtlinien gefertigt sind. Decken mit dem Wappen des Hades sind um die Matratzen herum ordentlich verstaut. Über der Tür hängt eine Fahne mit den drei Köpfen des Zerberus.

Dieser Ort ist scheiße.

Manchmal vergisst Haven, dass nicht alle Nachfahren des Hades das Leben hatten, das er führte.

„Haven also“, sagt Big Leif schließlich. „Wie lauten unsere Befehle?“

Haven legt sich die Lederkordel um den Hals. Der Stab trifft auf sein Brustbein. „Wir sollen die Südwestseite des Olymp in der Nähe des Göttertors durchkämmen.“

Big Leif nickt. „Sollen wir uns dann anziehen?“ Die anderen stehen in einem losen Halbkreis hinter ihm. Es ist klar, dass Leif aufgrund seiner Größe de facto zum Anführer dieser Einheit geworden ist. Haven weiß, dass er, um die anderen zu gewinnen, zuerst Big Leif gewinnen muss. Manchmal sind die Lektionen, die man in den Stunden zwischen den Unterrichtsstunden lernt, die Lektionen, auf die es wirklich ankommt, und das ist etwas, was Haven schon früh als Knightfall gelernt hat. Es war allgemein bekannt, dass Haven an der Spitze seiner Klasse stand. Er führte alles an. Er kam nicht nur aufgrund seines Namens dorthin. Es war eine Kombination aus Geduld, Gerissenheit, roher Gewalt und Furcht.

Furcht wird bei Big Leif nicht funktionieren. Auch keine rohe Gewalt.

Geduld also.

Haven ist bereits in seiner Kampfausrüstung. Er trägt schwarze Kleidung mit einer schwarzen Militärweste vom Haus des Hades. An seinen Unterarmen befinden sich lederne Schienen, die mit Lederstreifen um seine Fingerknöchel gewickelt sind, und die ihn im Nahkampf schützen sollen. Sein Schwert ist an der Hüfte angeschnallt.

Da er bereits angezogen ist, lässt er sich auf einen Stuhl in der Nähe fallen und winkt abweisend mit der Hand.

Die Soldaten eilen zu ihren Spinden und beginnen, ihre Ausrüstung anzuziehen.

Haven wendet sich dem schmutzigen Fenster neben ihm zu. Da draußen gibt es nichts zu sehen, außer einer weiteren Kaserne. Er sieht sowieso nicht wirklich etwas. Er denkt nach.

Erwarten seine Brüder wirklich, dass er sich zurückzieht, wenn er Kronos findet? Die Chancen stehen gut, dass der Titan nicht in der Nähe des Göttertors ist. Haven in die südwestliche Ecke des Olymp zu schicken, ist nur eine Formalität. Es ist so, als würde man ein Kind aus *wichtigen Gründen* in den Wald schicken, um nach Eicheln zu suchen, obwohl der eigentliche Grund war, sie zu beschäftigen.

In das Reich der Sterblichen zu gehen, klingt von Sekunde zu Sekunde besser.

Aber er weiß, dass es nicht geschähe, um sich zu verpissen. Nicht, um seinen Pflichten zu entgehen.

Es wäre wegen ihr.

Da ist eine Schwere in seiner Brust, die er nicht abschütteln kann. Ein Gefühl, als wäre ihm das Herz aus dem Brustkorb gerissen und dieser hohl hinterlassen worden.

Er will ihr sagen, dass es ihm leidtut.

Er möchte mit den Fingern über ihre Stirn und die Schläfe fahren, seinen Daumen über ihre Unterlippe ziehen und zusehen, wie es sie zum Zittern bringt, wenn sich ihre Augen schließen und ihre Wimpern gegen ihre Wange flattern.

Er liebt sie.

Das weiß er jetzt.

Trotz all seiner Proteste weiß er das jetzt.

Trotz all der Gründe, es nicht zu tun.

Er liebt die Waise und er vermisst sie verdammt noch mal.

„Legat", sagt Big Leif. „Ich meine, Haven, Sir. Wir sind bereit."

Haven wird in die Kaserne zurückgerufen. Das Bild von Ana in seinem Kopf löst sich wie Rauch auf. Er blinzelt den Männern zu, die um ihn herum stehen und ihre Ausrüstung angeschnallt haben.

Er steht auf, die Hand ruht auf dem Griff seines Schwertes. „Dann lasst uns einen Titanen jagen gehen."

Sie reihen sich hinter ihm ein, als er durch die Tür drängt.

# KAPITEL 8

ICH SOLL ALSO Haven und dann Gaia finden.

Okay, die Anweisungen waren ziemlich klar, aber wo soll ich überhaupt anfangen? Und wenn das Schicksal richtig lag und ich noch nicht aus dem Gedächtnis aller gelöscht wurde, was werden sie tun, wenn sie mich entdecken? Ich bin nicht in Flammen aufgegangen, nachdem ich die Schwelle zwischen dem sterblichen und dem göttlichen Reich überschritten hatte, aber das bedeutet nicht, dass ich in Sicherheit bin. Ich könnte sogar weniger sicher sein, wenn ich verbannt worden bin und man sich an mich erinnert.

Es gibt nur einen Ort, von dem ich weiß, dass er sicher ist und der einige Antworten haben könnte.

Das Haus des Hades. Max wird dort sein. Vielleicht hat er sogar Tarter und Russ. Werden sich meine Hunde an mich erinnern? Werden sie mir noch treu sein?

Sobald ich das Tor hinter mir gelassen habe, verlasse ich zur Sicherheit den Pfad und gehe durch den Wald am südlichen Ende des Olymp. Ich kann von Süden heraufkommen und Olympus City vorerst meiden.

Die Wälder sind ruhig, abgesehen vom Vogelgesang und

dem Quaken der Laubfrösche. Mehrere Rehe huschen mir über den Weg, aber ich merke es kaum. Während ich gehe, wandert mein Verstand zu dem, was Haven sagen könnte, falls wir uns wieder treffen. Was, wenn er mich immer noch hasst?

Ach, wen kümmert es. Es geht doch nicht um Haven, oder? Es geht darum, den Olymp zu retten.

Nur, dass es sich anfühlt, als ginge es um Haven.

Ich wäre eine Lügnerin, wenn ich sagen würde, dass ein Teil meiner Motivation nicht in meinem Wunsch liegt, ihn wiederzusehen, auch wenn er mich hasst.

Ich bin eine Göttin.

Weiß Haven das? Weiß Hades das? Er muss eine gewisse Ahnung haben, wenn man bedenkt, dass er meinen Namen nicht in die Moirai-Kiste gesteckt hat.

Wenn Haven es weiß, was denkt er dann darüber?

Er war schon immer an der Spitze von allem. Der Prinz aus dem Hause Hades. Vielleicht hat er das, was er getan hat, zum Teil auch deshalb getan, weil er dachte, ich sei unter seiner Würde. Vielleicht gibt es ihm einen gewissen Kick, sich mit dem niederen Waisenkind einzulassen.

Wenn er also weiß, dass ich eine Göttin bin... könnte er mich als Bedrohung sehen. Er könnte mich meiden.

Ich bleibe mitten im Wald stehen, drehe mein Gesicht zum Himmel und stoße einen Atemzug aus.

„Es ist egal, was er denkt“, sage ich zum Himmel. Ich atme ein und wieder aus und versuche, das seltsame Gefühl, das in meine Brust kriecht, wegzustoßen. Es ist mir egal, was Haven denkt oder tut. Ich meine, wenn das alles vorbei ist, werde ich wahrscheinlich sowieso in die Welt der Sterblichen zurückkehren.

Ich muss mich also nur noch auf die Mission konzentrieren. Den Olymp retten.

Pffft. Keine große Sache.

Ich dränge mich vor und stoße auf den Fluss Basus. Hier ist er schmal und das Wasser ist klar genug, dass man den karamellfarbenen Sandboden sehen kann. Es gibt einen Fußweg, der am Ufer entlangführt, aber auch den meide ich, und halte etwa zehn Meter zwischen mir und dem Fluss Abstand, für den Fall, dass es am Ufer Angler gibt.

Als die Brandung des Flusses zunimmt und ich das tosende Rauschen der Basusfälle in der Ferne höre, biege ich schließlich nach Norden ab. Ich bin in meinen Tagen in Hestias Haus vielleicht nicht viel gereist, aber ich verbrachte viel Zeit damit, in Büchern zu schmökern. Ich weiß, dass die Basusfälle fast direkt südlich des Südendes des Olymps liegen, was bedeutet, dass das Haus des Hades direkt dazwischen liegen sollte.

Je näher ich dem Haus des Hades komme, desto mehr mache ich mir Sorgen. Was ist, wenn Haven dort ist? Was, wenn Max sich nicht mehr an mich erinnert? Was ist, wenn Hades mich findet und statt mich in die Welt der Sterblichen zurück, direkt in die Hölle schickt?

Meine Gedanken geraten außer Kontrolle und ich verpasse fast die Eiche, die Blumen auf den Waldboden wirft.

Ich bleibe stehen und schaue auf ihre weit ausladenden Äste.

„Seit wann blühst du?“ Ich frage sie, als würde sie ernsthaft antworten. Eine weitere Blume fällt von einem Ast. Ich strecke meine Hand aus und fange sie auf. Die Blume ist an den Rändern feuerorange und in der Nähe der Mitte blassrot. Es ist eine Blume, die ich noch nie zuvor gesehen habe.

Obwohl sie nicht mehr am Baum hängt breiten sich die Blütenblätter weiter aus, die Staubfäden wackeln, als würden sie nach dem Himmel greifen.

Da ist ein neuer Schlag an meinem Brustbein, ein Blitz der Aufregung.

Bin ich das?

Mein ganzes Leben lang wollte ich auserwählt sein, jemand Besonderes, jemand mit einem Ziel, und jetzt... jetzt, wo es mir buchstäblich ins Gesicht starrt, will ich es nicht glauben.

*Du hast Angst.*

Ich schnaubte und stecke die Blume in meine Tasche.

*Habe ich nicht.*

*Doch, du hast Angst.*

Vor der Auswahlzeremonie war ich besorgt, dass ich kein Schicksal hätte und jetzt fühlt sich mein Schicksal zu groß an. Ich fühle mich seiner unwürdig.

Aber es ist zu spät, um umzukehren.

Ich gehe weiter und komme schließlich am Rande des Geländes des Haus des Hades an. Ich ducke mich hinter einem Busch und beobachte das Gelände. Am Vordereingang sind keine Wachen mehr postiert. Auf der Ostseite des Hauses steht ein Gärtner, der einen Rosenbusch beschneidet. Durch die Fenster sehe ich Bewegung, aber es sieht aus, als ob die Diener ihren Geschäften nachgehen.

Ist Nereus hier? Das ist technisch gesehen seine Station, aber wenn Kronos wirklich alle Schicksale angegriffen und getötet hat, wird Nereus wahrscheinlich zu den Waffen gerufen werden.

Als der Gärtner auf der Rückseite des Hauses verschwindet, eile ich aus dem Wald, überquere den Rasen und husche durch eine Seitentür herein. Ich komme in einen der vielen Salons und stelle fest, dass er leer ist.

An der Tür zum Hauptsaal bleibe ich stehen und lausche. Im Foyer ist das Geschnatter der Dienstmädchen zu hören, aber sie verschwinden in die andere Richtung. Ich schaue schnell in die Halle hinaus und als die Luft rein ist, husche ich vorbei und die Dienstmädchen-Treppe hinauf. Sie windet sich um sich selbst. Ich nehme jeweils zwei Stufen auf einmal.

Max' Zimmer befindet sich im dritten Stock, ganz hinten im Haus. Ich weiß, dass er dort ist, sobald ich den Flur betrete, denn ich höre ein lautes Krachen, dann ruft Max: „Tarter, nein! Böser Hund!"

Meine Höllenhunde!

Ich rase zum Ende des schwach beleuchteten Flurs und platze in Max' Zimmer. Er springt auf, die Augen weit aufgerissen. Ich vermute, dass nicht viele Leute regelmäßig in sein kleines Schlafzimmer auf dem Dachboden einbrechen.

Als er mich sieht, atmet er schockiert aus. „Ana! Wie geht es dir... du bist hier!" Er kommt um das Bett herum und kämpft mit Tarter und Russ, die ebenfalls auf mich zustürmen. Die Hunde schlagen ihn, aber ich schlinge zuerst meine Arme um Max.

Ich weiß, es ist noch nicht lange her, dass ich ihn das letzte Mal gesehen habe, aber er ist in meinem Leben vertraut und willkommen geworden und ich dachte, ich hätte ihn verloren, als ich verbannt wurde. Ich bin so froh, dass er sich an mich erinnert!

Und wenn er sich an mich erinnert... dann hat die Schicksalsgöttin die Wahrheit gesagt. Und wenn sie darüber die Wahrheit gesagt hat...

„Ich bin so froh, dich zu sehen", sagt Max und zieht sich zurück, damit Tarter und Russ an die Reihe kommen.

Ich kauere mich auf den Boden und die Hunde springen mich an. Ihr Hinterteil wedelt und verwandelt sich in Nebel. Ich kraule sie gleichmäßig hinter den Ohren und sie lecken mir das Gesicht.

Ihr Atem riecht nach Schwefel, aber das stört mich nicht im Geringsten. „Wart ihr gut zu Max?", frage ich sie.

Tarter bellt. Russ leckt meine Hand.

„Ist das ein Ja?", sage ich und schaue zur Bestätigung zu Max auf.

„Sie haben weder mich noch sonst jemanden gefressen, also schätze ich, alles in allem, ja."

„Brave Höllenhunde." Ich tätschle ihnen ihre kastenförmigen Köpfe und erhebe mich dann wieder. Sie springen übereinander und versuchen, meine Aufmerksamkeit zu erregen, also schnippe ich mit den Fingern und sie drängen mir zu Füßen.

„Wie bist du hier?", fragt Max. „Als ich merkte, dass ich mich noch an dich erinnerte, begann ich mich zu fragen, ob Hades dich vielleicht bleiben ließ."

Ich lasse mich auf das Ende seines Bettes fallen. „Ich wurde verbannt und in die Welt der Sterblichen geschickt. Aber… ich hatte immer noch Magie."

„Wirklich?" Max setzt sich neben mich. „Wie ist das möglich?"

Ich hebe mein Bein auf das Bett, so dass ich seitwärts mit dem Gesicht zu Max sitzen kann. „Das wird sich verrückt anhören…"

Max schnaubt. „Bei dir erwarte ich immer Verrücktes."

„Ich glaube, ich könnte eine Göttin sein?"

Tarter und Russ springen hinter uns auf und schieben sich zwischen uns. Russ legt ihren Kopf auf Max' Schoss und winselt um seine Aufmerksamkeit. Er streichelt sie abwesend, während sein Fokus in die Ferne schweift.

„Göttin", sagt er mehr zu sich selbst als zu mir.

Ich kann sehen, wie er versucht, die Punkte zu verbinden.

„Kronos", springe ich für ihn ein.

„Kronos?" Endlich begegnet er meinem Blick. „Er ist dein…"

„Vater."

„Kronos, König der Titanen, ist dein Vater."

„Ja?" Ich zucke zusammen, es ist mir etwas peinlich. Jetzt, wo ich es laut ausgesprochen habe, klingt es wirklich verrückt.

„Und deine Mutter?"

Ich zucke mit den Achseln. „Ein Kohlkopf."

Max lacht. Russ jammert wieder und Max krault sie fester unter dem Kinn. Ihre Augen schließen sich sofort.

„Weil du die Tochter von Kronos bist, durftest du also zurückkommen?"

„Nicht direkt." Ich stehe auf und schaue aus dem kleinen Fenster neben Max' Bett. Sein Zimmer blickt auf den hinteren Garten und den dunklen Wald. Ich sehe da draußen niemanden. Kein Zeichen von Hades oder Haven, oder noch schlimmer, meinem angeblichen Vater. „Eine Schicksalsgöttin kam zu mir. Sie starb im Reich der Sterblichen."

„Eine entkam?" Max fährt sich mit der Hand durchs Haar. „Wir dachten, Kronos hätte sie alle getötet."

„Technisch gesehen, hat er es", sage ich und unterdrücke bei der Erinnerung an ihren grausamen Tod einen Schauer. „Wenn also die anderen Schicksale tot sind, wo bleiben dann alle anderen? Die olympischen Götter? Wo sind sie jetzt?"

„Hades rief seine Feldherren in seinen Palast. Jeder Gott schickt seine eigenen Soldaten aus, um Kronos aufzuspüren. Trennen und erobern, nehme ich an. Kronos wurde zuletzt auf dem Berg Ida gesichtet."

Ich wende mich einem gerahmten Bild zu, das Max über einem Sessel hängen hat. Es handelt sich um eine Replik des Nisa-Sees mit der dahinter untergehenden Sonne. Ich habe dieses Bild schon einmal gesehen. Es ist nichts Besonderes, aber ich tue so, als würde ich es untersuchen, als wäre es das erstaunlichste Kunstwerk, das ich je gesehen habe, und frage: „Und Haven?"

Tarter und Russ jaulen beide.

„Er erhielt den Titel Legat. Ich kann mir vorstellen, dass er mit seinen eigenen Soldaten hinausgeschickt wurde."

Ein Legat ist kein hochrangiger Kommandant, also würde Haven nirgendwo dorthin geschickt werden, wo die Einsätze gefährlich sind. Aber ein Legat ist gerade niedrigrangig genug, um entbehrlich zu sein.

Der Gedanke, dass Haven bereits in Gefahr sein könnte, macht mich unruhig.

Max schnüffelt und niest dann. „Trägst du Parfüm?"

Der Raum riecht plötzlich nach Weria. Ich muss diese ganze Blumensache wirklich in den Griff bekommen.

„So was in der Art." Wenigstens blühen die Blumen nicht aus dem Gebälk heraus. „Irgendeine Idee, wohin sie Haven geschickt haben könnten?"

„Nein. Da bin ich überfragt."

Ich drehe mich wieder um. „Okay, nächste Frage. Vielleicht die verrückteste bis jetzt."

Max' Augenbrauen heben sich. „Das ist möglich?"

*Mach dich bereit, Max.*

„Irgendeine Idee, wo ich Gaia finden könnte?"

Max schnaubt. Er hört auf zu lachen, als er merkt, dass ich nicht lache. „Meinst du das ernst?"

„Ich wünschte, es wäre ein Witz. Die Schicksalsgöttin sagte, ich solle Gaia finden. Sie hätte die Antwort auf den Sieg über Kronos."

Max fängt wieder an zu lachen, als hätte ich ihn gerade gebeten, eine Nadel mit einem Hammer einzufädeln.

„Ana", sagt er, als er wieder zu Atem kommt, „Gaia? Die Mutter von allem? Sie ist nicht real. Niemand hat sie je gesehen. Und wenn die Götter sie gesehen haben, haben sie nie darüber gesprochen."

„Schau, ich weiß, es klingt unmöglich. Ich weiß, es klingt wie die Mission eines Narren. Aber ich muss es versuchen. Die Schicksale mögen in 99% der Fälle kryptisch sein, aber in diesem Punkt war sie sehr direkt."

Max kratzt sich am Hinterkopf, als er denkt. „Nun, wenn sie echt wäre, dann sind nur noch wenige Leute am Leben, die es sicher wissen würden und die wüssten, wo sie zu finden ist."

„Die olympischen Götter", sage ich. Ich hatte wirklich gehofft, ich könnte die Antwort finden, ohne mich den Göttern offenbaren zu müssen, aber ich schätze, das liegt nicht auf dem Tisch. Natürlich wäre es nicht so einfach.

Es gibt eine Göttin, der ich anvertrauen würde, zu wissen, dass ich nicht mehr im Reich der Sterblichen bin. Nur zu ihr zu gelangen, würde bedeuten, einen weiten Weg zurückzulegen und dann Olympus City zu durchqueren.

Aber ich habe wohl keine andere Wahl.

„Ich muss Hestia finden", sage ich.

Max nickt. „Scheint so."

„Willst du mit mir kommen?"

Max runzelt die Stirn. „Ich wünschte, ich könnte, aber Nereus überließ mir die Verantwortung, während er weg ist."

„Was?", sagt er. „Das gibt's doch nicht! Das ist der Hammer, Max!"

Er errötet und winkt das Lob ab, aber ich kann den Glanz des Stolzes in seinem Blick sehen. „Komm schon! Ich bringe dich runter."

Als wir das Erdgeschoss erreichen, beugt er sich vor und verabschiedet sich schnell von den Hunden.

„Du hast nichts dagegen, wenn ich sie mitnehme?", sage ich.

Sie gehören dir. Du brauchst nicht einmal zu fragen."

„Danke, dass du dich um sie gekümmert hast, während ich weg war."

„Keine Ursache."

Ich schenke ihm eine schnelle Umarmung. „In Ordnung, ich denke, ich gehe jetzt."

Tartar und Russ setzen sich in Erwartung auf.

„Viel Glück, Göttin."

Jetzt bin ich dran mit Erröten. „Hör auf damit."

„Es fühlt sich wahrhaftiger an als Waise."

Ich lache, aber tief im Innern spüre ich die Wahrheit dieser Aussage. Er hat recht. Waise fühlte sich nie wie ein Titel an, der zu mir passte.

Außer wenn Haven ihn wie einen Spitznamen benutzte. Wenn er mich so nannte, klang er aus irgendeinem Grund anders.

*Haven könnte dich alles nennen und du würdest strahlen.*

Warum ist diese innere Stimme plötzlich so verdammt frech?

Max öffnet eine der Seitentüren, die in den Garten hinausführen. Ich drücke ihn ein letztes Mal und husche hinaus, meine Höllenhunde folgen mir hinterher.

# KAPITEL 9

## HAVEN

HAVEN und seine Soldaten erhalten keine Pferde, so dass sie gezwungen sind, zu Fuß zu reisen. Ein weiterer Beweis dafür, dass er eigentlich nichts anderes tun soll, als sich zu beschäftigen.

Als sie den Palast des Hades verlassen, gehen sie südwestlich in Richtung des Göttertors. Sie bleiben im Gänsemarsch mit Haven an der Spitze. Er hört zu, wie seine Männer hinter ihm plappern und versucht abzuschätzen, wie effektiv sie sein könnten, sollten sie auf Kronos stoßen.

„Nicht angreifen", hatte Ryver gesagt.

Scheiß drauf. Wenn Haven Kronos findet, kämpft er. Auf keinen Fall wird er sich einfach in den Büschen verstecken und darauf warten, dass Ryver hereinstürmt, um sie alle zu retten. Für wen zum Teufel hält Ryver Haven? Er mag der jüngste Knightfall sein und vielleicht hat er seine Prüfung wegen freiwilliger Niederlage gewonnen und vielleicht hat er vor seiner Wahl viel herumgebumst, aber er hat sein ganzes Leben lang für diesen Platz gearbeitet, egal wie er ihn gewonnen hat.

Er wird nicht zurücktreten.

Und wenn er nicht zurücktritt, muss er eine Vorstellung davon haben, an wessen Seite er kämpft.

„Erinnerst du dich, als Turm im Geschichtsunterricht auf den Schlamm des Hades schlug, weil er Turm einen Bananenlecker nannte?", sagt Hunter.

Roy lacht. „Hat ihm zwei Vorderzähne ausgeschlagen!"

Haven kann das Hohngelächter in Turms Stimme hören, als er sagt: „Er hat es verdammt noch mal verdient."

Big Leif kichert. Er hat die Art von Lachen, die einen Berg bis in seine Grundfeste erschüttern könnte. „Du hast ihn geschlagen, weil du nicht wusstest, was eine Banane ist."

„Wen kümmert schon die verdammte Nahrung der Sterblichen?", sagt Turm.

Haven hält an einer Wegbiegung an. Der Stab an seiner Brust fühlt sich wärmer an. Er legt seine Hand um ihn. Die Bäume sind hier dick, es ist also nicht so, dass der Zauberstab durch das Sonnenlicht erwärmt wurde. Er schaut sich um. Er sieht keine Bewegung und hört nur die Hintergrundgeräusche des Waldes: Vogelgesang und Eichhörnchen, die sich an der Baumrinde kratzen.

„Weißt du jetzt, wie eine Banane aussieht?", fragt er ruhig, den Rücken seinen Männern zugewandt.

Turm sagt widerwillig: „Nein."

„Sie sieht aus wie ein gelber Schwanz."

Roy und Hunter kichern.

„Ich hätte ihn auch geschlagen", sagt Haven.

Turm wird am schwersten zu überzeugen sein. Er kann genauso gut jetzt anfangen.

„Hörst du etwas?", fragt Big Leif zu Havens Rechten.

Haven schließt die Augen. Er schwört, dass der Zauberstab in seiner Hand pulsiert.

Als er dreizehn Jahre alt war, nahm Nereus ihn auf einen Jagdausflug in die nördlichste Region des Olymps mit, wo es das ganze Jahr über schneite, wo die Luft so kalt war, dass das Atmen schmerzte. Manchmal, wenn es nur ihn und Nereus gab, konnte Nereus die Art von Bruder sein, mit dem Haven gerne Zeit verbrachte. Wenn es eine Person in Havens Leben gab, die er gleichermaßen hasste und liebte, dann war es Nereus.

Im dichten Kiefernwald von Aolia, in dem der Schnee so kalt war, dass er knirschte, hatte Nereus Haven beigebracht, wie man auf Beute hört, wenn man sie nicht sehen kann.

„Wir haben vielleicht nicht das Gehör eines Catoblepas", hatte Nereus gesagt, sein Atem formte kleine Wolken in der Luft, „aber wir haben göttliche Macht in unseren Adern. Wir können sie nutzen, um uns zu helfen, auch wenn sie sich nicht ausdrücklich in unseren Sinnen manifestiert."

Sie kauerten in einem Kiefernwäldchen, die Knie in den Schnee gepresst. Haven war in vollem Winterpelz, aber er nahm seine Mütze ab, um besser lauschen zu können.

„Schließe deine anderen Sinne ab", sagte Nereus. „Und kanalisiere jede Kraft, die du hast, in dein Gehör."

Da das Anzapfen seiner Magie immer einfach gewesen war, hatte Haven auch mit dieser Lektion nicht zu kämpfen. Seine Magie war immer ein leicht zugänglicher Brunnen gewesen, also ließ er die Macht geistig einströmen.

Zwanzig Minuten später hatten sie einen Hirsch im Feld erlegt.

Jetzt, ein paar Kilometer vom Göttertor entfernt, die Augen geschlossen, verlagert Haven seine Macht auf seine anderen Sinne. Das Gelände ist hier anders und es gibt nicht die ausgedehnte Stille des Winters, um den Lärm besser isolieren zu können, aber er kann an seinen Männern und den Eichhörnchen und den Vögeln darüber vorbei hören.

Dennoch gibt es nichts Bemerkenswertes.

Verdammte Scheiße.

Er dachte...

*Warte mal!*

Er riecht die Luft und dreht sich um.

„Was ist los?“ fragt Big Leif, seine dunklen Augenbrauen senken sich tief auf seine massive Stirn.

Wie kann er es ihnen sagen? Wie kann er die steigende Flut in seinem Bauch erklären?

Diesen Duft würde er jetzt überall erkennen.

Weria-Blüten.

Alles in seinem Kopf wird ruhig und still.

Er wendet sich dem Göttertor zu und stürmt vorwärts.

# KAPITEL 10

Obwohl es eine Schicksalsgöttin war, die mir befahl, zum Olymp zurückzukehren und die Götter und Göttinnen nie gegen eine Schicksalsgöttin argumentiert haben, ob lebend oder tot, möchte ich nicht riskieren, jemandem zu begegnen. Der sicherste Weg wird wohl sein, den Nisa-See zu umrunden und von Westen her in Olympus City anzukommen.

Am Ostufer des Nisa-Sees gibt es ein paar beliebte Badebuchten, aber der Westen ist größtenteils wild geblieben. Es gibt einen Skulpturenpfad mit einem Fußweg, aber er wird selten benutzt. Es gibt buchstäblich Hunderte von Statuen der Götter und Göttinnen, die über den Olymp verstreut sind. Niemand muss eine Wanderung machen, um sie zu sehen.

Ich komme gerade an einer Marmorstatue des Zeus vorbei, dessen Blitz wie ein Speer nach hinten gespannt ist, als eine Bewegung aus den Augenwinkeln mein Herz zum Stolpern bringt.

Ich wirble umher, und während ich das tue, lodert die

Kraft in meinen Hände. Meine Hände glühen feuerorange im dumpfen Licht des Walds, während ich sie vor mir halte.

Tarter und Russ stehen bei meinen Füßen, die Lippen knurren nach hinten gezogen.

„Beeindruckend“, sagt Kronos.

Jetzt, da sie seine Fährte aufgenommen haben, gehen meine Hunde mit gesenktem Kopf und wedelndem Schwanz zu ihm hinüber.

*Scheiße*!

Es gibt einen Sekundenbruchteil, in dem ich glaube, Angst zu haben, und dann erinnere ich mich an unsere Begegnung in der letzten Prüfung, an sein Versprechen, dass noch mehr für mich kommen würde. Er wird mich nicht töten... oder zumindest *glaube* ich nicht, dass er es tun wird.

Meine Macht fließt zurück und meine Hände werden wieder normal. Das Schicksal sagte, ich müsse Haven finden und dann Gaia, damit sie mir helfen kann, Kronos zu besiegen, und ich bin nicht sicher, ob meine Macht eine Grenze hat. Wenn jetzt nicht der richtige Zeitpunkt ist, um ihn zu konfrontieren, dann muss ich sicher sein, dass ich mich für den Zeitpunkt der Konfrontation aufspare. Ich nehme einen ruhigen Atemzug, während mein Herz versucht, sich direkt aus meiner Brust zu schlagen.

„Du hast es zurückgeschafft“, sagt Kronos und beugt sich vor, um Tarter und Russ einen Klaps auf den Hintern zu geben. Sie jammern um seine Aufmerksamkeit und schwarzer Nebel steigt ihnen aus den Ohren.

Muss ich mir Sorgen um Tarter und Russ machen? Wem gegenüber sind sie wirklich loyal? Könnte Kronos sie gegen mich aufbringen?

Ich lasse die Arme fallen und schnippe mit den Fingern. Tarter und Russ traben zu mir zurück. *Brave Hunde,* glaube ich. Er mag der König der Titanen sein, aber meine Hunde stiehlt er mir nicht, verdammt.

Ich richte meine Wirbelsäule auf, verschränke die Arme vor der Brust und mache ein Gesicht, von dem ich hoffe, dass es Lässigkeit vermittelt, statt dass ich zu sehr panisch aussehe. Denn so fühle ich mich tatsächlich.

„Eine Schicksalsgöttin kam zu mir", sage ich ihm. „Sie sagte, du hast sie getötet?"

Als Kronos sich erhebt, ist er fast so groß wie die Statue des Zeus, und Zeus steht auf einem Marmorsockel.

Für den kürzesten Moment sehe ich Verwirrung auf Kronos' Gesicht. Ich frage mich, ob ich zu viel gesagt habe, ob er nicht wusste, dass ihm eine Schicksalsgöttin entgangen ist? „Wenn sie zu dir kam", sagt er, das Gesicht wieder leer, „dann war es das Schicksal, das dich zurückgebracht hat."

„Wenn du es sagst."

„Ana, ich will keinen Krieg mit dir." Er kommt näher. Ich trete im Gleichschritt zurück.

„Dafür ist es zu spät", antworte ich eisig und hoffe, er liest mein leichtes Zittern als Wut statt als Angst.

„Warum?", fragt er. Er scheint aufrichtig neugierig auf meine Antwort zu sein.

„Zunächst einmal *hast du die Schicksale getötet*. Und weißt du, das ist ein ziemlich großer Grund."

„Alles hat sein Ende."

„Ja, ein natürliches Ende. Nicht eins durch die Hand eines skrupellosen Titanen."

Er lacht. „Du hältst mich für skrupellos?"

Sein Gesichtsausdruck ist von Leichtfertigkeit geprägt, was in direktem Kontrast zu dem Gespräch steht, das sich darum dreht, dass er alterslose göttliche Wesen ermordet. Alles, was Kronos tut, verwirrt mich und ich denke, das ist die schlimmste Art von Gegner, mit dem man sich messen kann.

Ich muss mit Leichtfertigkeit vorgehen. Ich muss

vorsichtig sein mit dem, was ich sage und wie ich es sage. Sonst wird diese Reise enden, bevor sie beginnt.

Kronos könnte Pläne für mich haben, aber ich nehme an, dass der Nutzen aufhört, sobald ich zu lästig werde.

„Sie zu töten“, sage ich. „War das gerechtfertigt?“

Er schüttelt den Kopf und macht einen weiteren Schritt. „Sag mir, gefällt dir die Unterwerfung?“

„Wie meinst du das?“

„Dich vor den olympischen Göttern zu verneigen. Gefällt dir, wie es sich anfühlt?“

„Ich weiß nicht, worauf du hinauswillst. Es sind die Götter. Es ist immer so gewesen.“

„Ganz genau. Deshalb haben sie gegen mich gekämpft.“ Er wendet sich der Statue des Zeus zu. „Ich wollte den Olymp mit dem Reich der Sterblichen vereinen. Wir alle sind Kinder des Universums. Wir sind dazu bestimmt, es zu teilen.“

„Wenn das wahr wäre, warum wurden die Reiche dann jemals getrennt? Warum sollte Gaia sie getrennt halten?“ Ich suchte in seinem Gesicht nach einer Reaktion. Ohne jede Anstrengung habe ich das Gespräch genau dorthin gelenkt, wo ich es haben will und ein kleiner Schlag des Stolzes schlägt mir in der Brust. Wenn Kronos mich damit konfrontieren will, kann ich es genauso gut zu meinem Vorteil verdrehen, bevor er merkt, wie verstört ich wirklich bin.

Da ist ein winziges Zucken um Kronos' Augen, als ich die Mutter aller erwähne.

Interessant. Vielleicht ist sie also echt?

Warum würde er überhaupt reagieren, wenn sie eine Fabel wäre?

„Ich kenne Gaias Grund nicht“, gibt er zu. „Aber nur weil sie einmal getrennt waren, heißt das nicht, dass sie als solche bleiben sollten.“ Er schaut wieder zur Statue des Zeus auf und schielt gegen das Sonnenlicht, das durch die Bäume gebrochen ist. „Mein Sohn, der König der Götter, ist unbeherrscht. Er glaubt, das Reich der Sterblichen sei sein Spielplatz. Er nimmt und er bricht."

Es schmerzt mich zuzugeben, dass ich irgendwie seinen Standpunkt verstehe. Zeus ist dafür bekannt, dass er ohne Konsequenzen tut, was immer er will. Aber es ist nicht so, dass Kronos' Erfolgsbilanz besser wäre.

Und wie sähe meine Erfolgsbilanz aus, wenn ich die Kontrolle über meine Macht verlieren würde?

Ich will dieses Szenario gar nicht erst in Erwägung ziehen.

„Du willst also die Herrschaft von Zeus beenden?", frage ich.

„Ich will das Spielfeld angleichen."

„Und was dann?", frage ich. „Wer wird regieren?"

„Ich natürlich."

Ich lache, das Geräusch erschreckt mich, wie verrückt es klingt, aber Kronos lächelt nur nachsichtig. „Ist das nicht das Gleiche? Einen Herrscher gegen den anderen auszutauschen?"

Er schüttelt den Kopf. „Ich werde das Göttertor öffnen und unsere Gaben mit dem Reich der Sterblichen teilen und die Sterblichen werden ihrerseits ihre Gaben teilen. Wir werden ein für alle Mal vereint sein."

Ich versuche, mir Gründe dafür auszudenken, warum das schief gehen könnte. Aber mir scheinen keine Argumente einfallen zu können. Habe ich Haven nicht erst vor weniger als einer Woche angefleht, den Göttern ungehorsam zu sein und mit mir zu fliehen? Habe ich nicht gerade die Art und Weise angeprangert, wie die Götter den Olymp regieren? Habe ich nicht gerade darüber gejammert, *wie sehr* ich es satt habe?

Ist Kronos' Plan nicht derselbe?

*Oh Götter.*

Vielleicht macht er eine Gehirnwäsche mit mir?

Nein, diese Gedanken hatte ich schon lange vor Kronos.

Die Wahrheit ist, dass ich mir für den Olymp etwas anderes gewünscht *habe*. Aber mein Ärger darüber, wie die Dinge waren, war abstrakt und gleichzeitig persönlich. Ich hatte nie das Gefühl, in das von den Göttern geschaffene System zu passen oder dazu zu gehören, weil ich keinen Familiennamen hinter mir oder einen bestimmten Gott oder eine bestimmte Göttin als Gönner hatte. Ich dachte nie, dass es eine andere Art zu existieren gäbe.

Und dann, dass die Götter eine Verbannung in das Reich der Sterblichen als Strafe ansahen... die Macht und die Erinnerungen an all die, die vor mir die Nachkommensprüfung verloren, auslöschten.... Natürlich war das ungerecht. Aber es war einfach so, wie es war. Ich habe nie daran gedacht, dagegen anzukämpfen.

Aber jetzt....

Möchte ich es bekämpfen?

Kronos ist der Feind. Ich kann mich unmöglich auf seine Seite schlagen.

*Er ist auch dein Vater.*

Nein. Nein. Diesen Weg will ich nicht einschlagen. Ich stelle mich nicht auf die Seite eines Feindes und eines Vaters, der mich gerade erst unter seinen kriegslüsternen Fittichen aufgenommen hat.

„Was hast du gerade gedacht?" fragt Kronos. „Dein Gesicht wurde scharf und rachsüchtig."

„Ich dachte daran, wie ich dich zum Tartaros zurückschicken kann."

Er lacht. „Das wird nicht geschehen."

„Woher willst du das wissen?"

„Weil ich eher sterben werde, bevor ich dorthin zurückkehre."

Ich höre den leisesten Anflug von Angst in seiner Stimme. Kronos, König der Titanen, hat Angst davor, in sein Gefängnis zurückzukehren. Das würde ihn so verzweifelt machen, dass er alles tun würde, um sich da rauszuhalten.

Vielleicht bin ich neu im Krieg, aber selbst ich weiß, was Verzweiflung bei jemandem auslösen kann. Sie macht einen schlampig, aber sie kann einen auch skrupellos machen.

„Was willst du von mir?", frage ich.

„Ich möchte, dass du mir hilfst, den Olymp zum Besseren zu verändern."

Kalte Furcht durchströmt meine Adern, als ich diese Worte höre, denn sie sind fast identisch mit den Worten in der Prophezeiung, die Sure mit mir teilte.

*„...denn sie wird der Anbruch einer neuen Ära auf dem Olymp sein."*

Ist dies nun doch mein Schicksal?

Sich mit meinem Schurkenvater zu verbünden und Krieg mit den olympischen Göttern zu führen? Das ergibt allerdings keinen Sinn. Das *Einzige,* was in der Botschaft der Schicksalsgöttin klar war, war, dass es mein Schicksal war, Kronos zu besiegen. Nicht, ihm zu helfen.

Ich schüttle den Kopf und wanke zurück. „Ich werde das nicht tun. Ich werde deinen Kampf nicht für dich kämpfen. Dafür habe ich mich nicht bereit erklärt."

Kronos dreht sich nur leicht um und ignoriert mich, als würde er etwas in der Ferne hören.

Ich schaue an ihm vorbei in den Wald. Wenn es die Götter sind, die kommen, sitze ich vielleicht in der Scheiße. Denn ich befinde mich gerade auf der falschen Seite des Göttertors... ganz zu schweigen davon, dass ich mit Kronos im Wald stehe.

„Was ist los?“, frage ich. Der Gedanke an das Unbekannte dreht mir den Magen um.

Als Kronos mich ansieht, erscheint ein Lächeln auf seinem Gesicht. Es fühlt sich wie ein Geheimnis an.

„Haven Knightfall“, sagt er.

Mein Herz springt mir in die Kehle.

Irgendwie ist das schlimmer als die Götter.

# KAPITEL 11

## HAVEN

Obwohl Haven den Befehl hatte, die südwestliche Seite des Olymps und das Gebiet um das Göttertor zu durchkämmen, findet er sich unerklärlicherweise auf dem Weg nach Norden zum Nisa-See wieder. Seine Männer stellen ihn nicht in Frage, als er mit göttlicher Entschlossenheit durch die Wälder geht.

Der Stab wird an seiner Brust wärmer.

Als er sich einen halben Kilometer vom Nisa-See entfernt befindet, bleibt er stehen. Wenn er nach Osten geht, führt er um das Amphitheater herum, wo sie die Wahlzeremonie abgehalten haben und von dort aus würde sich der Fußweg zurück ins Herz von Olympus City schlängeln.

Wenn Kronos versuchte, diskret in die Stadt zu gelangen, wäre es klüger, um die Westseite des Nisa-Sees herumzugehen.

Und wenn Ana versuchte, sich zurück nach Olympus

City zu schleichen, würde sie sicher zum gleichen Schluss kommen.

Die Geruch von Weria ist verblasst, aber Haven hat das Gefühl, dass er sich das nicht nur eingebildet hat, dass es kein Zufall war.

Er wendet sich nach Westen und kommt schließlich zum Skulpturenweg.

Der Stab pulsiert und leuchtet auf. Er beschleunigt seine Schritte und als er um einen dichten Hain von Immergrün herumkommt, kommt er zu einem ruckartigen Halt.

Plötzlich ist die ganze Luft aus seinen Lungen verschwunden.

Ana steht ein paar Meter von ihm entfernt, ihre Haare sind offen und nass um ihr Gesicht. Auf ihrer Wange ist ein Schmutzfleck oder Asche zu sehen. Ihre Lippen sind feucht. Ihre Stirn ist in Furchen gelegt.

„Haven."

Er beobachtet, wie ihre Lippen seinen Namen formen und alles in seinem Inneren schmerzt.

Er geht fast zu ihr, bis er die Gestalt entdeckt, die hinter ihr steht. Eis füllt seine Adern.

Der Stab ist jetzt wie Sternenlicht an seiner Brust.

Haven ist Kronos noch nie zuvor von Angesicht zu Angesicht begegnet, aber er hat genug von der illustrierten Version gesehen, dass er den Titan überall erkennen würde.

„Haven, warte", sagt Ana und hält ihre Hand hoch.

Sie muss die Spannung in seinem Körper lesen.

„Das ist der verdammte Titan", sagt Turm hinter ihm.

Anas Augen schweifen über seine Männer. Er kann spüren, wie sie sich um ihn herum auffächern. Er ist an der Spitze, ihr Anführer. Sie warten darauf, dass er das Wort sagt.

Er wird nicht aufgeben.

„Stell dich hinter mich", sagt er zu Ana. „Beeil dich, Waisenkind."

„Warte. Warte. Bitte."

Haven knirscht mit den Zähnen und starrt sie mit schmalen Augen an. Sie hat ihm nie zugehört. Das hat ihn wütend gemacht und ihn dazu gebracht, sie mehr zu mögen.

„Nur ein Wort, *Legat*", sagt Big Leif.

„Haven, tu das nicht. Du wirst nicht..."

Adrenalin in seinen Adern. Er hat genug Kämpfe mitgemacht, um den Blutdurst seiner Männer zu erkennen. Er kann ihn in der Luft spüren. Die Vorfreude auf den Kampf ist fast so berauschend wie die Schlacht selbst.

„Jetzt!", schreit er.

Seine Männer eilen mit gezogenen Schwertern an Ana vorbei.

Die Macht glüht in ihm auf. Er fühlt sich unaufhaltsam. Unberührbar. Da ist nur diese Lichtung, er und seine Männer und ein entkommener Titan. Und Ana.

Er packt sie und stößt sie zurück. Sie jault auf. Er wird sich später die Hölle dafür einfangen, aber er braucht sie sicher und außer Reichweite der Schlacht.

Die Hand am Griff seines Schwertes zieht er es mit einem langen Schwung seines Armes. Seine Männer rennen auf Kronos zu, ihre eigenen Waffen nach hinten geworfen.

Kronos bewegt sich nicht. Er geht nicht in eine Kampfstellung.

Dies ist der erste Hinweis, der Haven sagt, dass er einen Fehler gemacht hat.

Vielleicht wusste Ryver doch, wovon er sprach.

Stattdessen hebt Kronos seine Hand. Seine Finger führen sich zusammen, als wolle er schnippen. Wenn ein Titan mit den Fingern schnippt, möchte man nicht auf der Empfängerseite dessen stehen, was er im Sinn hat.

Der Instinkt treibt Haven an. Das war schon immer das,

woran sein Training geschliffen hat. Lern, wie man kämpft und lass dich dann auf dem Schlachtfeld von dem in deinem Körper verwurzelten Instinkt treiben.

Dein Instinkt wird dich nie im Stich lassen.

Haven zieht an seiner Magie und wirft ein weites Netz aus, das seine Männer abschirmt, während er gleichzeitig „*Relique*!" ruft.

Jeder Soldat im Haus des Hades wird vom ersten Moment seiner Ausbildung an in Ein-Wort-Kommandos unterrichtet. Haven hofft, dass Kronos sie nicht kennt oder zumindest zu sehr auf sein eigenes Ego fixiert ist, um darauf zu achten. Denn *Relique* bedeutet Rückzug, und während Havens Männer durch den plötzlichen Wechsel verwirrt sind, gehorchen sie. Ihre Instinkte sind genauso geschärft wie seine.

Als Gruppe stoppen sie ihren Angriff und ziehen sich nach Osten zurück, während Havens Macht perfekte Nachbildungen von ihnen hochzieht, Illusionen, die weiterlaufen, den Kurs halten, während Kronos mit den Fingern schnippt.

Die Illusionen fallen in einem Haufen von Gliedmaßen zu Boden, und Haven bleibt stehen und spielt mit dem Schock und der Angst.

Ana wendet sich Kronos zu. „Du... du hast sie getötet. Sie alle." Ihre Stimme zittert fast so stark wie ihr Körper. „Du bist ein verdammter Tyrann!"

Kronos ignoriert Ana und blickt kaum auf die Körper, die jetzt um ihn herum verstreut sind. Seine Augen sind auf Havens Hand gerichtet, als Haven nach dem Stab um seinen Hals greift.

Der Stab pulsiert in seinem Lederriemen.

In einem Wimpernschlag ist der Titan verschwunden. Haven dreht sich im Kreis und versucht, seinen Körper zwischen Ana und Kronos zu halten, wo auch immer er erscheinen mag.

„Wo zum Teufel ist er hin?“, sagt er.

„Haven“, schreit Ana, „du musst mir zuhören…“

Starke Hände packen ihn an den Schultern und wirbeln ihn herum. Kronos knallt ihn gegen einen Baumstamm, und die ganze Luft wird aus ihm herausgeschlagen.

Der Titan überragt ihn. Er ist ein Riese von einer Gottheit. Groß genug, um die Sonne zu verdecken.

„Dachtest du wirklich, du hättest eine Chance? Kein einfacher Nachfahre des Hades wird mich töten.“

Haven lächelt. „Es war einen Versuch wert.“

Kronos neigt den Kopf und verengt seine scharfsinnigen grauen Augen gegenüber Haven, als sei er ein Käfer, der gerade etwas Lustiges getan hat. Haven würde diesen Blick überall erkennen. Die Knightfall-Familie verwendet ihn oft bei Menschen, die sie für niedrig halten.

„Kronos, tu das nicht“, sagt Ana. „Bitte. Nicht er.“

In den Augen des Titanen erscheint ein Hauch des Zögerns.

Haven mag mit dem Gesicht von Kronos vertraut sein, aber jetzt, da er dem Titanen ganz nahe steht, kann er sehen, wo die Künstler ein paar Dinge falsch gemacht haben.

In seinem Blick liegt eine kühle Distanz, die mit einem Bleistift niemals eingefangen werden könnte. Seine Nase ist schärfer, am Rücken schmaler. Das erinnert Haven an einen steilen Berghang. Wie Stein, der abgeschliffen wurde.

Der Titan riecht nach frisch gegrabener Erde und nach etwas Älterem, etwas Ursprünglichem.

„Kronos“, sagt Ana noch einmal.

*Was zum Teufel ist hier los?*

Havens Gehirn beginnt, die Puzzleteile zusammenzusetzen und stellt fest, dass Ana nicht nur mit einem entkommenen Titan mitten im Wald ist… sie verhält sich nicht so, als hätte sie Angst vor Kronos. Sie scheint mehr wütend als ängstlich vor ihm zu sein. Ist sie wirklich *so* naiv? Oder ist es etwas anderes?

„Ein Knightfall", sagt Kronos mit Verachtung, als er diesen Namen ausspricht.

Haven richtet den Blick seiner ungleichen Augen auf Kronos. „Du kennst mich. Was hat ihn verraten?"

„Der Gestank der Hybris."

„Das werde ich nicht bestreiten."

Kronos lacht wieder. „Ich weiß nicht, ob ich dich nicht genug hasse, um dich doch noch zu töten."

„Ich kann charmant sein."

Ana macht hinter ihnen ein Geräusch, das unglaublich wie ein Schnauben klingt. Haven stellt sich vor, dass sie wahrscheinlich auch die Augen verdreht. Dadurch wird sein Inneres warm.

„Weißt du, was ich noch habe?", sagt Haven.

Der Titan hebt eine Braue. „Was wäre das?"

„Ein Geschenk."

Haven greift nach seinem Inneren und zieht alle Macht, die er hat. Es ist eine Spule, die sich in seiner Mitte zusammenzieht, ein elektrisches Kribbeln, das in seinen Adern fließt.

Er muss nur an die Illusion denken, die er Kronos sehen lassen will, und seine Macht erledigt die Arbeit für ihn. Er weiß, dass er es nicht mit einem Titanen aufnehmen kann, also entscheidet er sich für etwas Einfaches, etwas, das nicht sofort so aussieht, als sei es außerhalb der Realität.

Er denkt an das Feuerwerk der Herbstmaskerade, als die Götter nach Sonnenuntergang eine Show für Olympus City veranstalten, wie die Funken auflodern und knistern, wie der Nachhall der Explosion die Zähne klappern lässt.

Kronos blinzelt beim Knistern des Feuerwerks auf. Seine Brauen sinken und seine Nase zuckt. Er lässt Haven los und tritt einen Schritt zurück.

Haven reißt sich den Stab vom Hals und zerbricht ihn in zwei Hälften. Ein Lichtfeuer fliegt vom Zauberstab auf. Ein lauter Knall sendet eine Schockwelle durch den Wald.

Haven wirft den zerbrochenen Zauberstab auf den Boden, rennt zu Ana und packt sie am Handgelenk.

„Was hast du getan?“, fragt sie.

„Das ist ein Maskenfeuerwerk.“

„Ernsthaft? Ein Feuerwerk? Das wird Kronos nicht aufhalten. Er ist ein *Titan*, Haven.“

„Ich musste ihn nicht aufhalten, Waisenkind. Ich musste ihn nur ablenken.“

Hades ist der Erste, der auf das Leuchtfeuer reagiert. Dann Athena. Ares. Und schließlich Zeus.

Die Götter bilden einen Halbkreis um Kronos.

Haven lässt die Illusion des Feuerwerks verblassen, und Kronos sieht die Götter an, als stünde er nur herum und warte darauf, dass sie mitmachen.

„Meine Kinder“, sagt er. „Seid ihr gekommen, um mich zu Hause willkommen zu heißen?“

Der Blitz des Zeus knistert in seiner Hand. Dunkelheit erhebt sich von den Schultern des Hades. Athene trägt ihre Ägide mit dem Gorgonenkopf und einen Kampfspeer in der Hand. Ares steht neben ihr, gekleidet in voller Kampfrüstung und hat das Schwert gezogen.

Ihre Aufmerksamkeit ist auf Kronos gerichtet.

„Komm schon, Waise“, flüstert Haven und zieht sie von der Lichtung weg, damit die Götter sich um ihren wahnsinnigen Titanenvater kümmern können.

Ana wehrt sich gegen seinen Griff, weil sie störrisch und wütend ist. Zu jeder anderen Zeit würde Haven es amüsant finden.

„Wir können deine Männer nicht einfach zurücklassen“, sagt sie. „Ich meine... sie könnten tot sein, aber es wäre falsch, wenn...“

„Meine Männer sind nicht tot."

„Wovon sprichst du? Ihre Körper liegen buchstäblich auf dem Boden."

Er hält sie fest und zerrt sie um eine Reihe von Zedernbäumen, wo sich seine Männer versteckt haben, seit er den Befehl zum Rückzug gab.

Mit leiser Stimme sagt Roy: „Ich muss zugeben, dass ich wirklich gegen einen Titanen kämpfen wollte, aber wenn ich sehe, was er mit den Illusionen gemacht hat, die du produziert hast... ich schätze, wir hatten keine große Chance."

Big Leif geht auf ein Knie und beugt seinen Kopf. „Du hast uns das Leben gerettet, Legat."

Die anderen folgen ihm. Turm sagt: „Wir schulden dir großen Dank, Legat."

„Steht auf", sagt Haven, und weil sie pflichtbewusste Soldaten sind, tun sie es. „Verbeugt euch niemals vor mir."

„Legat", beginnt Big Leif und Haven schneidet ihm mit einem scharfen Blick das Wort ab. „Haven, meine ich. Ich werde keinen Befehl missachten, aber genau wie du eine Pflicht uns gegenüber hast, haben wir eine Pflicht dir gegenüber, und der gebührende Respekt steht ganz oben auf dieser Liste. Ich will also kein Arschloch sein, aber wir werden diesen Befehl nicht befolgen."

„Er hätte dich töten können", fügt Roy hinzu. „Nicht viele Kommandeure, die wir kennen, würden sich für Samen wie uns opfern."

*Samen* ist ein abwertender Begriff für Nachkommen, die so weit unten in der Kette stehen, dass sie genauso gut noch Sperma sein könnten.

Haven will sie korrigieren und das richtig stellen, aber dafür ist keine Zeit.

„Wenn ihr eure Köpfe behalten wollt, schlage ich vor, ihr hört auf euch zu verbeugen und lauft weg."

Die Männer zögern.

„Was ist mit dir?“, fragt Big Leif.

Haven schaut Ana über die Schulter hinweg an. Wenn er seinen Posten und seine Männer verlässt, wird er für immer als Verräter gebrandmarkt werden. Er wird keinen Titel haben. Schlimmer noch, er wird kein Zuhause haben.

Für den Bruchteil einer Sekunde packt ihn die Unentschlossenheit.

Verliert er alles, was er je gekannt hat?

Ana trifft seinen Blick. Es liegt ein Wissen in ihren Augen. „Haven“, sagt sie. „Tu es nicht.“

Er war so wütend nach ihrer letzten Prüfung.

Wütend, dass sie sich für ihn opfern würde. Wütend, dass sie ihm etwas wegnahm, für das er so hart gekämpft hatte.

Aber als sich der Staub gelegt hatte, erkannte er, dass seine Wut nicht darauf zurückzuführen war, dass sie ihm den Sieg geschenkt hatte.

Er war wütend, dass sie ihn zum Handeln gezwungen hatte.

Alles, was er sich je gewünscht hatte, war, eine Wahl zu haben.

Und jetzt weiß er, welche Möglichkeiten er hat und welche Folgen das haben wird.

Und er weiß, welche Wahl er hat.

Er entscheidet sich für sie.

In jedem Szenario, in jedem Reich, würde er Ana wählen.

„Geht“, sagt Haven zu Big Leif. „Bring die anderen zurück in den Palast des Hades. Wir haben getan, was uns aufgetragen wurde. Wir haben Kronos gefunden.“

Big Leif schüttelt den Kopf. „Wir lassen dich nicht zurück, Legat.“

„Das ist ein Befehl“, fordert Haven. „Du hast weder eine Wahl noch die Macht, mich deswegen zu bekämpfen.“

Big Leif reißt den Mund auf, nickt aber einmal.

„Geht“, drängt Haven.

Sie drehen sich um und rennen.

In der Ferne grollt der Donner. Der Kampf hat eindeutig begonnen.

Haven greift wieder nach Ana und zerrt sie auf dem Weg nach Norden.

„Wo gehen wir hin?“, fragt sie.

Er antwortet ihr nicht. Er ist sich noch nicht sicher. Er ist offiziell abtrünnig geworden. Es gibt vielleicht keinen sicheren Ort im Olymp.

Das Einzige, was im Moment zählt, ist, dass Ana wieder an seiner Seite ist.

# KAPITEL 12

Während Haven mich durch die Wälder zurück in Richtung Olympus City führt, versuche ich, mich nicht zu sehr darauf einzulassen, dass er hier ist, bei mir, und dass er mich nicht gerade zu hassen scheint.

Oder tut er das doch?

Vielleicht schleppt er mich zu Nereus.

*Viel Glück, Waisenkind,* wird er sagen, kurz bevor er mich mit eingezogenem Schwanz in das Reich der Sterblichen zurückschickt. Wenn Nereus mich bis dahin nicht einfach umbringt.

Ich versuche, mich um diese mögliche Konsequenz zu kümmern, aber alles, woran mein Gehirn denken kann, ist: Haven ist hier.

*Haven ist hier.*

Es beginnt zu regnen, als wir endlich aus den Wäldern am Nordufer des Nisa-Sees auftauchen und uns am Rande von Olympus City befinden. Wir sind nur wenige Kilometer von Hestias Haus entfernt, aber es könnte eine andere Welt sein. Ich war erst einmal in diesem Teil der Stadt und es ist Jahre her, als Sura einen Schmied finden musste, um eines ihrer Gartengeräte zu reparieren.

Das übliche Trommeln des Stadtlärms wird leiser, während der Regen zunimmt. Meine Kleider fingen gerade erst an, von dem Sturm auf der sterblichen Seite zu trocknen. Jetzt bin ich wieder durchnässt. Mein kratziges sterbliches Hemd klebt an meinem Körper. Meine Füße quietschen in meinen nassen Stiefeln.

Havens dunkles Haar klebt an seinem Kopf und für einen Moment sieht er wie jeder normale Junge aus, einer, der bei Regen ebenfalls wie eine durchnässte Ratte aussieht. Aber dann streicht er mit der Hand durch das Haar, so dass es in einer völlig unordentlichen Welle nach oben ragt.

Als er mich über die Schulter ansieht, die Lippen feucht, der Regen tropfte von seiner Nase, die Haare zerzaust, schlägt mein Herz schneller.

*Haven ist hier.*

„Geh weiter, Waisenkind", sagt er.

Wir schlüpfen eine Gasse entlang, wo uns zwei Katzen unter einer Lagerkiste anstarren. An diesem Punkt stelle ich fest, dass meine Hunde verschwunden sind. In all dem Chaos habe ich sie aus den Augen verloren.

Sie sind immer gekommen und gegangen, wie es ihnen gefiel, aber dies ist die schlechteste Zeit für sie, zu verschwinden. Ich hoffe, sie sind nicht in zu viele Schwierigkeiten geraten.

Aus der Gasse heraus überqueren Haven und ich eine der ungepflasterten Straßen im olympischen Schmelzbezirk. Alle Schmiede sind ruhig. Eine Gruppe stämmiger Männer sitzt unter einem Zeltbaldachin um ein Fassfeuer herum, aber sie trinken und tummeln sich und nehmen sich gerne den Nachmittag frei. Sie schenken uns keine Beachtung, als wir uns schließlich in ein zweistöckiges Lagerhaus schleichen.

„Wo sind wir?", frage ich. Draußen gab es keine Beschilderung, die mich darauf hinwies.

Die Fenster sind schmutzig, und während in der Ferne der Donner grollt und das Tageslicht auslöscht, ist es schwer, meine Umgebung zu sehen. In der Ecke stehen ein paar Holzkisten gestapelt, und direkt vor mir stehen ein Tisch und vier Stühle.

Ich höre Haven wegschlurfen. „Dies ist ein Lagerhaus der Knightfalls. Es wurde eine Weile nicht benutzt."

Er kommt mit einem silbernen Kerzenständer zurück, in dessen Halter eine Elfenbeinkerze geschoben ist. Ohne mit der Wimper zu zucken, zündet er mit seiner Magie den Docht an und setzt ihn dann auf den Tisch.

Regen prasselt auf das Blechdach.

Haven und ich starren einander an. Seine ungleichen Augen sind im schwankenden Kerzenlicht noch beunruhigender.

Schließlich betrachte ich seinen Anblick.

Er trägt die Kleidung eines Offiziers des Hades. Der lederne Brustpanzer mit dem Symbol des Hades - Cerberus mit dem Lorbeerkranz - ist auf seiner Brust zu sehen. Lederschienen bedecken seine Unterarme und schwarze Lederstreifen sind um seine Hände gewickelt. Das Ende eines der Streifen baumelt um seinen Daumen.

Der Donner kracht über ihm und ich kann sein Echo in den Sohlen meiner Stiefel spüren.

„Was hast du mit Kronos gemacht?", fragt Haven mich.

Ich lecke mir die Lippen. Ich war auf diese Frage vorbereitet, aber ich bin nicht bereit, sie zu beantworten.

Die ganze Zeit habe ich gekämpft, um zu beweisen, dass ich besser bin als Haven, aber wenn ich ihm sage, was ich bin, dass ich etwas ganz anderes bin, wird das etwas zwischen uns ändern?

Nicht, dass ich genau wüsste, was zwischen uns bleibt.

Er war nach der Prüfung ein Arschloch gewesen und ich hasse ihn.

*Nein, das tust du nicht.*

„Willst du es wirklich wissen?“, sage ich und verschränke meine Arme vor der Brust.

Havens Augen weichen nie von meinem Gesicht. Seine genauen Beobachtungen stellen meine Haare in meinem Nacken auf. „Ja.“

Es gibt keinen guten Weg, um zu dieser Frage zu kommen, also platze ich einfach damit heraus.

„Kronos ist mein Vater.“

Ich bemerke das Zucken seiner Augen, als er dieses Geheimnis aufnimmt. Die längste Zeit sagt er gar nichts. Keiner von uns bewegt sich. Der Regen fällt heftiger und die Kerze flackert in einem Luftzug.

Ich habe Angst, mein Herz könnte aus meiner Brut hervorbrechen.

*Sag etwas.*

*Sag irgendetwas.*

„Dann gibt es kein Waisenkind mehr.“ Er kommt näher.

„Ich glaube nicht.“

„Wenn du die Tochter von Kronos bist, macht dich das...“

„Eine Göttin“, unterbreche ich, weil es irgendwie genauso dumm klingt und keine so große Sache ist, wenn ich es sage.

Wenn Haven das tut....

„Hades hat mir gesagt, dass er deinen Namen nicht in die Moirai-Kiste getan hat“, gibt Haven zu.

„Hat er das?“ Ich rümpfe vor Ärger die Nase. „Ich wünschte, er hätte es mir früher gesagt. Ich musste es von einer Schicksalsgöttin erfahren.“ Ich schaue ein wenig verärgert weg. „Manchmal hasse ich es, wie geheimnisvoll und selbstgefällig die Götter sind.“

„Sagt die geheime Göttin.“

Meine Augen blicken zu ihm zurück.

Er hat es gesagt. Verdammt.

Ich hatte Angst, dass er sich, sobald er es wusste, wieder gegen mich wendet, wie schon so oft zuvor. Aus irgendeinem Grund lieben er und ich diesen Tanz, den wir tanzen, diese zwei Schritte vorwärts, zehn Schritte zurück. Ich glaube, wir bestrafen uns gerne gegenseitig.

Vielleicht, weil wir nicht wissen, wie man liebt. Weil wir nie geliebt wurden. Oder zumindest nicht so geliebt, wie wir es brauchten oder wollten.

Ich bin von Sura und Clea und sogar von Hestia geliebt worden, aber ich kann nicht leugnen, dass ich seit sehr langer Zeit ein Loch in meinem Herzen habe.

Ich habe es einfach akzeptiert. Ich dachte, es war ein Teil von mir. Das Waisenkind, dessen Eltern sie nie beanspruchten, das unerwünscht war und nicht dazugehörte.

Haven und ich mögen aus zwei verschiedenen Häusern stammen und auf zwei sehr unterschiedliche Arten aufgewachsen sein, aber das verstehen wir vollkommen.

Diese Sehnsucht nach etwas anderem.

„Warum hast du diese Dinge zu mir gesagt?“, frage ich. „Nach der Prüfung?“

Er kommt zum Stillstand. Die Luft im Lager riecht muffig und feucht, aber ich kann auch Haven riechen, Schweiß und nasses Leder und die Würze seiner Seife. Es ist eine berauschende Mischung, die mich vor Verlangen ein wenig schwindelig fühlen lässt.

Ich bin immer noch wütend auf ihn, aber bei jedem Schritt, den er auf mich zukommt, fühle ich mich ein wenig leichter, ein wenig aufgeregter, ein wenig erleichterter.

„Ich war wütend“, gibt er zu, und sein bernsteinfarbenes Auge fängt das Feuerlicht ein und wird zu leuchtendem Gold. „Mein ganzes Leben lang habe ich mir diese Prüfung vorgestellt. Ich stellte mir vor, wie ich kämpfen und wie ich gewinnen würde.“ Er neigt den Kopf und atmet tief durch.

„Von dem Moment an, als du bei der Wahlzeremonie auf die Bühne getreten bist, hast du alles verändert, was ich zu wissen glaubte. Über mich selbst, über den Olymp, über die Götter." Er schaut mich wieder an, sein Körper war schief und sein Kopf geneigt. „Ich glaubte, ich konnte dich schlagen und wollte es beweisen."

Jetzt ist er nur noch ein paar Schritte von mir entfernt. „Als du aufgegeben hast, hast du mir etwas weggenommen." Seine Augen glitzern im Kerzenschein.

„Was wäre das?", wage ich zu fragen.

„Die Chance, dir zu zeigen, dass ich diesen Sieg verdient habe."

„Aber das hast du", sage ich.

Er schüttelt den Kopf. „Ich hatte nie eine Chance gegen dich, Waisenkind. Das wissen wir beide."

Ich spüre den fernen Stich von Tränen. „Es tut mir leid. Es tut mir leid, dass es so passiert ist. Ich... es ist..." Ich lasse nach, versuche herauszufinden, wie viel ich sagen soll und wie ich es sagen soll. Haven und ich sind nicht gerade gesprächig, haben immer die Spiele der Götter gespielt und einige Dinge für uns behalten. Aber warum jetzt etwas vor ihm verheimlichen? Die Spiele sind vorbei.

„Das Schicksal sagte mir, dass du sterben würdest, wenn ich gewinne", gebe ich zu. „Das konnte ich nicht zulassen."

Seine Augen verengen sich leicht, während er dieses Eingeständnis registriert. Ist es nicht das, was er erwartet hat? Denkt er, ich hätte mich aus einem anderen Grund geopfert?

„Hast du deshalb aufgegeben?", fragt er.

Ich zucke mit den Achseln. „Das und Kronos. Er war bei der Prüfung. Dort sagte er mir, er sei mein Vater. Und mir wurde klar, dass er mich in diesem Krieg benutzen wollte."

„Der Krieg hat so oder so begonnen, Waisenkind."

„Ich weiß."

„Wäre ich also im Reich der Sterblichen nicht sicherer gewesen?“

Ich wandte meinen Blick ab, nicht gewillt, ihm diesen Teil der Geschichte zu erzählen. Aber wenn ich auf ihn zurückblicke, denke ich, er weiß es bereits.

Er weiß, dass seine Familie ihn für diese Schande getötet hätte.

Er macht einen weiteren Schritt und schließt die Distanz zwischen uns. In der Sekunde, in der er in meinen persönlichen Bereich tritt, erhebt sich eine Gänsehaut auf meinen Armen. „Danke, dass du mich beschützt hast, Waise.“

„Es war keine große Sache.“

Er lächelt und mein Magen dreht sich bei diesem Anblick. „Das war es.“

Wir sitzen für einen Moment in wohliger Stille da und dann frage ich: „Und was machen wir jetzt?“

Er streckt die Hand aus und schiebt eine nasse Haarsträhne von mir weg. „Wir bleiben hier, bis der Regen vorbei ist, und dann machen wir mit deinem Plan A weiter. Lass uns laufen. Wohin du willst. Wir gehen dorthin.“

Das klingt so verdammt unglaublich.

Dazu möchte ich ja sagen.

Da bin ich zu hundert Prozent dabei.

Wenn nur nicht der ganze Olymp in Gefahr wäre.

„Wie wäre es damit…“, kontere ich und wünschte, wir könnten seinen Plan ausleben. „Wie wäre es, wenn wir beide noch eine Pilgerreise machen?“

Die Schicksalsgöttin hätte mir sagen können, dass ich Haven auf diese Reise mitnehmen muss, aber mehr als das, mir ist klar, dass ich ihn an meiner Seite haben *möchte*.

„Eine Pilgerreise, hm?“

Ich weiß genau, an was er sich von unserer letzten Reise durch die olympische Landschaft erinnert. Meine Wangen werden warm.

Irgendwie hat er es geschafft, mich mit dem Rücken an die Wand zu drücken, ohne dass ich es gemerkt habe. Er steckt meine Haare hinter mein Ohr. Eines der Bänder aus den Lederriemen um seine Fingerknöchel streift meinen Kiefer und löst ein Kribbeln auf meiner Kopfhaut aus. „Wohin würden wir gehen?“, fragt er.

„Wenn ich es dir sage, hältst du mich für verrückt.“

Er beugt sich vor. „Sag es mir einfach, Hearthtender.“

Sein Atem riecht nach Distelminze. Das macht mich absolut wild, und mein ganzer Körper verkrampft sich, als ob er sich auf einen Stromschlag vorbereitet.

Kribbelnde Blüten zwischen meinen Beinen.

Draußen blitzen Blitze auf und werfen einen unheimlichen Schein durch das Lagerhaus. Der antwortende Donner ist schnell und heftig. Mein Herz klopft heftiger.

„Um Gaia zu finden.“

Die Stille, die über Haven kommt, sagt mir alles, was ich wissen muss.

Er *hält* mich wirklich für verrückt.

Verdammt, ich halte mich für verrückt, weil ich die Möglichkeit in Betracht ziehe, dass sie existieren könnte.

Haven blinzelt schließlich und holt tief Luft. „Du willst hinaus in die olympische Wildnis, um die Mutter aller zu finden?“

Ich mache ein Gesicht zu ihm. „Vielleicht?“

Er lacht. Ihr Götter, ich liebe den Klang dieses Lachens. Denn es ist nicht nur der Klang selbst, sondern dass er es als Reaktion auf mich ausstößt. Ich glaube, Haven Knightfall lacht nur dann wirklich, wenn er tatsächlich jemanden mag, was kaum vorkommt, fast nie.

Und wenn er mich mag, denke ich, dass ich vielleicht das größte Geschenk habe, das je jemandem im Olymp gemacht wurde.

Er lehnt sich an die Wand und benutzt die Rückseite

seines Unterarms als Stütze. Jetzt ist sein Mund nur Zentimeter von meinem entfernt. Seine andere Hand streichelt die Seite meines Gesichts und sein Daumen gleitet über meine Unterlippe.

Bei der Berührung klappen mir die Augen zu.

Von Haven berührt zu werden, bedeutet, von einer Feder mit dem Gewicht der Sonne berührt zu werden.

„Komm mit mir", sage ich, die Augen noch geschlossen.

„Warum?", seine Stimme ist jetzt heiser.

„Weil..."

Ich fühle, wie er sich näher an mich lehnt, sein Atem ist heiß auf meinen gespreizten Lippen. „Warum, Waisenkind?"

Dieselbe aufregende Energie läuft mir über den Rücken. Schmetterlinge füllen meinen Bauch.

Wie hätte ich jemals gedacht, dass ich im Reich der Sterblichen ohne Haven leben könnte?

Ich glaube, ich wäre ohne seine Wärme wie eine Blume verwelkt.

„Waise." Diesmal ist seine Stimme scharf, ganz wie die eines Befehlshabers von Hades. Er beugt sich vor und küsst meinen Kiefer. Mein ganzer Körper erschauert, und obwohl meine Augen noch immer geschlossen sind, kann ich Havens zufriedenes Lächeln praktisch hören.

„Die Schicksalsgöttin hat mir gesagt, dass ich dich brauche", sage ich ihm, denn das ist die Wahrheit, wenn auch nur ein Teil davon.

„Aber was willst du?", fragt er, während er mein Ohrläppchen zwischen die Zähne nimmt und vorsichtig zubeißt. Ich ziehe mich instinktiv von dem Schmerz weg, aber er hält mich fest, indem er sich näher an mich drückt.

„Ich will..."

Er kommt wieder hoch, um meinem Blick zu begegnen, während meine Augen aufblicken. „Ja?"

„Ich will dich."

„Warum?“

Endlich habe ich mich lange genug unter Kontrolle, um ihn anzuschauen. „Müssen wir diese Spiele spielen?“, sage ich, in der Hoffnung, verärgert zu klingen und nicht piepsig und hungrig.

„Ja“, sagt er ganz sachlich. „Ich glaube, wir spielen diese Spiele gern.“

Ist das nicht die verdammte Wahrheit?

„Willst du mich, Waisenkind?“ Er streift mit seinem Mund über meinen, hält dort inne, fast berührt er mich, aber nicht ganz.

„Ja“, sage ich mit mehr Kraft in ihn hinein.

Er tritt einige Meter zurück und breitet seine Arme aus. „Zeig es mir.“

„Was?“ Ich runzelte die Stirn.

Mit einer Hand löst er die Lederriemen seines Brustpanzers, während er ihn mit der anderen Hand um die Schulter zieht. Als die Riemen gelöst sind, reißt er sie über seinen Kopf und wirft sie hinter sich her.

„Zeig mir, wie sehr du mich willst, und vielleicht komme ich mit.“

Ich schnaufe. „Willst du... dass ich dich bespringe?“

Er lacht, als er das Schwert von seinen Hüften nimmt. „Mich bespringe? Waisenkind, wie unanständig.“ Er schnalzt mit der Zunge.

Ich verschränke die Arme vor meiner Brust. „Na gut. Ich brauche dich nicht.“

„Oh?“ Er hebt eine Braue und lässt sein Schwert fallen. Als Nächstes greift er sein Hemd am Saum und zieht es mit einer fließenden Bewegung aus.

Oh Götter.

Ich hatte vergessen, wie verdammt perfekt er ist.

Das Kerzenlicht flackert wieder und verdeutlicht die Schatten auf seinen Bauchmuskeln. Er sieht aus, als hätte er seit unserer Reise zu den Schicksalen etwas abgenommen. Er besteht nur noch aus Muskeln und Sehnen. Ich kann nicht sagen, ob es zielgerichtet war oder etwas anderes. Ob vielleicht, wie bei mir, der Stress seltsame Dinge mit ihm gemacht hat.

Haven zieht sich die Stiefel aus.

Das Donnergrollen ist jetzt lang und leise, aber der Regen hat nicht nachgelassen.

„Das ist lächerlich", sage ich. „Ich habe das Gefühl, du erpresst mich mit Sex."

Er lacht wieder. „Wenn die Göttin meinen Körper will, muss sie es mir beweisen."

Mein Gesicht wird rosa. Er greift nach den Knöpfen an seiner Hose.

Mein Innerstes spannt sich an, wenn ich nur daran denke, was unter diesem Stoff verborgen ist und was er damit machen kann und wie verdammt gut es sich anfühlt.

Nach all der Scheiße, die ich in den letzten Tagen durchgemacht habe, ist Haven, der einen Striptease für mich macht, eine Droge, von der ich nicht wusste, dass ich sie will.

Ein Schauer fährt über meine Wirbelsäule. Ich bin jetzt feucht und ich spüre, wie ich mich in ein wildes Tier verwandle, denn ja, ich will ihn bespringen. Ich möchte, dass er mir gehört und ich möchte ihm gehören und ich möchte ihn weiterhin gleichermaßen lieben und hassen.

Als er seine Hose fallen lässt, wippt sein Schwanz im Kerzenlicht schwer und hart. Nur Haven könnte völlig nackt in einem staubigen, schmutzigen Lagerhaus stehen und irgendwie so aussehen, als gehöre er dorthin, ganz entspannt.

„Was nun, Waisenkind?"

Als ich seinem Blick begegne, liegt eine Herausforderung in seinem Blick. Ihr Götter, ich will ihn wirklich. Die Wahrheit ist, dass ich mich nie lebendiger gefühlt habe als damals,

als ich mit Haven verbunden war. Als er in mir war. Als seine Hände auf mir lagen und seine Finger sich in mein Fleisch gruben.

Ich bin ein hungerndes Mädchen. Ich hungere nach seiner Liebe und danach, wie er mir das Gefühl gibt, gebraucht zu werden.

Ich denke, er und ich wissen beide, dass dies, genau hier und jetzt, nichts mit einer Reise zu tun hat, Gaia zu finden.

Hier geht es ausschließlich um uns.

Die letzte Mauer, die zwischen uns einstürzt.

Die Erkenntnis, dass wir uns, so sehr wir uns auch bekriegen, immer wieder hier wiederfinden werden, uns gegenseitig mit unseren wild schlagenden Herzen nachgeben.

Ich durchquere die Distanz zwischen uns und knalle gegen ihn. Ich drücke meinen Mund auf seinen und genieße das Gefühl seiner Zunge, die zwischen meinen Lippen hindurch gleitet. Seine Hände greifen nach meinen Hüften und drücken hart in mein Fleisch, während er mich zurück und an den Rand des Tisches bewegt. Wir krachen dagegen, und der Kerzenständer wackelt, die Flamme zischt, das Licht flackert.

Er hebt mich auf den Tisch und reißt mir das Hemd und dann den BH vom Leib. Ich ziehe ihn zu mir zurück, zurück zu meinem Mund, während ich meine Stiefel ausziehe, und dann kämpfe ich mit meinem Höschen und meiner Leggings. Haven stolpert zurück, schnappt sich beide und reißt sie mir vom Leib.

Als er zurückkommt, beugt er sich über mich, die Hände auf meinem Hintern, während er mich grob an die Tischkante zieht und mich an sich drückt. Er fährt in mich hinein. Ich keuche. Er stöhnt, während er gegen meine Innenwände pocht.

Ich weine fast vor Erleichterung, als er mich ausfüllt.

Sein Mund fährt zu meinem Hals und hinterlässt eine Spur von nicht ganz so sanften Küssen, als er sich zu meiner Brust bewegt. Er nimmt meine Brustwarze in seinen Mund und beißt auf meine Spitze. Ich spanne mich um ihn herum an und er stöhnt in mich hinein.

„Scheiße, Waise", sagt er und legt eine Hand auf den Tisch, um sich zu halten, während er fester in mich eindringt. „Du bist so verdammt feucht."

„Ach ja?", keuche ich.

„Hast du mich vermisst oder so?"

Ich ziehe mich hoch und lege meine Arme um seinen Hals. „Ich weiß auch nicht. Hast du mich vermisst?"

Er hebt mich hoch, zieht sich heraus, dreht mich herum und beugt mich über den Tisch. Er vergräbt seine Hand in meinem Haar und reißt meinen Kopf zurück. „Ich habe dich zuerst gefragt", sagt er an meinem Ohr. Ich spüre seine Spitze an meiner Öffnung pochen. Ich wackle mit meinem Hintern und versuche, ihn zurückzuholen.

„Sag es mir, Waisenkind", sagt er.

Mein Herz klopft in meinem Kopf, in meiner Brust. Ich jaule praktisch wie eine Katze und das ist mir nicht einmal peinlich. Es ist mir egal, ob Haven weiß, wie sehr ich ihn will.

Er zieht fester an meinen Haaren, aber er dringt nicht in mich ein. Er lässt einfach seinen Schwanz an meine Öffnung stupsen, weil er weiß, wie sehr mich das verrückt macht.

„Haven", stöhne ich.

„Sag es."

„Du hast mir gefehlt."

Er stößt sich in mich zurück, und die Kraft stößt mich gegen den Tisch. Das Kerzenwachs schwappt über und die Flamme brutzelt.

Scheiße! Heilige Scheiße. Er ist jetzt tiefer und irgendwie härter.

„Du hast mir auch gefehlt, Waisenkind", gibt er zu und

nimmt wieder Fahrt auf, die Spitze seines Schafts trifft auf eine Stelle, die so tief ist, dass der innere Druck sofort einsetzt.

Haven greift um mich herum, seine Finger finden meine geschwollene Klitoris. In der Sekunde, in der er mich dort berührt, nur ein Fingerschnipsen, fährt ein Orgasmus mit so viel Eifer durch mich hindurch, dass ich schreie.

Während die Lust durch mich hindurchströmt, knallt Haven in mich hinein und kommt hart und schnell mit einem tiefen Stöhnen.

Als er über mir zusammenbricht, pulsiert sein Schwanz in mir, und unsere Körper zittern gemeinsam in den Blitzen.

So bleiben wir gefühlt stundenlang, während die Freude nachlässt.

Als Haven sich schließlich abhebt, dreht er mich um und legt meinen Arsch auf die Tischkante. Er nimmt mein Gesicht jetzt sanft in seine Hände.

„Ana“, sagt er. „Du hast mir auch gefehlt.“ Dann küsst er mich, federleicht, fast unbemerkbar und mir wird flau, als befände ich mich im freien Fall.

Ich kann Haven nicht wieder verlassen.

Ich war naiv, jemals zu glauben, ich könnte es.

Ich will ihn jeden Tag so haben. Das Drücken und Ziehen. Die Hitze und die Kälte.

Ich nehme ihn so, wie ich ihn kriegen kann. Denn die Wahrheit ist, so rasiermesserscharf wie er sein kann, ich liebe ihn. Jeden Teil von ihm. Mein Gehirn fängt das Wort auf. *Liebe.* Ich liebe Haven Knightfall. Ich empfinde eine so tiefe Freude über dieses Gefühl der Gewissheit, dass ich glaube, es könnte mich von innen heraus aufbrechen.

Als ich einatme, nehme ich den Duft von Weria wahr, den Duft, den ich unweigerlich mit uns assoziiere. Haven tritt zurück und ich öffne meine Augen.

Im glühenden Licht des Sturms sehe ich Weria-Reben an

den Steinmauern des Lagerhauses wachsen. Weitere Reben krümmen sich aus Rissen in der Fensterbank. Frische Knospen werden größer und blühen dann direkt vor unseren Augen auf.

Haven runzelt besorgt die Stirn über mich. „Ist das dein Werk?"

Ich hüpfe vom Tisch und durchquere das Lagerhaus, um eine Blume von ihrem Stiel zu pflücken. Die Blütenblätter sind samtig und noch etwas feucht vom Öffnen.

Haven schließt sich mir an und lehnt seine Schulter gegen die Wand.

„Erinnerst du dich... auf der Lichtung...", sage ich.

„Ich erinnere mich."

Ich halte die Blume zwischen uns hoch. „Dies begann im Reich der Sterblichen. Ich weiß nicht genau, was es bedeutet."

Er nimmt mir die Blume weg und atmet ihre Süße ein. Als er wieder zu mir herüberblickt, ist ein Lächeln auf seinem Gesicht zu sehen. „Du überraschst mich immer wieder, Waisenkind."

Ich verdrehe die Augen. „Ich weiß nicht, welchen Vorteil das Züchten von Blumen hat. Und Überraschung, Überraschung, ich kontrolliere es eigentlich auch nicht."

Und am Göttertor, bevor ich hinüberging, verwandelten sich die Blumen in Asche und zeigten mir, wie Haven von Kronos erstochen wurde.

Ich will überhaupt nicht an diese Macht glauben.

„Ich weiß nicht." Haven kommt einen weiteren Schritt näher. „Ich glaube, es passt zu dir." Er schiebt mir eine Haarsträhne hinter das Ohr und steckt dann die Weria-Blüte dort hin. Auch wenn wir immer noch nackt stehen, ist es diese Geste, die mich erröten lässt.

Wie viele Mädchen im Palast des Hades, in ganz Olympus City, würden töten, um jetzt genau hier zu sein? Haven

Knightfall vor ihnen stehen zu haben, nachdem sie ihn auf die intimste Art und Weise gehabt haben?

Und doch bin ich es, die er gewählt hat.

Von all den anderen Mädchen, die er hätte haben können oder mit denen er jetzt zusammen sein könnte, bin ich es, mit der er nackt in einem dunklen Lagerhaus steht.

Es stellt sich heraus, dass ich doch kein Loser bin. Ich habe etwas Besseres als einen Titel gewonnen. Und dieses Etwas steht direkt vor mir mit einem Blick, den man nur als *liebevoll* bezeichnen kann.

„Also... Gaia", sage ich.

Er schmunzelt. „Gaia. Genau."

„Bist du dabei?"

„Musst du das fragen?"

Ich verschränke meine Arme vor der Brust. „Ein Ja oder Nein würde ausreichen."

Er greift meine Arme und zieht sie auseinander, wirft dabei einen unverhohlenen Blick auf meine nackte Brust.

„Ja", antwortet er.

„Hast du Angst davor, was Nereus oder Hades tun werden, wenn du mit mir wegläufst?"

„Ich mache mir Sorgen darüber, was sie mit dir machen werden. Es ist mir scheißegal, was sie mir antun werden."

Mein Bauch wird warm von dem Beschützerinstinkt in seiner Stimme. „Du brauchst dir keine Sorgen um mich zu machen."

„Sag mir nicht, was ich tun soll, Waise", sagt er ernsthaft.

Ich runzele die Stirn über ihn.

Er schaut mich an, als ob ich mich lächerlich machen würde und er es ach so satt habe.

„Okay. Also. Dann machen wir uns auf die Suche nach Gaia?"

„Ich nehme an, das tun wir." Er geht weg, um sich anzuziehen. Ich erlaube mir einen Moment, um seinen Hintern zu bewundern und die Art und Weise, wie der Muskel sich anspannt, wenn er sich bückt.

Ihr Götter, er ist wirklich perfekt.

Er steht mit dem Rücken zu mir und sagt: „Wie wäre es, wenn du aufhörst, mich anzustarren und dich anziehst? Wir haben eine Mission, Hearthtender."

Ich lache, aber tue, was er sagt.

Er hat schließlich recht.

Das Schicksal des Olymps hängt in der Schwebe und all das.

Und danach kann ich vielleicht eine Ewigkeit mit Haven im Bett verbringen, mit ihm kämpfen, ficken, ihn hassen und lieben, bis ich im Delirium bin.

# KAPITEL 13

Als ich Haven sage, dass wir zuerst zu Hestias Haus gehen müssen, streitet er nicht mit mir. Er hilft mir sogar dabei, Olympus City in abgedunkelten Gassen zu durchqueren, damit wir dem Gefolge der Soldaten der Götter ausweichen können.

Es ist immer noch fraglich, ob ich verbannt werde oder nicht, wenn die Götter oder Göttinnen merken, dass ich hier bin.

Obwohl... wenn ich eine Göttin bin... können sie mich dann draußen halten?

Diese Frage möchte ich lieber noch nicht beantworten müssen.

Als wir Hestias Haus von der Westseite der Stadt aus erreichen, hat der Sturm aufgehört, aber während er tobte, war die Sonne untergegangen. In der Abenddämmerung summen Grillen und Frösche und andere Insekten. Glühwürmchen kommen heraus und glühen in den Gärten, die die Außenmauer von Hestias Haus umgeben.

Ich führe Haven durch das Hintertor des Gartens. Wir kommen am Gemüsegarten und dem Kraut, das mich geboren hat, vorbei. Es ist immer noch die größte Pflanze im Garten. Warum sollten sich Hestia und Sura überhaupt noch die Mühe machen? Ich verstehe das nicht.

An der Küchentür drehe ich mich zu Haven um. Das Licht des Vollmondes erleuchtet sein halbes Gesicht. „Ich muss dich warnen. Hier gibt es viele Waisenkinder. Und wenn sie hören, dass jemand Neues zu Besuch ist, könnten sie dich überfallen."

„Okay."

„Ich meine… dich *überfallen*."

Er lächelt mich an, als ob ich mich lächerlich machen würde. „Ich hab's kapiert, Waisenkind."

Vielleicht war das eine schlechte Idee. Haven Knightfall in dem Haus, in dem ich aufgewachsen bin? Einer der fiesesten Menschen, die ich kenne?

Ich atme tief ein und schiebe die Tür auf.

Die Küche riecht nach Zucker und Hefe. Auf dem Herd steht ein Brot, das abkühlt und auf dem Tisch steht ein Korb mit Muffins. Sogar vom anderen Ende des Raumes aus kann ich erkennen, dass es sich um Suras Erdbeer-Rhabarber handelt.

Aus dem Versammlungsraum dringt das Geräusch der spielenden Kinder heraus, gefolgt von Sura, die sie ankeift und Clea, die im Gegenzug lacht.

*Clea.*

Meine Kehle schnürt sich zu, wenn ich an meine liebste Freundin auf der ganzen Welt denke.

„Hier entlang", sage ich zu Haven und eile den Flur hinunter.

Als ich durch den Torbogen in den Versammlungsraum komme, ist mein Blick bereits verschwommen vor Tränen. Ich bin so lächerlich glücklich, alle zu sehen. Ich hätte nicht gedacht, dass ich jemals wieder die Gelegenheit dazu haben würde.

Marigold ist die erste, die mich erblickt. Ihre ohnehin schon großen, weiten Augen werden noch größer und sie wackelt auf die Beine. „Ana!", schreit sie und stürmt mit ausgebreiteten Armen auf mich zu.

Die anderen zwitschern hinter ihr. Bald bin ich von Waisenkindern umgeben. Sie umarmen meine Beine, reißen an meinen Händen und springen, um mir näher zu kommen.

„Wir haben dich vermisst!", sagt Marigold.

„Ich euch auch."

Sie zieht sich von mir zurück und schaut zu Haven. Ich kann mir nur vorstellen, wie er ihnen erscheint. Die Waisenkinder in Hestias Haus haben hier nur Licht und Liebe gekannt. Haven ist eine dunkle Flamme von einem dunklen Ort. Allein die Nähe zu ihm kann manchmal überwältigend sein.

„Wer bist du?", sagt ein kleines rothaariges Waisenkind namens Bao.

„Du bist groß", sagt Fausie und stupst Havens Bizeps.

Eines der neueren Waisenkinder zeigt auf sein Schwert. „Bist du ein Krieger?"

„Was ist mit deinem Auge passiert?", fragt Marigold.

Die Waisenkinder verstummen alle. Eine kühle Panik überkommt mich und ich stottere, um eine Ausrede zu finden, um Haven zu retten.

Aber er kommt mir zuvor. „Ich sah eine Gorgone an."

„Wooooow", sagen sie alle einstimmig.

Er und ich teilen einen verschwörerischen Blick. Es lässt mich strahlen, dass ich die wahre Geschichte kenne und dass er damit einverstanden ist, die Waisenkinder mit einer gefälschten Geschichte zu amüsieren.

„Ana", sagt Clea.

„Clea!" Ich entferne mich von den Kleinen, um Clea in eine feste Umarmung zu nehmen. Ich atme tief ein und entspanne mich an ihr. Sie riecht und fühlt sich wie zu Hause an.

„Ich kann nicht glauben, dass du hier bist", sagt sie durch mein Haar. „Und ich erinnere mich immer noch an dich! Nach deiner Prüfung war ich am Boden zerstört. Sie ließen mich nicht kommen, um mich von dir zu verabschieden. Ich schätze, es ist gegen die Regeln, wenn jemand verbannt wurde. Ich habe tagelang geweint." Sie zieht sich zurück und tupft sich die Augen aus, obwohl diese Tränen aus einem neuen Grund kommen. „Frag Sura. Ich war untröstlich."

„Das war sie", sagt Sura, als sie zu mir kommt.

„Und dann wurde mir klar, dass ich mich noch an dich erinnerte und so hörte ich auf zu schlafen, aus Angst, dass du weg sein würdest, wenn ich aufwache."

„Oh, Clea." Ich umarme sie noch einmal. Ich kann mir nur vorstellen, wie sich das anfühlte. Ich wäre genauso zerrissen gewesen, sie zu verlieren.

„Ich bin so froh, dass du wieder da bist", sagt sie.

„Ich auch."

„Aber..." Sie tritt wieder zurück. „Warum bist du hier?" Sie wirft einen verstohlenen Blick auf Haven, hebt eine Hand, um ihren Mund zu verbergen und flüstert: „Und warum ist er hier?"

Ich schaue über meine Schulter und finde Haven zwischen den Waisenkindern knien. Bao hat seine Finger auf Havens Gesicht gelegt und spreizt Havens beschädigtes Auge auf, als wolle er hineinschauen.

Ich bin schockiert, dass Haven damit einverstanden ist. Er scheint sich fast zu amüsieren.

Welche anderen Geheimnisse hat er noch in sich? Genießt er insgeheim das Stricken und die Freiwilligenarbeit in der Elders Hall?

„Haven hilft mir bei etwas, auch wenn das schwer zu

glauben ist." Ich drehe mich zurück zu Sura und Clea. „Ist Hestia hier?"

Sura runzelt die Stirn über mich. „Entschuldige, Liebes, unsere Göttin hat uns nicht beehrt mit..."

Rechts von uns knistert es in der Luft. Die Waisenkinder atmen tief ein und sinken auf ein Knie.

„Ich bin hier", sagt Hestia, als sie den Raum betritt.

Die Göttin des Herzens und der Heimat ist strahlend und warm wie eh und je.

Aber jetzt wird mir klar... sie ist meine Schwester.

Diese Erkenntnis macht mich schwindlig und aufgeregt zugleich.

Wie immer muss ich mich bei Hestia fragen, wie viel sie wusste, als ich aufwuchs. Hatte sie den Verdacht, dass ich anders war als die anderen Waisenkinder? Oder hatte sie wirklich keine Ahnung?

Die Hände vor einem Kleid aus schimmernder Seide verschränkt, sagt sie: „Ich bin froh, dass du wieder da bist, Ana."

„Ich auch", antworte ich. „Und jetzt brauche ich deine Hilfe."

Sie nickt einmal, als hätte sie das erwartet. „Dann komm. Lass mich sehen, was ich tun kann."

# KAPITEL 14

Ich ging davon aus, dass Hestia Haven und mich in den Garten oder in ihr Büro führen würde, aber stattdessen geht sie an den Gängen zu beiden vorbei und bringt uns zum Solarium ganz hinten im Haus. Als wir uns der Schwelle nähern, fühlen sich meine Füße an, als wollten sie stehen bleiben, eine Gewohnheit, die von einer ganzen Kindheit übrig geblieben ist, als wir wussten, dass wir nie in Hestias Privaträume, das Solarium ist einer davon, gelassen wurden.

Ich höre hinter uns ein Kichern und drehe mich rechtzeitig um, um zu sehen, wie die Kinder um die Ecke, um die wir gerade abgebogen sind, wieder außer Sichtweite huschen. Hestia muss besorgt sein, dass uns jemand belauscht, wenn sie uns hierherbringt.

Sobald wir drinnen sind, schließt sich die Tür hinter uns, ich werde an meine Manieren erinnert und versinke in einer unbeholfenen Verbeugung. „Mutter Hestia, ich danke dir für..."

Hestia lacht und legt eine Hand auf meinen Arm und zieht mich hoch. „Oh meine süße Ana. Wir verbeugen uns nicht voreinander."

Ich öffne den Mund, um zu antworten, aber ich bin mir nicht sicher, was ich dazu sagen soll. Haven zwinkert mir zu, als ob dies für ihn ein ganz normaler Sonntagabend wäre.

Hestia führt uns zu einer Sitzecke in der Mitte des funkelnden Glasraums. Die Pflanzen hier drin riechen unglaublich. Wäre mein Verstand nicht schon rasend vor lauter Wahnsinn, hier zu sein und zu wissen, was ich jetzt über mein Erbe weiß, würde ich gierig die Anblicke und Gerüche dieses verbotenen Raumes aufsaugen.

Wir sitzen. Ich versuche, einen bequemen Platz auf dem Hartmetallstuhl zu finden und kann es nicht. Ich zupfe an dem Saum meines Hemdes und glätte ihn. Ich spüre das Gewicht von Hestias Blicks auf mir.

Bevor ich besser darüber nachdenken kann, platze ich heraus: „Wusstest du es? Ich meine, wusstest du schon lange von mir, von dem, was ich bin?"

Hestias Lächeln ist traurig, aber nicht unfreundlich. Ihre Fähigkeit, Trost zu spenden, ist legendär, die ultimative Mutterfigur, aber wenn ich sie jetzt anstarre, kann ich nicht anders, als ein wenig verärgert darüber zu sein, dass mir nie jemand die Chance gegeben hat, mit dem Wissen aufzuwachsen, dass ich Geschwister hatte, dass ich eine Familie in Reichweite hatte.

„Ich habe es schon lange vermutet." Hestias Worte sind langsam, als ob sie immer noch vorsichtig ist mit dem, was sie verrät. „Sura und ich haben immer gewusst, dass du etwas Besonderes bist. Von dem Augenblick an, als wir dich im Garten fanden, war klar, dass du nicht zufällig in dieses Haus gekommen bist. Ich verstand, auch wenn ich die Gründe dafür nicht kannte, dass ich dazu bestimmt war, mich um dich zu kümmern."

„Du kümmerst dich um jedes Waisenkind, das vor deiner Haustür ankommt", betone ich.

„Ich habe nie eine Seele in Not abgewiesen", stimmt Hestia zu. „Aber ich teile auch nicht viel von meiner Arbeit mit den Kindern dieses Hauses. Die Schicksalsgöttinnen weigerten sich, mir dein Schicksal zu verraten oder wie du in meinen Garten gekommen bist, aber sie machten immer deutlich, dass du am Olymp für Großes bestimmt bist und so habe ich immer, immer mein Bestes versucht, dir jede Gelegenheit zu geben, unser Reich zu erkunden. Hast du dich nie gefragt, warum es immer du warst, die auf dem Olymp umherwandern und für mich in die anderen Häuser liefern durfte, wo doch die meisten Kinder die Gärten um das Haus herum nie verlassen?"

Ich denke eine Minute darüber nach, denn eigentlich habe ich mich darüber *noch nie wirklich* gewundert. Meiner Meinung nach sind meine Reisen einfach deshalb unternommen worden, weil ich die Älteste war.

„Ich wusste nicht genau, wer du warst, aber ich wusste, dass du eine größere Berufung hattest als die, die du auf dem Gelände dieses Hauses vorfinden würdest."

Ich denke an das Schicksal, das vor meinen Augen stirbt... war das erst vor wenigen Stunden? Es kommt mir vor wie Wochen. Wie sie immer wieder auf das Schicksal hinwies, das ich noch nicht vollendet hatte.

„Und jetzt, wo du weißt, wer ich bin?" Ich schaue auf meine Hände hinunter, die leicht glühen, pulsierend mit dem Schlag meines Herzens, das in meiner Brust rast. „Weißt du, was dieses Schicksal ist? Was ich tun soll?"

„Nur die Schicksale wussten, was kommen würde und für wen es kommen würde."

„Aber die Schicksale sind weg." Meine Stimme erhebt sich, obwohl ich mein Bestes versuche, ruhig zu bleiben. „Ich brauche mehr als das. Ich muss wissen, was ich tun soll. Ich brauche jemanden, der nur einmal in meinem Leben einige Fragen direkt beantwortet!"

„Ana." Havens Stimme ist ruhig und gleichmäßig, aber sie lenkt meine Aufmerksamkeit trotzdem von Hestia ab.

Überall um mich herum blühen Blumen, die Blüten haben genau die Farbe des Nebels, in dem sich die Schicksalsgöttin aufgelöst hat.

Hestia streckt die Hand aus und berührt eine der silbernen Blüten leicht mit den Fingern. „Unglaublich", murmelt sie so leise, dass ich mich frage, ob sie es überhaupt laut aussprechen wollte.

„Es ist nicht unglaublich." Ich ringe meine Hände vor mir zusammen. „Es ist nur eine weitere Sache, die ich nicht verstehe und nicht kontrollieren kann."

„Kontrolle wird kommen." Hestias Stimme ist jetzt kräftiger. „Keines unserer Geschwister wurde mit Kontrolle geboren. Es ist eine Fähigkeit, die über die Jahrhunderte beherrscht wurde."

Mir fällt durchaus auf, wie sie *unsere Geschwister* sagt.

*Unsere Geschwister, die olympischen Götter.*

„Aber ich habe keine *Jahrhunderte,* Hestia", raste ich aus. „Kronos versucht gerade, dich und den Rest der Götter zu stürzen. Und wenn ich keinen Weg finde, ihn aufzuhalten, werden wir alle verlieren. Wenn ich Gaia nicht finde und..."

Der Raum erwärmt sich plötzlich und ich verstumme. Es ist, als würde die Sonne plötzlich direkt auf die Glaswände des Solariums scheinen.

„Wer hat dir aufgetragen, Gaia zu finden?" Hestias Stimme ist wieder diejenige, an die ich mich aus unzähligen Kindheitsschelten erinnere. „Versucht Kronos, dich zu schicken, um sie zu finden?"

„Nein! Ich arbeite nicht mit Kronos. Wie kannst du mich das überhaupt fragen?"

„Er ist dein Vater."

„Er ist auch dein Vater", erinnere ich sie. „Arbeitest du mit ihm zusammen?"

Ich keife die jungfräuliche Göttin an. Wie die Zeiten sich geändert haben.

„Es ist nicht mehr dasselbe“, argumentiert Hestia. „Ich habe ein Alter lang gewusst, dass er mein Vater ist und mir nichts sehnlicher gewünscht, als dass er eingesperrt bleibt, wo er war. Du hast dein Leben damit verbracht, nach einer Familie zu suchen und er war der erste, der sich dir zu erkennen gab.“

„Wir arbeiten nicht mit Kronos, Lady Hestia“, sagt Haven. „Soweit wir wissen, ist er sich unserer Mission, Gaia zu finden, in keiner Weise bewusst. Und wir werden alles in unserer Macht Stehende tun, damit es so bleibt.“

Hestia studiert Haven, als wolle sie seine Vertrauenswürdigkeit feststellen. „Wer dann? Ich weiß, dass du nicht nur plötzlich den Wunsch entwickelt hast, die Mutter aller Menschen allein zu sehen.“

„Vielleicht hoffe ich einfach nur, jemanden zu finden, der mich mein ganzes Leben lang nicht belogen hat“, sage ich und bereue es sofort, als ich den Ausdruck auf Hestias Gesicht sehe. Etwas zieht an meiner Hand und als ich nach unten blicke, finde ich Havens Finger die meine umschlingen. Er drückt beruhigend meine Hand.

Meine Wut entlädt sich und ich sage: „Es tut mir leid. Das kam falsch heraus.“

„Ich habe dich nie angelogen.“ Hestias Stimme ist jetzt leiser. „Hätte ich die Wahrheit über dich gewusst, hätte ich dafür gesorgt, dass du uns als Familie kennen lernst. Ich hätte einen Weg gefunden, es dir zu sagen.“

Ich denke an all die Jahre zurück, in denen Hestia sich um mich gekümmert hat. Sie war immer der strengere elterliche Einfluss im Haus, verglichen mit Sura, die uns mit Kuchen und Süßigkeiten verwöhnt hat. Aber sie war immer freundlich zu uns und es ist nicht so, dass sie wusste, dass ich ihre

Schwester war. Oder zumindest scheint es wirklich nicht so, als ob sie es gewusst hätte.

Mit einem Seufzer sage ich: „Verzeih mir. Das war einfach... der seltsamste Tag, den ich je erlebt habe und ich weiß nicht, was ich tun kann. Es war eine Schicksalsgöttin, die mir sagte, dass ich Gaia finden muss. Dass das Finden von Gaia der Schlüssel zu allem sein würde. Um alle zu retten, die mir etwas bedeuten."

Hestia sieht wieder Haven an. „Weiß Lord Hades davon? Hast du ihm gesagt, was die letzte Bitte der Schicksalsgöttin an Ana war?"

Haven reibt sich den Nacken, das Ganze ist ihm eindeutig unangenehm. „Ich hatte nicht gerade die Gelegenheit, mit jemandem zu sprechen. Ich schickte meine Einheit zurück ins Haus des Hades, als ich Ana fand und wir kamen direkt hierher. Es ist wahrscheinlich, dass er weiß, dass Ana wieder im Olymp ist, aber nicht warum."

„Gut." Hestia steht auf, und so stehen auch Haven und ich auf. „Dann werde ich dich zur Mutter aller schicken. Aber wisse, dass es keine leichte Reise ist. Niemand hat Gaia in diesem Zeitalter gesehen, weil sie sich in einer Weise versteckt hat, dass nur die mit wirklich reinen Absichten sie erreichen können."

„Sie ist auf dem Olymp?" Haven runzelt schockiert die Stirn.

„Gaia ist eine Schöpferin. Sie wird dieses Land niemals verlassen."

„Woher will sie wissen, dass ich... oder dass wir... reine Absichten haben?", frage ich schnell auf Haven blickend und mich fragend, ob er jemals in seinem Leben von etwas rein war.

„Sie ist die Mutter von allem", sagt Hestia. „Sie kennt das wahre Herz jedes Lebewesens in diesem Reich. Sogar noch tiefer, als viele sich selbst kennen."

„Und woher werde ich wissen, was ich sie fragen soll? Die Schicksalsgöttin befahl mir nur, sie zu finden, nicht, was ich von ihr brauche."

Hestia lächelt darüber. „Es wird nicht an *dir* liegen, Gaia etwas zu sagen. Es wird *Gaia* sein, die dir sagt, was du brauchst."

„Das wäre das erste Mal", murmelte ich. „Wohin müssen wir gehen?"

Hestia hält inne und betrachtet uns beide einen Moment lang, ihre Hand an der Tür, die uns durch den Garten hinausführen wird. „Ihr werdet den ausgetretenen Pfad zum Berg Ida gehen und auf dem Pfad bleiben, bis ihr die Klippen des Unendlichen Horizonts erreicht." Hestia gestikuliert aus der Tür zu den Klippen, die auf der Sonnenuntergangsseite des Ida-Berges zu sehen sind.

Haven spannt sich neben mir an und mein Blut gefriert, als mir klar wird, was Hestia sagen will, kurz bevor sie es sagt. „Ihr müsst bei Sonnenaufgang von den Klippen springen. Wenn eure Herzen und Absichten wahrhaftig und euer Geist würdig sind, dann wird Gaia euch willkommen heißen. Wenn euer Herz und eure Absichten falsch sind, werdet ihr in den Tod stürzen."

Mein Herz bleibt stehen, als ich zu Haven hinüberschaue und mir klar wird, dass wir genau von den Klippen springen müssen, wie seine Mutter es getan hat.

Havens Gesicht ist eine Maske. Er ist völlig unleserlich. Wenn ihn das bis ins Mark erschüttert hat, gibt er keinen Hinweis darauf.

„Ich nehme nicht an, dass es einen anderen Weg gibt, Gaia zu finden?", frage ich.

„Nein, tut mir leid." Hestia schüttelt den Kopf. „Die Mutter aller hat sich absichtlich dort versteckt, wo nur diejenigen, die sie aus den richtigen Gründen am meisten brauchen, ihr Heiligtum stören können."

„Vielleicht liegt die Schicksalsgöttin falsch? Vielleicht brauche ich Gaia nicht?“

Ich möchte Haven das nicht zumuten.

Hestia runzelt die Stirn. „Die Schicksale irrten sich nie. Vom Augenblick ihrer Entstehung bis zum Ende ihres Zeitalters haben sie immer die Wahrheit gesagt.“

„Aber was ist, wenn Gaia mich nicht sehen will? Was, wenn dies der falsche Weg ist?“

Hestia streckt die Hand aus und berührt leicht meine Wange. „Mein süßes Mädchen, wenn jemand unter den Sternen des Olymp dazu bestimmt ist, Gaia zu treffen, dann bist du es. Noch nie in meinen Tagen habe ich ein Wesen gekannt, das unter einem so klar leuchtenden Schicksalsstern hervorgebracht wurde. Du bist stärker, als du weißt.“

„Wir sollten gehen.“ Havens Tonfall ist angespannt, wenn auch respektvoll. Er verbeugt sich vor Hestia. „Mit Eurem Segen, Lady Hestia?“

Hestia geht um mich herum und legt ihre Hände auf Havens Schultern. Er neigt den Kopf in Respekt. Hestia schließt ihre Augen und ich spüre sofort, wie ihre Macht um uns herumwirbelt. „Kind des Hades, geborener Champion, ich sende dich mit meinem Segen. Möge dein Herz dem Weg, der vor dir liegt, treu sein und möge dein Geist niemals von deiner vorbestimmten Aufgabe abweichen.“

Hestia kehrt zu mir zurück und lächelt. „Nun, Schwester...“ Wir beide lachen ein wenig, ein Teil der Spannung verlässt den Raum. „Da du eine Göttin bist, kann ich dir meinen Segen nicht geben. Aber fürchte dich nicht, du brauchst ihn nicht. Du hast deinen eigenen Segen. Aber wisse, dass du immer meine Liebe hast und dass ich dir den größten Erfolg wünsche.“

„Vielen Dank, Schwester.“ Das Wort fühlt sich unnatürlich auf meiner Zunge an, und ich frage mich, ob der Gedanke, Mutter Hestias Schwester zu sein, jemals *nicht* das

Seltsamste sein wird. Ich schaue zurück zur Tür des Solariums und denke an Sura und die Kinder dahinter. „Wirst du dich für uns von allen verabschieden?"

„Ich werde ihnen deinen Segen übermitteln." Hestia öffnet die Tür zu ihrem Garten mit einer kompliziert aussehenden Handbewegung. Plötzlich fällt mir ein, dass ich in all den Stunden, die ich im Garten verbracht habe, noch nie eine Tür auf der anderen Seite gesehen habe. „Bleib auf deinem Weg, Ana Hearthtender, Göttin des Olymps. Schöpfe Kraft aus den Beschützern, die du gesammelt hast. Gehab dich wohl."

Bevor ich noch etwas sagen kann, schließt sich die Tür hinter uns und verschwindet. Ich schaue zu Haven und stelle fest, dass er mich beobachtet, aber ich bin mir nicht ganz sicher, was ich von dem Ausdruck auf seinem Gesicht halten soll.

„Bist du bereit?", frage ich und will mir sofort ins Gesicht schlagen, was für eine dumme Frage das in einem Moment wie diesem ist. „Ich meine..."

Haven schmunzelt, aber seine übliche Arroganz erreicht seine Augen nicht ganz. Er dreht sich um und geht auf den Rand des Gartens zu. Die Klippen, die wir erreichen müssen, scheinen immer weiter entfernt zu sein.

„Lass uns gehen, Göttin."

# KAPITEL 15

Wir gehen einige Stunden lang schweigend. Haven scheint in Gedanken versunken. Ich kann meine Gefühle nicht in Worte fassen, ohne die Dinge zu verschlimmern. Es ist nicht so, dass ich sagen kann: „Hey, ist es in Ordnung für dich, dass das Schicksal uns von der Klippe springen lässt, wo deine Mutter gestorben ist?"

Ich stöhne leise und wünschte, nicht zum ersten Mal, ich wäre als Göttin von etwas Nützlichem wie die richtigen Worte zu finden oder jemanden in Not zu trösten, geboren worden. Aber nein, stattdessen bin ich die Göttin der Kohlköpfe, anscheinend ohne klare Absicht.

Ich beschließe, ein Gespräch mit geringerem Einsatz zu beginnen, um zu sehen, ob ich einschätzen kann, wo Havens Kopf steht. „Die Kinder haben dich wirklich geliebt."

Haven nickt, aber er wird nicht langsamer. Die Reise von Hestias Haus zu den Klippen des Unendlichen Horizonts wird viel kürzer sein als unsere Reise zum Brunnen. Ich würde alles dafür geben, in diese Zeit zurückzukehren, selbst bei all der Ungewissheit, die ich über die Gefühle von Haven hatte. Ich fühlte mich sicherer, wie ich mit jenem Haven umgehen sollte, als mit diesem.

„Du hattest Glück, in Hestias Haus aufzuwachsen", sagt er schließlich. „Alle Kinder scheinen glücklich zu sein."

Ich stolpere fast über eine Wurzel in unserem Weg und Haven streckt die Hand aus und gibt mir Halt, ohne langsamer zu werden.

„Als ich aufwuchs", fährt er fort, „gab es meistens nur mich und meine Mutter. Meine Brüder standen zu diesem Zeitpunkt bereits im Dienst des Hades, so dass es keine anderen Kinder gab."

„Hestia war nett", stimme ich zu. „Obwohl es manchmal ein bisschen eng werden konnte. Ich erinnere mich, dass ich jung war und mir wünschte, ich hätte einen eigenen Ort, wo ich etwas Ruhe und Frieden finden könnte."

„Aber du warst zumindest nie einsam."

„Das ist nicht ganz wahr", sage ich und versuche, meine Worte sorgfältig auszuwählen, damit ich nicht undankbar erscheine. „Hestia liebt alle Kinder ihres Hauses. Aber ich war nie ganz so wie die anderen Kinder und das habe ich gefühlt, schon als ich jünger war. Das machte mich ein bisschen zu einem Spinner, einem Außenseiter."

„Trotzdem" - Haven schiebt einige Zweige aus dem Weg und hält sie fest, damit ich durchgehen kann - „Ich denke, es wäre schön, mit anderen Kindern aufzuwachsen. Meine Brüder waren schon immer grausam und unbarmherzig." Sein Blick wird dunkel. „Ihre Vorstellung von Spaß ist Folter und Chaos."

Ich schaudere bei dem Gedanken, mit Nereus aufzuwachsen, obwohl ich das Gefühl habe, dass er nur an der Oberfläche der Knightfalls kratzt. Ich kann mir nur vorstellen, wie mehrere andere böse Knightfalls sich verhalten.

„Ich kann mir Nereus nicht einmal als Kind vorstellen. Oder wie es gewesen sein muss, in einem Haus eines dunklen Gottes aufzuwachsen, mit Brüdern wie Nereus. Ich muss zugeben, dass du mich mit den Waisenkindern bei Hestia überrascht hast. Ich dachte, du würdest sie mit einem finsteren Blick anschauen und sie anschnauzen. Sie haben dich angebetet. Obwohl nur die Götter wissen, warum."

Haven schnaubt. „Ich mag Kinder, Waisenkind. Ich bin kein völliges Monster. Kinder erwarten nicht, dass du jemand bist, der du nicht bist. Sie nehmen eine Einschätzung von dir und akzeptieren sie. Sie beurteilen dich nicht und wünschen nicht, du wärst jemand anderes."

„Das mag wahr sein", sage ich, „aber ich glaube, wir alle sehen das Gute in den Dingen, die wir uns wünschen, wir hätten sie gehabt. Es gibt definitiv Dinge, die du während deines Aufwachsens erlebt hast, auf die ich eifersüchtig bin."

Haven lacht bellend auf und es erregt meinen Körper. Selbst nach all dieser Zeit liebe ich es, diese Seite von ihm zu erreichen. Ich glaube nicht, dass ich ihn jemals mit jemand anderem so gesehen habe und so fühlt es sich an, als hätte ich einen geheimen Teil von ihm.

„Na, dann los, Waisenkind", fordert er heraus. „Was beneidest du an mir? Hättest du dir mehr Jahre gewünscht, in denen Nereus dich verspottet und dir sagt, du sollst dich besser anstellen, während du versuchst, zu lernen?"

„Definitiv nicht. Aber ich hätte mir generell mehr Lernen gewünscht. Ich verbrachte einen Großteil meiner Kindheit damit, mit Clea durch Wiesen zu laufen und in Bächen zu spielen. Glücklich genug, aber nicht wirklich nützlich. Wir wurden nie dazu gedrängt, das zu finden, was wir gut können, oder dazu ermutigt, mehr über unsere Kräfte zu lernen. Es war schön, immer als gut genug akzeptiert zu werden, aber es war auch traurig, nie gedrängt zu werden, etwas darüber hinaus zu erreichen. Ich frage mich, ob ich anders wäre und wie meine Zeit im Haus des Hades gewesen wäre, wenn ich als Kind gedrängt worden wäre, mich auszuzeichnen, oder mit der einen oder anderen Fähigkeit trainiert worden wäre, bis ich eine Expertin darin war."

„Ich denke, es wäre schön gewesen, ein wenig mehr Struktur zu haben", füge ich hinzu.

„Was hättest du lernen wollen?"

„Das ist es ja gerade. Ich weiß es nicht einmal! Ich bin mir nicht einmal sicher, ob ich weiß, was alle Optionen sind. Ich wünschte, ich wäre ermutigt worden, etwas zu finden, an dem ich arbeiten könnte, um mich auszuzeichnen und dann die Ausbildung und die Werkzeuge zu erhalten, um etwas für mich selbst aufzubauen.

„Die Kinder der anderen Häuser haben das auch nicht", betont Haven. „Man sagt uns vom ersten Tag an, wie unser Weg aussehen wird und dann werden wir immer nur für diese eine Sache erzogen und ausgebildet. Es gibt keine Freiheit, wenn man Nachfahre des Hades-Hauses ist."

„Stimmt, aber es ist besser als nichts. Zumindest haben sie eine Richtung. Wir Waisenkinder wissen von Natur aus nicht, wo wir hingehören. Wir haben nicht das Vorbild eines direkten Paten, dem wir folgen können, um zu wissen, ob wir auf unserem wahren Weg sind. Wir sind nicht in der Lage, die Gaben unserer Vorfahren zu bewerten und unseren Platz im Geflecht dieser Abstammungslinie zu finden. Wir kommen von einem Ort voller Unbekannter, niemand hat uns beansprucht oder gewollt, dass wir ein Teil seines Hauses sind. Es bleibt uns überlassen, das herauszufinden, aber es gibt keinen wirklichen Ort, um das zu tun. Waisenkinder sollten einen Ort haben, an den sie gehen und ihre wahre Bestimmung finden können, selbst wenn wir unseren Paten nicht finden können. Einen Ort, an den wir gehen und die Dinge studieren können, bis wir einen Weg finden, den wir als unseren eigenen beanspruchen können."

„Du hast keine Ahnung, was es mit mir macht, wenn du

so aufgebracht bist.“, neckt Haven und zupft an meiner Unterlippe.

Ich schubse ihn leicht, insgeheim froh, dass er in spielerischer Stimmung ist, wenn man bedenkt, wohin wir uns bewegen.

„Aber ich meine es ernst“, sage ich und versuche, den Glanz zu zügeln, der bei seiner Aufmerksamkeit von meiner Haut auszugehen beginnt. „Die Welt ist nicht dafür geschaffen, dass Waisen etwas anderes als Waisen sind. Das ist für keinen von uns ein Leben. So glücklich eine Kindheit bei Hestia auch war, sie bereitet keinen von uns auf irgendeine Art von realem Leben vor. Wir werden immer Waisen sein.“

„Du bist keine Waise“, erinnert mich Haven. „Du bist eine Göttin. Den Schicksalen und Hestia nach zu urteilen und sogar laut Kronos selbst, hast du ein größeres Schicksal als wir alle zusammen.“

„Aber wozu bin ich gut, wenn ich nicht darauf vorbereitet bin?“, sage ich und mein Tonfall wird plötzlich ernüchternd, als unsere Schritte beginnen, anzusteigen und wir beginnen, den Weg zu erklimmen, der zu den Klippen führt.

„Niemand könnte sich darauf vorbereiten“, sagt Haven leise.

Ich bin mir nicht sicher, ob er von mir spricht oder von den Erinnerungen, die ihm bevorstehen.

* * *

Wir erreichen die Wiese, die kurz vor den Klippen liegt, als der Mond hoch am Himmel scheint. Keiner von uns erwähnt die Tatsache, dass wir nicht vor Sonnenaufgang von der Klippe springen können, also können wir uns genauso gut vorher etwas ausruhen.

Göttin oder nicht, Bergsteigen ist immer noch keine Fertigkeit, die ich mit Leichtigkeit schaffe. Haven sieht aus, als hätte er nichts weiter getan, als einen Grasweg entlang zu schlendern.

Sein dunkles Haar ist leicht feucht und wenn er mit der Hand wieder durchs Haar fährt und es noch mehr zerzaust, möchte ich fast schreien. Oder weinen. Das Zusammensein mit Haven fühlt sich an wie ein nie endender Zyklus von Vulkanausbrüchen.

Ich bin mit ihm mehr. Ich fühle mehr, ich bin mehr, ich will mehr.

Er kommt zu mir herüber und fährt mit dem Daumen über meinen Mundwinkel. Ich zittere unter seiner Berührung.

Zuerst denke ich, er hat einen Schmutzfleck oder ein Haar oder so entdeckt.

„Du hast gesabbert", sagt er.

Mein Mund klappt vor Schreck auf und ich schlage ihn, aber er weicht leicht aus und lacht, als er zum Waldrand geht.

Die einzige Erwiderung, die mir einfällt, ist: „Das habe ich nicht!"

Er lacht wieder, unterbricht sich aber sofort, als das Unterholz raschelt.

Ich kann nicht vergessen, dass wir gejagt werden und dass ich eigentlich immer noch nicht hier sein sollte.

Instinktiv wechselt Havens Körper in den Krieger-Modus. Seine Hand greift zum Griff seines Schwertes. Er dreht sich zur Seite und macht sich selbst zu einem kleineren Ziel.

Es fällt mir schwer, bei meinem schnellen Herzschlag zu atmen.

Wenn es Kronos ist, weiß ich nicht, was wir tun sollen. Wir sind so nah an Gaia dran. So nah an den Antworten. Aber vielleicht ist das genau der Grund, warum er auftauchen würde.

Haven und ich schweigen und warten auf den nächsten Schritt. Ich hebe meine Hände und knirsche mit den Zähnen, aber nur ein winziges Lodern von Macht umkreist meine Finger.

Nun, das reicht nicht.

Das Rascheln wird lauter.

„Geh zurück, Ana“, schreit Haven, als das Geräusch näherkommt.

„Den Teufel werde ich tun.“ Ich trete neben ihn. Komm schon, Magie! Enttäusch mich jetzt nicht.

Ein stärkeres Glühen geht von meinen Fingern aus.

Haven schüttelt den Kopf und brummt im hinteren Teil seiner Kehle. Aber er streitet nicht mit mir.

Genau dann kommen zwei schattenhafte Gestalten aus den Bäumen.

Ich senke meine Haltung, meine Kraft erwacht endlich zum Leben.

Und dann materialisieren sich die Formen zu zwei sehr vertrauten Gestalten.

Tarter und Russ stürzen sich auf mich und stoßen mich auf den Rücken. Sie lecken mir das Gesicht ab und hinterlassen Sabber.

„Verdammt seien die Götter“, murmelt Haven. „Ich hätte euch fast in zwei Hälften geteilt!“

Sie reißen sich von mir los und buhlen um seine Aufmerksamkeit.

„Nächstes Mal wäre eine Warnung nett“, sagt er und kniet hin, um sie auch sein Gesicht ablecken zu lassen.

Ich hieve mich in eine sitzende Position und pfeife zwischen den Zähnen. Tarter huscht herbei und kuschelt seinen Kopf unter meinem Kinn. Ich kraule seinen Hals. „Du hast uns erschreckt. Mach das nicht noch einmal.“ Er kläfft. „Und wo warst du überhaupt?“

Haven sieht zur Baumgrenze und krault Russ abwesend an den Ohren.

„Glaubst du, jemand ist ihnen gefolgt?“, frage ich.

„Wenn sie als Nebel hergekommen sind, weiß ich nicht, ob das jemand könnte.“

Aber ich sehe die Besorgnis und Sorge in seinem Gesicht, das sich in die Falten um seinen Mund geätzt hat.

„Wir sind nah dran“, sage ich zu ihm. „Wir müssen es nur bis zum Morgen schaffen.“

Er gibt einen unverbindlichen Laut von sich und fängt an, Anmachholz aufzusammeln. Ich arbeite daran, einen Platz für ein Feuer frei zu machen. Zehn Minuten später knistern die Flammen aus dem Holzstapel. Ich lehne mich auf meinem Hintern zwischen Tarter und Russ zurück. Seit das Feuer ausgebrochen ist, sind sie eingeschlafen, und ich frage mich, wie weit sie gelaufen sind, um zu mir zurückzukommen. Wie weit es auch war, ich bin froh, dass sie es getan haben. Ich fühle mich sicherer, wenn ich weiß, dass sie hier sind. Und mit Haven an meiner Seite fühle ich mich nicht so allein.

Haven sitzt bei Russ und vergräbt seine Hand in dem dichten Haar in ihrem Nacken.

Ich starre ein paar Minuten lang auf die Flammen, die vor uns tanzen. Hin und wieder glaube ich zu sehen, wie sich die Flammen in ein Augenpaar verwandeln. Als ob die sterbende Schicksalsgöttin, die uns auf diese Reise schickte, uns von überall her beobachtet, wohin auch immer Schicksale gehen, wenn sie diese Ebene verlassen. Ich seufze tief und Haven greift über Russ hinweg nach meiner Hand. Unsere Finger verschränken sich. Ich mag das Gefühl seiner starken, schwieligen Hand in meiner.

Ich lege mich hin, die Erschöpfung eines Wandertages schlägt schließlich auf einmal zu und langsam gehe ich in den Schlaf über.

# KAPITEL 16

## HAVEN

NACH EINER WEILE, nachdem Anas Atmung sich ausgeglichen hat, zieht Haven seine Hand aus ihrer und benutzt seine Magie, um eine Illusion der Form und Größe und der Wärme seines Körpers, der sich neben ihr eingenistet hat, zu erzeugen. Er will sie nicht aufwecken. Es steht zu viel auf dem Spiel, als dass sie auch erschöpft sein könnte.

Tarter und Russ heben mit schweren Augen ihre Köpfe. Als sie merken, dass Haven nicht zum Spielen wegläuft, lehnen sie sich gegen Ana zurück und lassen Haven in Ruhe.

Er geht den Fußweg zum höchsten Punkt der Wiese hinauf und blickt auf den Olymp. Obwohl es schon weit nach Einbruch der Dunkelheit ist, leuchtet Olympus City immer noch hier und da. Das Haus des Dionysos leuchtet am nördlichen Rand der Stadt am hellsten. Dort gibt es immer ein Fest, und die Nachkommen von Dionysos sind nicht der Typ, der zum Krieg gerufen wird.

Obwohl Haven trainiert hat, zu kämpfen und zu beschützen, ist ein kleiner Teil von ihm neidisch auf die Nachkommen mit frivolem Lebensstil.

Wie lange wird es dauern, bis Hades jemanden nach ihm schickt? Oder vielleicht wird es Jorl sein, der den Befehl gibt und Haven wird bald mit seiner Mutter durch die Unterwelt wandern.

In nur wenigen Stunden werden sie von denselben Klippen springen, von denen seine Mutter gesprungen ist.

Er hat sich oft gefragt, was ihr durch den Kopf ging, kurz bevor sie beschloss, nicht mehr in diesem Reich sein zu wollen. Hat sie an Haven gedacht?

Hat es sie überhaupt interessiert, wie er sich fühlen würde?

Er hätte an ihrer Seite sein sollen.

Er hätte da sein sollen, um sie zu retten.

Er erinnert sich an seine Mutter, die über einem Altar kauert und Gebete zu Gaia flüstert.

Gebete waren kein großer Teil von Havens Erziehung. Hades war ihr Schutzgott, und man betete nicht zum Gott der Unterwelt um einen Segen oder um Führung. Vor allem dann nicht, wenn man ihn einfach von Angesicht zu Angesicht fragen konnte.

Aber Havens Mutter liebte Gaia und sie war immer auf der Suche nach dem Sinn der Dinge. In den Nächten, nachdem er besonders brutale Schläge von seinem Vater oder seinen Brüdern eingesteckt hatte, flüsterte sie ihm immer Geschichten über Gaias Größe zu. Sein Vater hätte sie aus dem Haus verbannt, wenn er geglaubt hätte, dass sie einer anderen Gottheit als dem Hades die Treue gehalten hätte, aber seine Mutter hielt an ihrer heimlichen Liebe zu Gaia fest, als sei sie ein heiliger Schatz, den sie nur mit ihm teilte.

Haven wirft einen Stein über den Rand der Klippe. Er

hört das steinerne Aufprallen nicht. Der Fall ist zu lang, der Wind zu heftig.

Er hat so sehr versucht, seinen Verstand dafür zu schärfen, Ana in Sicherheit zu halten und sie zu Gaia zu bringen. Er hat sich nicht den Raum gegeben, darüber nachzudenken, wie sie dorthin gelangen sollen. Aber hier in der Stille der Dunkelheit, ohne Anas Versuche, ihn abzulenken, gibt es nichts außer ihm und den Gedanken, die er gemieden hat.

Kann er es schaffen?

Während er darüber nachdenkt, was es kosten könnte, in die Fußstapfen seiner Mutter zu treten, springen Tarter und Russ auf.

Haven dreht sich um, bereits in Alarmbereitschaft.

Tarter knurrt. Ross' Nackenhaare sind erhoben und die Zähne gefletscht. Beide Hunde haben ihre roten Augen auf den Wald gerichtet.

Mit einer Illusion stößt Haven Ana in die Rippen. „Waise. Wach auf. Jetzt."

Sie setzt sich verschlafen und mit schweren Augen auf. „Was ist los?"

Haven eilt zurück zum Lagerfeuer und legt die Hand auf dem Griff seiner Klinge. „Ich bin mir nicht sicher, aber ich vermute, es ist kein Freund."

Ana steht auf. Haven steht zwischen ihr und dem Wald, als sie ihre Stiefel wieder anzieht. „Sollen wir gehen? Oder..."

Sie bekommt den zweiten Teil nicht heraus.

Ein Feuerball schießt aus dem Wald und explodiert, als er auf die Erde zwischen ihnen trifft.

„Ana, geh zurück!", schreit Haven, als ein Kader von Hades-Soldaten auf sie zu kommt.

Der Soldat an der Spitze trägt einen Titanen-Stab um den Hals und der Kristall leuchtet hell in der Dunkelheit.

Verdammte Scheiße.

Heißt das, Kronos ist auch in der Nähe?

Hat Kronos sie irgendwie überredet, sich seiner Seite anzuschließen?

Der Anführer sieht auf den Zauberstab herab und dann wieder zu ihnen hinauf. Sie kennen Haven und vielleicht erkennen sie Ana aus den Prüfungen, aber sie sollte eindeutig nicht hier sein.

Wenn sie nicht nach Kronos suchen, sondern nach jemandem, der heraussticht, passt die Beschreibung zu ihr.

Aber sie werden nur über seine Leiche an sie rankommen.

„Ihr müsst das nicht tun", warnt Haven.

„Wir haben Befehle", sagt der Mann.

„Befehle, nach Kronos zu suchen, nicht nach Ana."

Die Männer denken eine Sekunde darüber nach, aber der Anführer, der ergraute Mann, dessen Gesicht vor Erschöpfung verunstaltet ist und der Hunger in den Augen hat, beschließt, dass das zu viel Denken ist.

„Schnappt das Mädchen", brüllt er und die Männer schwärmen das Lager.

Havens Körper übernimmt das Kommando. Er holt sein Schwert heraus und schwingt. Einer der Soldaten weicht dem Hieb aus, aber Haven kommt zurück und schlitzt den Mann am Bauch entlang auf. Blut strömt aus der Wunde und der Mann fällt auf die Knie.

Aus den Augenwinkeln sieht Haven, wie Tarter und Russ jeweils einen Soldaten zerfleischen, ihr dunkler Nebel strömt in die Münder und Nasen der Soldaten, während die Hunde sie zu Boden schlagen.

Ein großer, rotköpfiger Soldat schlägt Haven, aber der Schlag des Mannes ist zaghaft, unsicher, und Haven weicht ihm leicht aus. Haven erwidert ihn mit einem Schlag auf den Hinterkopf des Mannes und schlägt ihn sofort bewusstlos.

Um den Campingplatz herum blüht helles Licht. Haven

erblickt Ana unten im Feld, ihre Hände auf einem dürren Soldaten, Schwärze breitet sich über seine Arme aus.

Der Soldat schreit.

Es ist sinnlos.

Schließlich wurde er gewarnt.

Der Mann krümmt sich zu Boden, und als Ana ihn loslässt und die Schwärze sich zurückzieht, steht er auf und rennt in die entgegengesetzte Richtung.

Der griesgrämige Anführer, der schwer atmet und ängstlich auf einen Kampf wartet, stellt sich gegen Haven.

„Verräter", sagt der Mann und spuckt Haven vor die Füße. „Dein Vater muss sich schämen, einen solchen Bastard gezeugt zu haben."

Der letzte Soldat, der noch steht, kommt zur Linken des Kommandanten, das Schwert gezogen, die Augen weit aufgerissen.

Zwei sind noch übrig.

Das ist einfach.

„Ich versichere dir", sagt Haven, „mein Vater war schon lange vorher unzufrieden. Weißt du, warum?"

Der Große schluckt den Köder. „Warum?"

„Weil ich einen sauberen und leichten Kampf einem langen und schmutzigen vorziehe." Dann beschwört er die Illusion eines massiven Cerastes, der rammelhörnigen Schlange, die dafür bekannt ist, einsame Reisende vom Berg zu stoßen.

„Oh Scheiße", sagt der dunkelhaarige Soldat. „Was machen wir jetzt?"

Die Illusion kriecht näher. Der Cerastes ist leicht doppelt so groß wie der große Kerl, mit Hörnern, die größer als sein Kopf sind, und Zähnen, die scharf wie Nadeln sind.

„Ich denke, wir sollten rennen", sagt der dunkelhaarige Soldat mit tiefer und zitternder Stimme. „Diese Dinger sind Bestien!"

Die Macht überschwemmt Havens Körper, während die Illusion zischt und die Zähne fletscht.

Der große Kerl sieht aus, als würde er sich in zwei Sekunden in die Hose scheißen.

Kaum einen Gedanken verschwendend führt Haven den Cerastes näher heran und lässt ihn dann ausholen. Die Soldaten drehen sich um und rennen, ihre Schreie hallen am Berghang wider.

„Was hast du ihnen gezeigt?", fragt Ana.

„Nur das typische Monster des Olymps. Komm schon." Er ergreift ihre Hand, kickt Dreck auf das Feuer und zieht sie dann wieder den Berg hinauf.

„Aber... sollten wir nicht..."

„Keine Widerrede, Waisenkind", sagt er, während die Hunde an ihnen vorbei zur Spitze des Hügels rennen. „Kronos kann nicht weit dahinter sein, wenn der Zauberstab schon geglüht hat. Und wir müssen über diese Klippe kommen, bevor er uns findet."

„Glaubst du, er ist gekommen, um uns aufzuhalten?", fragt sie, während sie Ästen ausweichen, als sie über den Pfad zurück in den Wald gehen.

„Natürlich. Er weiß wahrscheinlich, dass man Gaia auf diese Weise findet. Es ist wahrscheinlich, dass diese Soldaten Kronos verfolgten und uns zufällig fanden." Haven scannt den Wald, während er eine Illusion von Nebel um sie herum aufrechterhält. Es ist eine schwache Barriere, aber jede Art von Tarnung ist ausreichend.

„Es tut mir leid", sagt Ana so leise, dass er glaubt, er habe sie falsch verstanden.

„Was tut dir leid?", fragt Haven über seine Schulter.

„Weil du gegen deine eigenen Männer kämpfen musstest. Wegen mir."

Er blickt finster drein und bringt sie hinter einem großen Baum zum Stehen. „Das sind die Männer meines Vaters, nicht meine. Alles klar? Du brauchst dich nicht zu entschuldigen."

Sie sieht nicht besänftigt aus, aber dafür haben sie keine Zeit.

Das Gefühl der Dringlichkeit, das sich in Havens Wirbelsäule staut, kann man nicht ignorieren.

Er scannt die Öffnung direkt hinter ihrem Baum. Bisher keine Spur von Kronos. Worauf wartet er noch?

Tarter und Russ rennen auf der Suche nach unbekannten Gerüchen vorwärts zu den Klippen, als ob sie verstehen.

„Und nur damit du es weißt", fügt er hinzu, „ich würde gegen jeden auf dem Olymp kämpfen, wenn es bedeutet, dich in Sicherheit zu bringen."

Er gibt ihr einen schnellen, inbrünstigen Kuss auf den Mund, ihre Lippen prallen aufeinander, das restliche Adrenalin macht ihre Bewegungen unbeholfen und grob.

Als Haven sich zurückzieht, schmeckt er Blut auf seiner Lippe. „Hast du mich gebissen, Waise?"

Sie zuckt zusammen. „Das wollte ich nicht!"

Er wischt das Blut mit dem Handrücken weg. „Dafür wirst du irgendwann bezahlen."

„Oh, ist das so?"

Er bringt sie näher und legt seine Hand auf ihren Arsch. „So ist das." Er küsst sie wieder und sie scheint sich nicht entscheiden zu können, ob sie gegen ihn kämpfen oder mit ihm verschmelzen soll.

Er liebt es, wenn sie dies tun, wenn sie dies tut, wenn sie so tut, als wolle sie nicht, dass er sie berührt, obwohl er weiß, dass sie dadurch verdammt feucht wird.

Wenn sie nur mehr Zeit für mehr davon hätten...

Tarter und Russ kehren zu ihnen zurück und beide Hunde drücken sich glücklich in Havens Seite. Sie scheinen nicht im Geringsten beunruhigt zu sein. Ist das gut oder schlecht? Kann Kronos sie so manipulieren, wie es Haven einst tat?

Das würde er dem Titan nicht zutrauen.

„Komm schon." Er zerrt Ana unter dem dunklen Blätterdach des Baumes hervor, wobei er mehr Energie verbraucht, als wahrscheinlich klug ist, und wirft hinter ihnen eine tiefere Illusion auf, eine Illusion von dichten Wäldern und Nebel.

Er wird alle Tricks anwenden, die er hat, um sicherzustellen, dass Ana zu Gaia gelangt.

# KAPITEL 17

„Fast da, Waisenkind“, sagt Haven, während er mich zum nächsten Pass auf den höchsten Punkt der Klippen hinaufzieht.

Mit Haven vor mir und Tarter und Russ auf beiden Seiten, schaue ich hinter uns und achte aufmerksam auf Anzeichen dafür, dass die Soldaten oder vielleicht Kronos uns verfolgen.

Aber da ist nichts als die Geräusche des Waldes.

„Glaubst du, sie werden uns weiter verfolgen?“

Haven schüttelt den Kopf. „Ich glaube nicht, dass diese bestimmte Einheit in der Lage sein wird, für eine Weile hinter jemandem her zu sein.“

„Du bist ziemlich furchterregend, wenn du willst.“

Er lächelt mich an, offensichtlich zufrieden mit sich selbst.

Aber ist das nur gespielt? Flippt er nicht aus, dass er gerade gegen Männer gekämpft hat, mit denen er angeblich verbündet ist?

„Ich weiß, du sagtest, es müsse mir nicht leidtun…“ ,fange ich an.

„Weil es das nicht muss“, antwortet Haven entschlossen.

„Das waren vielleicht nicht deine Männer, aber du musstest trotzdem gegen Männer aus deinem eigenen Haus kämpfen. Verbündete Nachkommen. Für mich.“

„Ich bin mir nicht sicher, ob du dir dort hinten den Kopf gestoßen hast, aber du bist schon lange genug im Haus des Hades, um zu wissen, dass es für uns nicht neu ist, untereinander zu kämpfen. Ich bin mir ziemlich sicher, dass ich schon mindestens drei dieser Jungs in Kämpfen besiegt habe.“

„Aber das hier ist anders. Das war keine Trainingsübung und kein Kampf zum Spaß.“

„Ein Kampf zum Spaß?“ Haven lacht so laut, dass es von den Felsen um uns herum widerhallt.

„Oh, halt die Klappe“, sage ich. „Du weißt, was ich meine.“

Haven denkt darüber nach und nickt dann einfach in entfernter Übereinstimmung. Ich kenne Haven lange genug, um zu wissen, wie stolz er darauf ist, in einem bestimmten Kampf der Stärkste zu sein. Ihn gerade jetzt zu sehen, war unglaublich, es war, als wäre er dafür geschaffen, er schien nicht einmal ins Schwitzen zu kommen, als er diese Männer zu Fall brachte.

„Sie haben versucht, uns zu töten“, sagt Haven und spürt, in welche Richtung meine Gedanken gegangen sind. „Sie hätten nicht aufgehört, wenn wir nett zu ihnen gewesen wären. Im besten Fall hätten sie uns zurück zu Hades gebracht. Aber von dem Moment an, wo sie uns gefunden hatten, hat es nur einen Weg gegeben.“

„Ich weiß.“ Ich atme tief ein und versuche, meine Nerven zu beruhigen. Das Licht um uns herum verändert sich, was mir sagt, dass wir diesen Pass schnell hinaufsteigen müssen, bevor wir bei Sonnenaufgang Gaias Zeitfenster verpassen.

„Wohin wirst du gehen, wenn das vorbei ist?“, frage ich, bevor ich darüber nachdenken kann, was ich frage.

„Du meinst, weil ich nicht vom Rest meiner liebenden Familie im Haus des Hades willkommen geheißen werde?"

„Das meine ich ernst."

„Ich habe vor, dem Haus der Göttin Ana beizutreten."

Ich werfe ihm einen Blick zu. „Haha. Ich habe kein Haus."

„Alle Götter und Göttinnen haben Häuser. Ich bin sicher, das ist durch göttliches Gesetz oder so vorgeschrieben. Du bekommst ein Haus. Ich werde verdammt noch mal dafür sorgen."

Einen eigenen Palast?

Der Gedanke kam mir nie in den Sinn.

Was würde ich mit einem ganzen Haus machen? Ich denke an Hestias weitläufiges Haus, das um eine Feuerstelle herum gebaut ist, die so groß ist, dass eine Familie mit Hunderten von Personen bequem darin Platz hätte. An das Haus des Hades und die Unterwelt darunter.

Sie haben Häuser, weil sie etwas im Olymp repräsentieren. Hestia mit der Feuerstelle und der Ewigen Flamme. Das Haus des Hades und die Unterwelt. Poseidon und der Ozean. Ares und Krieg.

„Was würde ich repräsentieren?" sage ich sarkastisch. „Du willst nicht ins Haus der Göttin der toten Blumen eintreten."

„Doch, das will ich. Außerdem kann ich sonst nirgendwo hin."

Mein Gesicht erschlafft, weil ich genau davor Angst hatte. Das ist genau das, worüber ich vorhin gesprochen habe! „Du hängst an mir fest." Ich reibe mir das Gesicht. „Ich habe dich in die Lage gebracht, alles was dir lieb ist, verraten zu müssen und jetzt hängst du an mir fest."

Er knurrt. „So habe ich das nicht gemeint. Das kam falsch heraus."

„Aber es ist wahr..."

„Ich habe dich gewählt, Ana. Es ist mir egal, wie das Dach über meinem Kopf aussieht, solange du da bist. Wohin du gehst, dahin folge ich." Er richtet seinen Blick mit einer neuen Schärfe in seinem Gesicht auf mich. „Ich verließ das Leben, von dem ich erkannte, dass ich es nicht wollte, für das, was ich will. Lass mich es dir nicht noch einmal beweisen."

Ich weiß, dass sein Vater und Nereus ihn immer dazu gebracht haben, seine Loyalität und seine Hingabe zu beweisen.

Ich höre ein Echo der Beleidigung dieses Soldaten in meinem Kopf und es lässt mich erschaudern.

*Dein Vater muss sich schämen, einen solchen Bastard gezeugt zu haben.*

Aber vielleicht ist mir das wichtiger als Haven. Vielleicht kümmert es ihn überhaupt nicht.

Was ich weiß, ist, dass ich nicht so sein will wie sie. Nicht wie die Soldaten, die blind Befehle befolgen und nicht wie die Knightfalls, die vor allem Gehorsam und Loyalität fordern, ungeachtet der Folterungen und Misshandlungen.

„Okay", sage ich und nehme Havens Hand in meine. „Ich glaube dir."

Er beugt sich vor und küsst mich auf den Kopf. „Und dein Haus wird nicht das Haus der Kohlköpfe oder der toten Blumen sein. Hör auf, dich selbst herabzusetzen. Du bist mächtiger, als du denkst."

Er hat natürlich recht. Ich mag es nicht, wenn er recht hat, aber wenn Clea so über sich selbst reden würde? Ich würde sie auch anbrüllen.

Und wir werden Kronos nicht besiegen, indem ich sanftmütig bin.

Das Bild der Asche-Vision von Haven am Göttertor, die von Kronos umgebracht wird, kommt mir plötzlich in den Sinn. Wenn ich verhindern will, dass diese Vision Wirklichkeit wird, muss ich stark sein. Stärker als je zuvor.

„Wir haben es fast geschafft. Wir sollten uns beeilen", sagt

Haven, während er den Rest des Weges betrachtet. „Vielleicht ging Kronos in die andere Richtung, um den Soldaten auszuweichen, aber es ist besser, sich zu beeilen, als zu bedauern."

Ich scanne den Weg hinter uns. Allein der Gedanke daran, dass Kronos jetzt auftaucht, wo wir gerade so nah sind, lässt mein Herz in meiner Brust stärker klopfen. Es wäre wirklich scheiße, jetzt besiegt zu werden. Und wenn wir verlieren würden, was würde das für den Olymp bedeuten? Für Clea und Sura und die Waisenkinder? Max?

Ich überhole Haven und laufe die Zielgerade entlang. Tarter und Russ bellen hinter mir, während sie ihre Aufholjagd fortsetzen.

Ich erklimme den Hügel und stolpere auf die Klippe.

Im dumpfen Licht des frühen Morgens verwandeln sich die in der Brise wiegenden Wildblumen von Silber in Gold. Über den Abhang der Klippe klingt das Krachen der Wellen unmöglich weit weg.

Ich strecke meine Hand nach Haven aus. Er nimmt sie nicht.

Stattdessen kommt er an den Rand der Klippe und schaut nach unten. Der Schmerz ätzt sich zwischen seine Augen. „Glaubst du, sie wusste es?", fragt er, seinen Blick noch immer auf den Ozean unten gerichtet.

Ich brauche nicht zu fragen, wen er meint.

„Ich weiß es nicht", sage ich, weil ich ihn nicht anlügen will. „Aber es ist ein schrecklich großer Zufall, glaube ich."

Sein Kiefer beugt sich, während er mit den Zähnen knirscht und nickt.

Ist es grausam von mir, ihn zu bitten, dies zu tun?

Ich habe mir immer eine Mutter gewünscht, aber Haven hatte eine, eine, die er liebte und die ihn liebte. Mein Herz sinkt, wenn ich daran denke, was es ihm antun muss, dass er dort steht, wo seine Mutter stand, dass er die gleichen letzten

Schritte macht wie sie, dass er sich fragt, was sie dachte, als sie sprang.

Ich bin im Begriff, Haven zu sagen, er solle zurückgehen, als er meine spiralförmigen Gedanken unterbricht und mich zu sich zieht. „Was auch immer geschieht", sagt er mit heiserer Stimme, „du sollst wissen, dass ich dich liebe."

Ich taumle zurück, geschockt und ungläubig.

Diese drei kleinen Worte.

Unschuldig alleine.

Mehr Kraft als eine Bombe, wenn man sie aneinanderreiht.

Wusste ich vorher schon, dass er mich liebt? Ich glaube, ich wusste es. Ich habe es in meinen Knochen gespürt. Aber zu hören, wie er, Haven Knightfall, es laut ausspricht, ist irgendwie viel wichtiger.

Denn ich weiß, was es ihn kosten muss, es zuzugeben.

Ich greife nach oben, lege meine Hände auf seine Wangen und ziehe seine Stirn zu meiner hinunter. „Ich liebe dich auch."

Wir schauen beide auf das Wasser hinunter, so weit unter uns sieht es aus wie eine andere Welt entfernt. Der Olymp liegt vor uns, glitzernd und still, während er darauf wartet, dass die Sonne den neuen Tag bringt. Haven und ich schließen ein letztes Mal die Augen, und dann, ohne zu zögern oder uns Zeit zu lassen, um zu überlegen, was wir tun, fassen wir uns an den Händen und springen vom Rand der Klippe, gerade als die Sonne über den Horizont steigt.

# KAPITEL 18

ALS ICH ÜBER den Rand der Klippe kippe, steigt mir der Magen in die Kehle, und ich habe einen Sekundenbruchteil Zeit, mir Sorgen zu machen, dass wir vielleicht einen schrecklichen Fehler gemacht haben.

Aber in der nächsten Sekunde stehen Haven und ich uns auf festem Boden gegenüber. Wir scheinen am Leben zu sein. Wir tragen immer noch die gleiche Kleidung, aber wir sind jetzt sauber, als ob der Schmutz und das Blut von einer pflichtbewussten Hand weggeschrubbt worden wären.

„Sind wir tot?", frage ich Haven, meine Stimme erstickt.

„Das glaube ich nicht." Haven sieht sich um.

Tarter und Russ sind uns bis zu dieser anderen Ebene gefolgt und laufen bereits voraus durch ein kleines Feld, das zu einem winzigen Steinhäuschen führt. Das Häuschen ist auf beiden Seiten von großen Tierställen umgeben und sieht aus, als ob es zu einem riesigen Gemüsegarten im hinteren Teil führt. Ziegen und Schafe streifen in Einfriedungen von der Größe kleiner Felder umher. Hühner gackern sich gegenseitig an, während sie nach Insekten picken, die sich im Gras verstecken.

Wir schauen beide auf die steinerne Hütte, die nicht mehr als einen Raum fassen kann. „Es wirkt... klein", sinniert Haven. „Man sollte meinen, die mächtige Schöpferin von allem hätte ein wenig mehr Platz."

„Vielleicht wohnt sie gar nicht hier?" Ich frage mich laut. „Vielleicht bringt sie hier nur Gäste her?"

„Vielleicht."

Als wir den kleinen Kopfsteinpflasterweg betreten, der zur Haustür der Hütte führt, geht sie leicht knarrend auf.

Von der Treppe aus rufe ich: „Hallo? Ähm... Ihr..." Ich unterbreche mich selbst, unsicher, wie ich die Mutter aller Schöpfung grüßen soll. *Gaia* scheint zu informell, ist aber gleichzeitig das am meisten verehrte Wort in unserer Sprache.

Es gibt keine Antwort von innen. Ich blicke über meine Schulter zu Haven. Er hat eine Hand am Griff seines Schwertes, als würde er sich auf das Schlimmste vorbereiten.

Nach einer Pause drücke ich leicht auf die Tür und sie schwingt auf.

Im Inneren befindet sich ein heller und luftiger Raum. Riesige Fenster an drei der Wände blicken auf den Hof und die Gärten. Und genau in der Mitte des Raumes steht eine kleine Frau mit Haaren, die das reinste Weiß sind, das ich je gesehen habe. Ihre Hände arbeiten eifrig an den Kräutern vor ihr und machen Bündel aus verschiedenen Mischungen, die sie dann mit Schnüren zusammenbindet.

Ich merke, dass wir lange genug gestarrt haben, dass es unangenehm wird und so trete ich vorwärts in den Raum, Haven folgt mir dicht auf den Fersen, seine Hand auf meinem Rücken.

„Es tut mir so leid, dich zu stören", beginne ich, immer noch unsicher, was ich sagen soll, „Ich..."

Meine Worte bleiben mir im Hals stecken, als die schönste Frau, die ich je gesehen habe, sich uns zuwendet. Es ist unmöglich zu sagen, wie alt sie ist. Sie sieht aus, als könnte sie jedes beliebige Alter auf einmal sein, und doch ist sie die schönste von allen. Ihr Blick, dunkel und doch hell, scheint den ganzen Nachthimmel zu umfassen.

„Bist du dabei, dich vorzustellen?“ Sie lacht und der Laut ist, als würde man zum ersten Mal Musik hören. „Glaubst du, ich würde meine eigene Tochter nicht kennen?“

Ich lache unbehaglich. „Tochter“, sage ich. „Weil du die Mutter von allem bist. Richtig. Aber natürlich. Natürlich weißt du, wer ich bin.“

Im Nu durchquert sie den Raum und stellt sich neben mich.

Gaia folgt nicht der natürlichen Ordnung der Welt. Sie ist Nebel und Wind, unbehindert von Zeit und Raum.

Ich nehme einen tiefen Atemzug, taumle zurück und stoße gegen Haven. Er legt eine ruhende Hand an meine Hüfte.

„Nein“, sagt sie und ihr schönes, ursprüngliches Gesicht ist unleserlich.

„Ana.“ Havens Stimme ist ein Flüstern in meinem Ohr, aber ich höre die Warnung darin.

„Nein?“, wiederhole ich nervös.

„Mutter aller ist eine falsche Bezeichnung“, sagt sie. „Ich bin die Schöpferin von allem, die Mutter von nur wenigen.“

Ich lache wieder und starre sie stumm an.

„Ana“, sagt Haven ein zweites Mal.

Irgendwie glaube ich, dass er es vor mir herausgefunden hat.

„Tochter“, sagt Gaia.

Havens Hand windet sich um meine Taille, während ich auf meinen Füßen schwanke. „Ich?“, sage ich.

Eine nach Wildblumen duftende Brise weht durch den Raum und Gaias weißes Haar hebt sich mit ihr. Sie macht keine Anstalten, sie zu zähmen.

„Aber das würde bedeuten... dass ich... sagst du..."

Gaia greift über ihren Kopf und pflückt ein Gänseblümchen aus dem Nichts. Sie steckt es hinter mein Ohr, dann streicht sie mit ihren blassen, zarten Fingern seitlich an meinem Gesicht entlang. „Du bist meine Tochter", sagt sie noch einmal. „Und ich bin deine Mutter."

# KAPITEL 19

*Ihre. Tochter.*

Ich glaube, mein Gehirn explodiert.

Entweder das oder Haven und ich sind wirklich in den Tod gestürzt und ich stecke in einer urkomischen Unterwelt-Folter-Schleife fest, die für alle Ewigkeit dazu bestimmt ist, mein Gehirn zum Explodieren zu bringen.

Ich schaue zu Haven hinüber. Sein gutes Auge, das bernsteinfarbene goldene, strahlt vor Verständnis.

„Der Stab des Titanen", sagt er. „Meiner flammte auf, als du in der Nähe warst. Ich dachte, es sei wegen Kronos, aber dann..." Er sieht mich mit finsterer Miene an. „Die Soldaten auf dem Berg hatten auch einen Stab der Titanen, aber Kronos war nirgends in Sicht. Wenn er wirklich in der Nähe war, warum hat er dann nicht versucht, uns aufzuhalten?"

„Aber... *nein.*" Ich schüttle den Kopf und Haven ergreift mein Gesicht und zwingt mich, ihn anzuschauen.

„Ich bin genauso schockiert wie du, aber es macht sehr viel Sinn. Eine Göttin mag mächtig sein, aber eine neue? Sie wäre den olympischen Göttern nicht gewachsen. Alles, was ich gesehen habe, was du tust..." Er weicht zurück. Ich weiß, was er sagen will.

Alles an mir ist ein Widerspruch. Mein ganzes Leben lang wurde ich als Tochter nicht beansprucht, meine Macht war wild und unkontrollierbar, ohne eine klare Schublade, der ich sie zuordnen konnte. Aber das Schicksal riss mich aus der Dunkelheit heraus und jeden Tag scheint meine Macht zu wachsen, meine Fähigkeiten verwandeln sich.

Mehr als einmal habe ich sogar Hades übertroffen.

Das sollte nicht möglich sein.

Ich kehre zu Gaia zurück, aber sie ist fort. Der Gesang kommt von außerhalb des Hauses. Ich schiebe mich durch die Tür zurück und finde Gaia mit einer Schüssel Korn unter dem Arm und Hühnern, die sie umschwärmen, während sie eine Handvoll Futter auswirft.

Alle Gedanken an angemessenen Respekt und Ehrerbietung verlassen meinen Geist und ich schreie sie praktisch an. „Das kann doch nicht dein Ernst sein, oder? Ist das eine Art Witz?"

Ich habe gerade die Mutter aller Schöpfung beschuldigt, mir einen Streich zu spielen, aber ich bin verzweifelt. Ich habe gerade *fast* akzeptiert, dass Kronos mein Vater ist, aber jetzt das? Gaia? Die Mutter der Erde?

Es gibt nicht genug Platz in meinem Kopf und in meinem Herzen, um diese neue Information hereinzulassen und sie Wirklichkeit werden zu lassen. Ich will es nicht glauben. Egal, wie viele Beweise man mir ins Gesicht drückt.

Gaia geht zu einer kleinen Koppel, wo Ziegen ihre Köpfe durch die Zaunpfosten stecken und ihre Zungen aus dem Maul hängen. Die Schöpferin von allem zieht eine Handvoll Kügelchen aus der Tasche ihres Kleides und lässt die Ziegen bei dem Versuch, nach dem Futter zu greifen, ihre Hände vollsabbern.

„Ich verstehe das nicht." Ich folge ihr. „Ich dachte, meine

Mutter sei sterblich? Das ist die Geschichte, die mir immer erzählt wurde."

„Von wem?", fordert sie heraus. „Hat jemand zu dir gesagt: 'Ana, deine Mutter war sterblich?'"

„Ja, Hestia..." Ich breche ab. Denn jetzt, wo ich gezwungen bin, mich mit dieser Tatsache zu versöhnen, wird mir klar, dass nein, Hestia hat nie direkt behauptet, meine Mutter sei eine Sterbliche. Das war etwas, das ich auf eigene Faust entschieden habe, ohne Hilfe von ihr oder Sura, wie es scheint.

„Außerdem", fährt Gaia fort, „wie würde Kronos im Tartarus eine sterbliche Frau finden, die er als Gefäß benutzen könnte? Dein Gefäß war ein Kohlkopf und wer ist die Mutter der Erde? Wessen Macht erhält die Erde? Wessen Macht erlaubt einer Pflanze zu wachsen oder zu verwelken?" Sie zwinkert mir zu und fährt mit ihrer Arbeit fort.

Pflanzen verwelken ... das ist etwas, das ich verstehe. Ein riesiger Zufall, wenn es ihn je gegeben hat. Und ich glaube nicht gerade an Zufälle.

„Okay, also sagen wir mal, das ist wahr und ich glaube dir - wozu brauchst du mich?"

„Kronos dachte, du wärst seine Antwort auf die Überwindung seiner olympischen Kinder. Er war immer dazu bestimmt, zu entkommen, dazu bestimmt, wieder aufzustehen. Er wollte verhindern, dass sich die Geschichte mit dir wiederholt."

Sie seufzt und schüttelt den Kopf. Das Sonnenlicht fängt ihr Haar ein und macht es silber-gold. „Ich gebe zu, dass der Olymp eine Abrechnung braucht. Kronos und ich sind auf derselben Seite. Aber nicht die, die er sich wünscht." Sie sieht mich wieder an. „Warum also du? Kronos ist dazu bestimmt, von seinen Kindern besiegt zu werden. Das wird sich nie ändern, unabhängig vom Jahr, vom Weg oder vom Krieg. Aber du, Ana, du bist diejenige, die er nie kommen sehen wird. Weil er dich nach seinem Ebenbild geschaffen hat, weil er dachte, er wolle dir alle schlimmsten Gewohnheiten der olympischen Götter nehmen, dir aber die Macht der einen schenken."

„Also... wenn du meine Mutter bist... und Kronos mein Vater..." Die Worte, die ich sage, klingen selbst für mich verrückt. „Zu was macht mich das dann?"

„Zu etwas Neuem. Etwas dazwischen." Gaia lächelt vor Freude. „Halb Göttin, halb Titan."

# KAPITEL 20

## HAVEN

ANA ATMET TIEF EIN, als wolle sie antworten, doch bevor sie dazu kommt, dreht sie sich auf dem Absatz um, schiebt sich an Haven vorbei und rennt über das Feld, das sich vor ihnen ausbreitet. Haven lächelt entschuldigend zu Gaia und dreht sich um, um ihr zu folgen, als Gaia ihn mit einer sanften Hand auf seinem Arm stoppt.

„Gib ihr einen Moment Zeit." Gaia gestikuliert zurück in Richtung des kleinen Hauses. „Sie hat gerade in wenigen Augenblicken mehr über sich gelernt, als sie je gewusst hat. Es wird einige Zeit dauern, bis sie verarbeitet hat, was sie ist und was das bedeutet."

Für den Bruchteil einer Sekunde überlegt Haven, die Mutter aller Schöpfung zu ignorieren, und denkt dann besser darüber nach. Er folgt Gaia zurück ins Haus. Sie zeigt auf einen Hocker am Arbeitstisch und sagt ihm, er solle sich setzen. Was er wirklich tun will, ist zu Ana gehen. Er will nicht hier in diesem kleinen, warmen Raum mit der Mutter aller sitzen, während Ana mit dem ringt, was in ihrem Kopf vorgeht.

Der Ruck, zu ihr zu gehen, ist fast unmöglich zu ignorieren.

„Verzeiht, Mylady, aber..."

„Setzen."

Haven setzt sich.

Die Mutter aller Schöpfung schneidet in einen Laib frisches Brot.

Haven läuft das Wasser im Mund zusammen. Wann hat er zuletzt gegessen?

Es riecht genau wie das Maisbrot, das seine Mutter immer machte, wenn sie sich spät in der Nacht in die Küche schlichen. Sein Vater hasste es immer, dass seine Mutter so gerne kochte. Er hielt es für unter ihrem Niveau. Aber bei besonderen Anlässen oder wenn sie wusste, dass Haven es am meisten brauchte, weckte sie ihn mitten in der Nacht und nahm ihn mit in die Küche, wo sie ihm das Backen beibrachte.

„Ein richtiger Mann sollte wissen, wie man sich ernährt", hatte sie gesagt, als sie Haven beibrachte, wie man Teig richtig knetet. „Die Welt besteht nicht nur aus Gewalt und Tapferkeit. Je älter man wird, desto mehr stellt man fest, dass die ruhigeren Momente, wie diese, einen am meisten prägen."

Sie hatte recht. Seine Mutter hatte immer recht.

Havens Augen werden glasig, als Gaia ihm eine frische Scheibe Brot vor die Nase legt. Ein Stück Butter schmilzt auf der Oberseite.

„Ich glaube, du hast eine Frage an mich", sagt sie, ihre Augen beobachten ihn aufmerksam.

Haven bewegt sich unruhig auf dem Hocker. Der lederne Brustpanzer ächzt mit seinen Bewegungen. „Ich habe viele Fragen. Wir beide haben welche." Er nickt in

Richtung des Feldes, in Richtung Ana. „Ihre sind wichtiger als meine."

Gaia hält eine Hand hoch, um ihn aufzuhalten. „Es wird Zeit für Ana geben. Aber du... ich kann es in deinen Augen sehen. Wie du das Brot angesehen und fast geweint hast."

Haven schluckt schwer. Nachdem seine Mutter in das gefallen war, was Haven als ihre dunkle Zeit bezeichnete, hörte Haven auf, über die Welt nachzudenken. Sein Vater und seine Brüder waren nie in der Stimmung für Fragen, also hörte Haven auf, sie zu stellen.

Der Gedanke daran reizt ihn jetzt so sehr, dass er nichts mehr sagt.

„Deine Mutter gab mir dieses Rezept", sagt Gaia im Gespräch, und Haven erstickt fast an einem Schluchzen.

„Sie war hier?", atmet er aus. „Aber mein Bruder Nereus, er zwang mich, sie in der Unterwelt zu betrachten. Sie wanderte umher, wurde heimgesucht." Er zeigt auf sein gebleichtes Auge. „Dies ist eine tägliche Erinnerung an das, was ich sah. Und was ich getan habe."

Durch die Tränen, die seine Augen trübten, kann er kaum die Gestalt von Gaia erkennen.

Scheiße, er hasst es zu weinen.

Er hasst es, zu fühlen.

Er hasst die Art und Weise, wie sich die Schuld in sein Herz gegraben hat, wie sie über die Jahre geeitert und ihn sauer und wütend gemacht hat.

Er will nicht hoffen, dass vielleicht all die Dunkelheit in seinem Inneren fehl am Platz ist. Dass er sie vielleicht endlich loslassen kann.

Hoffnung ist nur ein anderes Wort für Wunsch, und Wünsche sind für Kinder, für Gutenachtgeschichten.

In den dunklen Ecken eines Knightfall-Herzens gibt es keinen Platz für Hoffnung.

„Sag mir, Haven, was ist es, was deine Macht bewirkt?"

Er pickt nach dem Brot. „Illusionen sind meine Schlüsselmacht. Die, mit der ich geboren wurde."

„Wäre es also nicht möglich, dass ein anderer Knightfall eine ähnliche Fähigkeit hat?"

Haven wird still. „Willst du damit sagen, dass mein Bruder in der Unterwelt eine Illusion geschaffen hat?"

„Ich will damit sagen, dass deine Mutter hier war und nie in der Unterwelt."

Der Hocker wippt auf seinen Stummelbeinen, als Haven auf die Beine springt. „Wo ist sie dann? Warum sollte Nereus das tun?" Er sieht sich um. „Ist sie noch hier?"

Gaia schüttelt den Kopf. „Sie war nur für kurze Zeit hier. Immer in der Küche. Sie hat stundenlang Kuchen und Brot gebacken und mir Geschichten von dir und deinen Brüdern erzählt. Sie hat euch sehr geliebt."

Ein Klumpen formt sich tief in seiner Kehle. Er hasst es, wie sehr er mehr hören will. Er ist ein verzweifelter Sohn und der Schmerz dieser Verzweiflung lässt seine Brust schmerzen.

„Wenn sie mich geliebt hat, warum ist sie dann gesprungen?"

„Weil sie gebrochen war und weil der Olymp sie nicht flicken konnte."

Weil er nicht in der Lage war, sie zu heilen.

„Nein", sagt Gaia scharf und sein Blick huscht zu ihrem zurück. „Wir sind für unser eigenes Schicksal verantwortlich. Du kannst die Schuld am Tod deiner Mutter nicht länger auf dich nehmen."

Was zum Teufel ist hier los?

„Kannst du meine Gedanken lesen?"

Gaia lacht. „Ich kann Ausdrücke lesen."

Sie hatte nicht wirklich nein gesagt.

Wenn jemand Gedanken lesen kann, dann ist Haven der Meinung, dass es die Mutter aller ist.

„Wenn sie nicht mehr hier ist, und nicht in der Unterwelt, wo ist sie dann?“

„Sie bat darum, an einen Ort zu gehen, wo sie immer über dich wachen kann.“

Haven runzelt die Stirn. „Und wo ist das?“

Gaia zeigt auf die Decke. Haven folgt und scannt die abgenutzten Holzbalken. „Sie ist oben?“

„Höher“, sagt Gaia.

„Höher? Aber das würde...“

Es gab noch etwas, was seine Mutter ihm als Junge immer sagte. Und jetzt kommt es zu ihm zurück, als ob sie es direkt in sein Ohr sprechen würde.

*„Wenn ich von dieser Erde fortgehe, mein Liebling, werde ich meinen Platz unter den Sternen einnehmen.“*

*„Warum solltest du das tun?“*, hatte er gefragt. Es schien ein langweiliger Ort zu sein.

*„Damit ich immer auf dich herabscheinen kann.“*

Als er blinzelt, fallen ihm endlich die Tränen und er macht sich nicht die Mühe, sie wegzuwischen. „Ich hätte ihr geholfen“, sagt er. „Ich hätte alles getan.“

„Sie wusste das. Und das ist auch der Grund, warum sie gehen musste. Was sie brauchte, war nicht etwas, das du ihr hättest geben können.“

Er fällt wieder auf den Schemel und spitzt seine Lippen, um die Tränen zurückzuhalten.

Er wird nicht schluchzen.

Er will verzweifelt schluchzen.

Er fühlt sich so schwer und doch auch leichter. Als ob er gerade einen Marathon gelaufen wäre, aber er ist erleichtert, dass es vorbei ist.

„Danke“, atmet er aus.

Gaia kommt zu ihm und legt ihm eine sanfte Hand auf die Schulter. „Du bist genau an der Stelle, an der du jetzt sein musst und hörst genau das, was du hören musst. Es gibt keinen Grund, mir dafür zu danken."

„Dann danke, dass du meine Mutter geheilt hast."

Gaia nickt und streicht ihm die Haare zurück, ihre Hand streicht an seinem Gesicht entlang, wie es nur eine Mutter tun würde.

In diesem Moment fliegt die Tür auf, und Tarter und Russ kommen wüst herein. Sie springen beide auf Havens Beine und wetteifern um seine Aufmerksamkeit, als wollten sie ihm etwas Wichtiges sagen.

Er weiß, was die Botschaft ist: Ana braucht dich.

„Geh schon", sagt Gaia, während sie sich am Arbeitstisch abrackert.

Haven springt auf die Füße und geht in das helle Sonnenlicht, das sich so leicht anfühlt wie schon lange nicht mehr.

# KAPITEL 21

ICH LAUFE, bis ich meine Beine nicht mehr spüren kann. Ich schaffe es bis zum Rand der Wiese, wo der Hang auf einen See unten blickt. Das Wasser schimmert im Sonnenlicht und zu beiden Seiten ist es von Bergen umgeben. Hinter mir grasen Kühe im hohen Gras.

Dieser Ort ist lächerlich schön. Alles scheint vor Sonnenlicht und Leben zu triefen. Wenn ich nicht versuchen würde, alles, was ich über mich selbst weiß, neu auszurichten - *wieder einmal* - würde ich mich hier tatsächlich wohlfühlen. Ich lasse mich auf den Hang fallen, wo das Gras einer dichten Bodendecke weicht und versuche, mein Gehirn mit dem Geschehen zu verbinden.

Eine Göttin *und ein Titan.* Ich weiß nicht einmal, was das bedeutet. Ich weiß nicht einmal, wie ich es enträtseln soll.

Schließlich gesellt sich Haven am Hang zu mir. Er sagt die längste Zeit nichts und ich kann nicht sagen, ob es daran liegt, dass er mir die Stille und den Raum gewährt, die ich brauche, oder ob er in seinen eigenen Gedanken gefangen ist.

„Wie geht es dir, Waise“, fragt er endlich und ich seufze schwer, als ich aufstehe.

„Glaubst du wirklich, dass es wahr ist?“, frage ich ihn.

Er dreht seinen Körper zu meinem und die Sonne strahlt in sein Gesicht. Er blinzelt dagegen und hat die Hände auf dem Gürtel, der sein Schwert trägt. Er bringt den Duft von Leder und Ambra und Moschus mit sich. Es ist ein berauschender, bezaubernder Duft. Er ist das einzige Ding in dieser Szenerie, das dunkel und von Gefahr umrandet ist.

Ihn bei mir zu haben, selbst an einem so charmanten und hellen Ort wie Gaias Domäne, gibt mir ein besseres Gefühl.

Die Knightfalls haben ihn zu einer brutalen Waffe geschmiedet und ich bin diejenige, die die Belohnung erntet.

„Jeder, der von einem Kohlkopf geboren wird, wird durch göttliches Eingreifen geboren“, sagt er, während er seine Augen auf mein Gesicht richtet. „Und du bist anders als alle, denen ich je begegnet bin.“

Seine Gründe zu hören, zu wissen, dass er daran glaubt und an mich glaubt, lässt mir die Tränen in den Augen brennen. Ich weiß nicht genau, warum. Vielleicht, weil ich Angst habe. Angst davor, was das alles bedeutet und wie viel Arbeit es kosten wird, das alles in Ordnung zu bringen.

Mein ganzes Leben lang beklagte ich meine Sinnlosigkeit. Und jetzt, da ich einen habe, beschwere ich mich über dessen Form.

„Und was jetzt? Was soll ich mit diesem Wissen anfangen? Wo soll ich überhaupt anfangen?“

Der Wind umweht sein Haar und eine Locke flattert über seine Stirn. Instinktiv greife ich rüber und streiche sie zurück. Die Tatsache, dass er mich lässt, spricht Bände darüber, wie sehr sich die Dinge zwischen uns verändert haben.

„Setze einen Fuß vor den anderen“, sagt er. „Der einzige Ausweg ist durch die Mitte.“

Seine Ratschläge sind ein Echo von Suras Tadel, als wir Kinder waren. Die Hausarbeit war zu viel, die Aufgaben überwältigend und ich habe immer geweint. „Fang einfach mit einer Sache an und wenn die erledigt ist, geh zur nächsten über." Und dann zerzauste sie mir die Haare und schickte mich auf den Weg.

Sie hatte recht. Und Haven hat auch recht.

„Sie ist meine Mutter", sagte ich leise.

„Ich weiß." Haven lächelt mich an, aber es erreicht nicht seine Augen. „Ich weiß nicht, wie viel Zeit wir haben. Du solltest mit ihr reden. Sie ist viel mitteilsamer als die Schicksale."

„Ach wirklich?" Ich schaue ihn argwöhnisch an. „Was hat sie dir erzählt?"

„Was ich hören musste. Aber das ist eine Geschichte für ein anderes Mal." Er kommt um mich herum und schiebt mich sanft zum Haus. „Zuerst musst du gehen und die Welt retten."

Ich stöhne leise, als seine Worte mich zu der Sache zurückbringen, die ich immer wieder zu vermeiden versuche. Aber ich kann nicht daran denken, wie groß die Aufgabe ist. Ich muss mich nur auf das nächste Hindernis auf meinem Weg konzentrieren, wie Haven sagte.

Und im Moment geht es darum herauszufinden, was ich tun muss, um Kronos zu besiegen und den Olymp zu retten.

Als wir zum Haus zurückkehren, finden wir Gaia, die den Ziegen frisches Wasser gibt. Sie streichelt sie, während sie meckern.

„Die Schicksalsgöttin hat gesagt, du kannst mir sagen, wie ich Kronos besiegen kann", sage ich ganz offen, denn ich habe es satt, um den heißen Brei zu reden. Ich will Antworten. Wenn ich das tun soll, will ich einen verwertbaren Rat.

Gaia richtet sich auf. „Wir sind immer unser eigener schlimmster Feind", sagt sie. „Ich habe vor nicht allzu langer

Zeit erkannt, dass deine Erziehung eine Art Blockade war. Du wusstest nicht, wer du warst, also hast du nicht an deine Macht geglaubt. Der Lauf des Lebens hat geholfen, eine dieser Blockaden aufzulösen, aber ich vermute, dass es immer noch eine gibt."

Ich denke an die Schenkungszeremonie im Haus des Hades zurück, als ich die Kugel des Lebens berührte, ein Geschenk von Gaia, sagte Hades. Die Kugel sollte mir eine Gabe verleihen, aber stattdessen ging alles schief.

Tatsächlich erinnerte ich mich kurz nachdem ich sie berührt hatte, an Theo und die anderen Nachkommen, die nach dem verlorenen Prozess aus dem Gedächtnis gelöscht worden waren.

Dies ist nur ein weiterer Beweis dafür, dass Gaia mir vielleicht keinen großen Streich spielt.

„Willst du damit sagen, dass Ana ihre wahre Macht noch nicht angezapft hat?", fragt Haven.

Gaia nickt.

Ich spöttele. „Ich kann kaum halten, was ich habe."

„Das liegt daran, dass du nicht daran glaubst. Oder an dich selbst."

Ich verschränke die Arme vor meiner Brust. „Und was ist diese letzte Blockade? Gibt es eine andere Kugel, die ich berühren kann? Ein mystischer Zauberstab?"

Sie sieht mich an. „Den Kohl."

„Den Kohl?"

„Du schaust dieses Objekt abfällig an, aber es hat genauso zu deiner Erschaffung beigetragen wie Kronos oder ich. Es ist ein Teil von dir, es *ist* du. Es ist Macht in deinem Ursprung."

Das wird immer besser und besser.

„Ok, und was mache ich mit dem Kohl? Ihm süße Dinge zuflüstern? Ihm sagen, wie sehr ich ihn liebe?"

Haven räuspert sich neben mir. Ich schaue ihn nicht an,

aber ich verstehe – ich bin zu schnippisch mit der Mutter aller. *Zügel dich, Waise!*

Es fällt ihm leicht, das zu sagen.

Gaia lächelt und schüttelt den Kopf. „Nein. Nichts ist so dumm wie das. Du solltest ihn zerstören."

Okay, ich hasse diese Idee definitiv nicht.

Schon bevor ich erfuhr, dass der Kohl mich geboren hat, hasste ich dieses dumme Ding. Es nahm den halben Garten ein und Sura schimpfte mich immer, wenn ich vergaß, ihn zu gießen (manchmal tat ich es absichtlich nicht, nur um zu sehen, was mit ihm passieren würde).

Es war der Kohl, der nie starb, der nie den Jahreszeiten folgte, der nie geerntet wurde.

Ich fragte Sura oft: „Was bringt das?" Und sie sagte: „Eines Tages werden wir es wissen."

Wenn man bedenkt, dass ich all die Nächte, die ich widerwillig in der Dämmerung stand, um diesen dummen Kohl zu gießen... all diese Nächte führten dazu, dass ich ihn vernichtete.

Das kann ich tun.

Es scheint so einfach und dumm zugleich, aber so ist es auch, von einem Gemüse geboren zu werden.

Ich lege meine Hände auf meine Hüften und sage zu Gaia: „Wie zerstöre ich ihn? Er hat Winterstürme und Dürren und stürmische Winde durchgemacht. Sag mir, wie und ich werde es tun."

Sie neigt den Kopf und sieht mich mit einem leichten Lächeln auf den Lippen an. „Liebling, Ana, du hast seit Jahren Blumen getötet."

Haven schnaubt neben mir. Ich werfe ihm einen vernichtenden Blick zu, aber das lässt ihn nur noch breiter grinsen. Ich bin froh, dass ihn das amüsiert.

Ich hebe meine Hände vor mich. Meine Haut ist makellos,

aber sonnengebräunt. An diesem sehr grundlegenden Teil von mir hat sich nichts geändert.

Pflanzen zu töten *ist* das, was ich am besten kann.

„Ich töte also den Kohl und das war's dann? Dann finde ich etwas in mir selbst und habe die Macht, Kronos zu übertreffen? Das scheint eine dieser lächerlichen Fabeln zu sein, die mir Sura als Kind erzählt hat. 'Die Macht war immer in dir.'"

„Das habe ich definitiv schon mal gehört", sagt Haven.

„Es ist aus gutem Grund eine populäre Fabel." Gaia zwinkert.

Ich schaue zu Haven hinüber. „Hast du Lust, den Weg zurückzugehen, den wir gekommen sind? Eine weitere Tagesreise über den Berg und zurück in den Olymp. Langsam habe ich das Gefühl, dass wir auf diesem Berg leben."

„Göttliche Wesen müssen nicht zu Fuß reisen." Gaia stellt den Eimer mit Wasser ab und kommt zu mir herüber. „Du hast die Götter und Göttinnen kommen und gehen sehen, wie sie wollen. Du kannst auch kommen und gehen, wie du willst."

Havens Augen weiten sich.

Reisen durch Zeit und Raum, das ist definitiv eine Macht, die ich begehrt habe.

„Obwohl ich mich darauf freue, diese Theorie zu testen...", sage ich.

„Keine Theorie", sagt Gaia.

„Bis ich herausgefunden habe, wie ich diese Macht nutzen und kontrollieren kann, ist es wahrscheinlich schneller, wenn ich zu Fuß reise. Außerdem wissen wir alle, was passiert, wenn ich die Kontrolle über meine Fähigkeiten verliere. Ich habe das Minotaurus-Labyrinth zerstört. Und einen Minotaurus."

„Vergiss nicht das Loch im Boden deines Schlafzimmers", sagt Haven und lässt mich zusammenzucken.

„Woher wusstest du überhaupt davon?", frage ich.

„Komm schon, Waisenkind. Ich weiß alles, was im Haus des Hades passiert."

Gaia nimmt meine Hand und drückt sie. „Das Reisen durch Zeit und Raum ist einfach. Mach dir keine Sorgen." Sie winkt Haven herbei. „Nimm seine Hand", befiehlt sie, also tue ich es. „Stell dir den Ort vor, zu dem du reisen willst. Stell dir vor, es gibt ein Seil, das dich an diesen Ort bindest. Konzentriere dich auf das Seil und zieh daran."

Ich kann nichts für das tiefe Stirnrunzeln, das über mein Gesicht kommt. „Wirklich? Das ist alles?"

„Ja, das ist es."

Ich werfe Haven einen Blick zu.

„Es ist einen Versuch wert, Waise." Er rollt die Schultern und sein lederner Brustpanzer bewegt sich schwer mit der Bewegung. „Wir haben nicht alle Zeit der Welt."

Auch ein guter Punkt.

Kronos könnte seinen Zug machen, während Haven und ich den Berg hinunterwandern.

„Es kann nicht schaden, es zu versuchen, nehme ich an. Solange wir auf der anderen Seite mit intakten Armen und Beinen herauskommen."

Gaia lässt meine Hand fallen, bringt aber ihre zu beiden Seiten meines Gesichts. Sie drückt einen sanften Kuss auf meine Wange. „Das wirst du gut machen, göttliche Tochter." Sie tritt zurück und ihr Blick verdunkelt sich einen Teil. „Zeig Kronos, wie mächtig du sein kannst."

Ihre Worte entzünden einen Aufruhr in meinem Bauch.

Ich nicke ihr kurz zu.

Während Haven mich festhält, schließe ich meine Augen und stelle mir den Garten von Hestias Haus vor. Ich sehe den Kohl in meinem Kopf so klar, als stünde ich neben ihm.

Ich beschwöre ein Bild des Seils auf Anweisung von Gaia und stelle mir vor, wie es sich von mir bis zum Kohl erstreckt.

Sobald ich das Bild fest vor Augen habe, greife ich gedanklich danach und ziehe daran.

Ich spüre ein großes Zerren aus meinem Brustbein und ein Rauschen in meinen Ohren. Mein Haar flattert um mein Gesicht herum. Es fühlt sich an, als würden meine Füße die Erde verlassen, aber nur für eine Sekunde.

Und als wieder fester Boden unter mir ist, öffne ich meine Augen.

Haven und ich stehen im Garten hinter Hestias Haus. Hier dämmert es wieder, was bedeutet, dass wir in Gaias Reich einen ganzen Tag verloren haben.

Eine Eule schreit uns von einem nahen Baum an.

„Scheiße", murmelt Haven leise.

„Was?", frage ich. Plötzlich gerate ich in Panik. „Geht es dir gut? Habe ich deine Eingeweide geschmolzen oder so?"

Er lacht mich aus, schlingt seine Hand um meinen Nacken und zieht mich zu sich. Sein Mund findet meinen leicht, seine Lippen sind feucht und weich und hungrig.

Als er sich ein paar Zentimeter zurückzieht, lächelt er mich an. „Es geht mir gut", sagt er. „Es ist nur, wenn du so einen Scheiß machst... ich hätte nie gedacht, dass ich mich so verdammt stark zu einem Mädchen hingezogen fühle, das stärker ist als ich, aber hier sind wir."

Ich werde rot. Ich kann nicht anders. Den Göttern sei Dank ist es dunkel draußen. „Verneble mir nicht die Sinne. Es war nichts."

Er macht ein Gesicht der Verzweiflung. „Du musst lernen, arrogant zu sein, Waise."

„Pffftt. Du hast genug Arroganz für uns beide."

Ich schaue mich im Garten um. „Scheiße. Ich glaube, wir haben Tarter und Russ vergessen."

„Ich bin sicher, sie finden uns, wenn sie soweit sind. Wie es aussieht, hatten sie Spaß bei der Hühnerjagd."

„Ich bin überrascht, dass Gaia ihnen das durchgehen ließ."

Mit der Hand auf dem Griff seines Schwertes geht Haven in den Garten und umkreist das Kraut. Ich weiß nicht, ob es nur mein Verstand ist, der mir Streiche spielt, aber es sieht aus, als hätte sich seine Größe am letzten Tag verdoppelt.

„Also, wie willst du das machen?" fragt Haven.

Ich schüttle meine Hände aus. „Ich weiß es nicht. Aber du solltest auf jeden Fall zurücktreten."

Er betrachtet mich mit einem Blick.

„Es ist mir ernst. Geh einen Schritt zurück."

Mit einem Seufzer geht er etwa drei Meter weit weg und steht mit verschränkten Armen vor der Brust da. Mit dem Mondlicht im Rücken ist sein Gesicht in Schatten getaucht, aber ich kann seine Augen auf mir spüren. Ich weiß immer, wo seine Aufmerksamkeit in diesen Tagen ist, besonders wenn sie auf mir ruht.

Was Macht angeht? Wenn Haven Knightfall mich ansieht, fühle ich mich unberührbar.

Ich gehe zum Kohl hinüber und gehe so nah an ihn heran, wie es seine Blätter erlauben. Ich hocke mich daneben, bücke mich und lege meine Hände auf die Mitte des Kohls.

Es gab eine Zeit, da brachte mich das Töten der Blumen zum Weinen.

Ich hasste es, dass ich ihre Schönheit mit so wenig Sorgfalt oder Mühe nahm. Ich hasste es, dass ich nicht verstand, wie ich es vermeiden konnte. Und ich war besonders besorgt darüber, was es über mich aussagte.

Leben zu nehmen schien immer pervers.

Aber jetzt glaube ich, dass ich es ein bisschen besser verstehe.

Ein Geben und Nehmen. Ein Ebbe und Flut. Der große Kreislauf des Lebens.

Jedes Quäntchen Magie, das aus mir herauskam, war ein Geben und Nehmen, eine Kraft, die im Zentrum der Zeit, des Lebens und des Todes, verwurzelt ist.

Ich bin zu gleichen Teilen Kronos, der Gott der Zeit und der Zerstörung der Zeit. Und Gaia, die Mutter aller, Spenderin des Lebens.

Ich glaube daran.

Ich weiß endlich, wer ich bin.

Meine Hände leuchten glühend orange in der Dunkelheit. Die Blätter des Kohls zittern unter der Schwingung der Macht. Die Erde zittert unter meinen Füßen. Die Eule verstummt im Baum.

Der Kohl hat mir Leben gegeben und ich glaube, er hat mich in gewisser Weise bei Verstand gehalten. Ihn jeden Tag zu gießen, ihn zu pflegen, sogar widerwillig, gab mir einen Sinn.

Aber alles muss zu einem Ende kommen.

Tod und Zerstörung. Die Ebbe und Flut des Lebens.

Ich knie im Dreck und stehe fest auf dem Boden, aber ich habe das Gefühl, in den Wolken zu schweben, als meine Brust vor lauter Macht pocht und meine Hände heiß und prickelnd werden. Ich knirsche mit den Zähnen gegen den Druck, der sich in meinen Fingerspitzen aufbaut und der Energieschub schnellt meine Arme hoch und sammelt sich in meiner Brust.

Die Blätter des Kohls rollen sich in sich zusammen, ihre Ränder werden schwarz. Der Wind bläst aus dem Garten und wirft mein Haar zurück. Seine Kraft ist so plötzlich, dass er mir den Atem raubt.

Ich weiß, wer ich bin. Ich bin bereit, es zu akzeptieren. Zu sein, wer ich bin, wer ich immer gewesen bin.

Ana Hearthtender.

Erschaffen von Kronos. Von Gaia zum Leben erweckt. Geboren aus einem Kohlkopf. Aufgezogen von Hestia.

Geliebt von Sura. Von Clea und Marigold und Haven Knightfall.

Ich bin Ana Hearthtender.

Göttin. Titan.

Der Kohl bricht in leuchtende Glut auf und der Wind fängt sie ein und wirbelt sie um mich herum, während Kraft durch meinen Körper braust.

Als das Licht erlischt, falle ich ins Gras und blinzle in den Himmel.

Ich nehme einen tiefen, schaudernden Atemzug. Es fühlt sich an wie der erste Atemzug für den Rest meines Lebens.

Haven erscheint über mir. „Geht es dir gut, Waisenkind?“

„Ja“, sage ich und lache. „Besser denn je.“

# KAPITEL 22

Haven bietet mir seine Hand an und zieht mich wieder auf die Füße. Rauch kräuselt sich in der Luft.

„Gut gemacht, Waisenkind", sagt er.

Ich staube meine Kleider ab, und die Asche des Kohls steigt in einer Wolke um mich herum auf. „Weißt du, ich bin mir nicht mehr sicher, ob *Waise* noch zutrifft."

Ich schaue zu ihm hinüber, eingerahmt im Mondlicht. Sein Körper ist locker, sein Kinn nur ein wenig geneigt und er trägt ein selbstgefälliges Grinsen im Gesicht. Zum zweiten Mal in so wenigen Minuten fehlt es mir ein wenig an Sauerstoff.

Wie kann ein Mann so verdammt heiß sein?

Er kann einfach dastehen und mich anschauen und mein Körper reagiert, als wäre er in Flammen gesetzt worden.

Ich schüttle meine Hände aus und rolle meine Schultern und versuche, die Erregung tief nach unten zu drücken. Jetzt ist definitiv nicht der richtige Zeitpunkt.

„Willst du, dass ich aufhöre, dich Waise zu nennen?" Seine Stimme ist ein Schnurren in der Dunkelheit.

Will ich das? Er wartet nicht darauf, dass ich antworte.

„Denn wenn ja, ist die Antwort nein."

Mein Blick huscht zurück zu seinem. Sein Grinsen ist exponentiell gewachsen. Ich schließe die Lücke zwischen uns und versuche, ihn zu schubsen, aber er erwischt mich leicht. Ich mag eine Titanin/Göttin sein, aber ich bin wie ein neugeborenes Fohlen, unsicher auf den Beinen.

Haven Knightfall ist das schwarze Schlachtross, geschmeidig und stark und kampfbereit. Er schwingt mich herum, zieht mich an sich, meinen Rücken an seine Brust. Irgendwie, mit nur einem Arm, sperrt er meine beiden vor mir ein.

Seine Lippen kommen an meine Ohrmuschel. „Vorsicht, Waise. Ich habe nichts gegen den Ringkampf mit einer Göttin."

Ich wehre mich gegen ihn. Er verhärtet seinen Griff.

Mein Selbstvertrauen schwindet für den Bruchteil einer Sekunde. Wenn ich nicht gegen Haven kämpfen kann, wie zum Teufel soll ich dann gegen Kronos kämpfen?

Und dann wird mir klar, dass ich es nicht wirklich versuche. Denn ich bin gern in diesem ständigen Kampf mit Haven. Tatsächlich bin ich mir ziemlich sicher, dass ich ihn absichtlich provoziert habe. Und ich bin ziemlich sicher, dass er es weiß.

Er lacht, sein Atem kitzelt mir im Nacken.

Mein Inneres bebt, und ich schließe meine Augen, während sich mein Kern verkrampft. Vielleicht bleibe ich einfach die ganze Nacht hier. Sagt den Krieg ab. Ich bin offiziell beschäftigt.

Ein Knarren der Scharniere lenkt meine Aufmerksamkeit auf die Rückseite von Hestias Haus.

Sura kommt durch die Tür gerannt und schwingt eine gusseiserne Pfanne wie eine Waffe.

Haven schubst mich zur Seite und durchquert den Garten in drei schnellen Schritten. Er begegnet Sura in einem Teich aus Mondlicht und reißt ihr die Pfanne aus dem Griff, bevor sie überhaupt in einen Schwung kommen kann.

Sura kreischt. Haven lässt die Pfanne auf die Seite fallen, während sie mit wirkungslosen Fäusten auf seine Brust schlägt. Er steht einfach stoisch da und nimmt es hin.

„Sura!", rufe ich und stelle mich zwischen sie und Haven. „Es sind nur wir beide!"

Sie taumelt atemlos zurück. „Oh, Hestia sei Dank! Zeus sei Dank!" Sie legt ihre Hand an die Brust und saugt mehrere lange Atemzüge ein. „Ich sah das Licht im Garten und dachte, es sei Kronos, der zurückkommt!"

„Zurückkommt?", frage ich.

Sura nickt. „Er kam vorhin zum Haus."

„Er... was?! Was ist mit Clea? Marigold?"

„Es geht ihnen allen gut. Allen geht es gut. Aber... er hat Hestia mitgenommen."

Haven und ich tauschen einen Blick. Sein Gesichtsausdruck hat sich stark verhärtet.

„Hat er gesagt, wo er sie hinbringt? Hat er überhaupt etwas gesagt?", frage ich.

„Er sagte" - sie atmet wieder schaudernd ein - „Hestia würde sehen können, wo er die letzten tausend Jahre verbracht hat.

„In der Unterwelt", sagt Haven.

Ich nehme die gusseiserne Pfanne von ihm und gebe sie Sura zurück. „Geh hinein und verschließe alle Türen."

„Warum? Wohin gehst du?", fragt Sura.

„Du hast einmal gesagt, mein Schicksal sei es, den Olymp zu verändern, richtig? Das ist es, was ich tun werde. Angefangen damit, Kronos auszuschalten."

„Was?!", brüllt Sura. „Anastasha Hearthtender, das wirst du nicht tun!"

Haven bringt sie zur Tür.

„Ana!", sagt sie wieder. „Es ist zu gefährlich!"

„Ich lasse nicht zu, dass er Hestia etwas antut“, sage ich. „Ich werde sie dir zurückbringen.“

„Ana!“, sagt sie.

Haven drückt sie sanft nach innen. „Ich werde sie beschützen, Sura. Du hast mein Wort.“

Sura keucht aus der Küche, als Haven die Tür hinter sich zuschließt.

Sura war diejenige, die mir die Prophezeiung in Hestias Buch zeigte. Was glaubte sie, was das bedeutet? Dass ich Gänseblümchen pflücken und Kuchen backen würde? Ich schüttle frustriert den Kopf und versuche, mich daran zu erinnern, dass sie es gut meint.

Haven streckt mir den Ellbogen entgegen. „Wir haben keine Zeit zu verlieren, Waisenkind.“

Ich nehme seinen Arm, während mein Herz in meiner Brust galoppiert. Passiert das wirklich? Werde ich endlich Kronos gegenübertreten? *Meinem Vater*?

Und was, wenn die Konfrontation mit Kronos bedeutet, dass meine aschfahle Vision, die ich hatte, wahr wird? Und dass Kronos Haven tötet?

Übelkeit steigt mir in die Kehle. Ich darf ihn nicht verlieren. Ich werde alles tun, um ihn zu beschützen.

Wie zum Teufel soll ich ihn also aus der Schusslinie halten? Er wird mich nie allein gegen Kronos antreten lassen.

„Dann also Hades' Palast?“, sage ich und Haven nickt.

Vielleicht kann ich ihn im Palast verlieren. Irgendwie. Ich weiß nicht, wie. Ich werde improvisieren. Er wird sauer sein, aber wenigstens wird er leben.

Ich tue, was Gaia mir befohlen hat und stelle mir das Seil noch einmal vor, eines, das von Hestias Haus bis zum Palast des Hades reicht. Als ich das Bild habe, ziehe ich an dem Seil und meine neu gewonnene Macht reißt uns mit.

# KAPITEL 23

## HAVEN

Als sie im Hades-Palast auftauchen, herrscht dort das totale Chaos.

Diener huschen durch das Foyer, während Soldaten mit mehreren Schatten kämpfen, die Haven an die Schattenmenschen aus dem Minotaurus-Labyrinth erinnern. Die Soldaten scheinen nicht zu gewinnen.

„Das kann nicht gut sein", sagt Ana.

„Nein", stimmt Haven zu. Er schnappt sich den nächsten Diener und zieht den Jungen rüber. Der Junge ist halb so groß wie Haven, aber er windet sich in Havens Hand, bevor er einen guten Blick darauf werfen kann, wer ihn hat.

„Oh", sagt der Junge und stößt einen erleichterten Atem aus. „Entschuldigung, Haven. Ich dachte, du wärst einer von denen."

„Was ist hier passiert?", fragt Haven.

„Ich weiß es nicht. Diese Dinger tauchten vor einer halben Stunde auf. Ich war in der Küche und heizte die Öfen an, als ich draußen Schreie hörte. Ich wollte nachsehen, aber ich konnte keinen guten Blick darauf werfen." Der Junge wird schüchtern und lässt den Kopf hängen. „Ich... ich... könnte mich versteckt haben. Es tut mir leid, Haven! Ich wusste nicht, was los war!"

„Ist schon gut, Junge." Haven lockert seinen Griff um den Jungen. „Was passierte danach?"

Ana eilt herbei, um einer Frau zu helfen, die gestolpert ist. Haven behält sie im Auge, nur für alle Fälle.

„Ich habe deine Brüder gesehen", sagt der Junge. „Sie haben Soldaten herumkommandiert. Sie sagten, Lord Hades sei gefangen genommen worden."

Havens Magen dreht sich um. „Von wem?"

Das Gesicht des Jungen fällt. „Kronos, glaube ich."

„Scheiße", sagt Haven.

„Ja." Der Junge nickt. „Scheiße."

Haven blickt den Jungen finster an. „Wortwahl."

Der Junge rümpft seine sommersprossige Nase. „Entschuldigung."

Als Ana an Havens Seite zurückkehrt, vergeht etwas von seinem Unbehagen. Das ist vielleicht schlimmer als er dachte, aber wenigstens sind sie zusammen.

Nach allem, was sie durchgemacht haben, fühlt sich dies wie ein Schicksal an, ihre Schicksale sind miteinander verflochten, seit sie auf dem Fußweg außerhalb der Wahlzeremonie ineinander gestolpert sind.

Es scheint wie eine Ewigkeit her zu sein, aber Haven kann leicht ein Bild von Ana in diesem fließenden Saphirkleid heraufbeschwören, wie sich der Stoff an ihre Taille schmiegte und wie Wasser über ihre Hüften schwappte. Die Art und Weise, wie die Schönheit des Kleides im Vergleich zu dem harten Knirschen ihrer Zähne verblasste, als Lyantha sie beleidigte.

Sein Instinkt war es gewesen, sich Lyantha bei der

Verspottung anzuschließen. Damals waren alle unter ihm gewesen, niemand hatte ihm das Wasser reichen können. Seine Worte waren scharfe Pfeile, geschliffen durch Jahre des harten Kampfes, sowohl auf dem Feld als auch in seinem eigenen Haus. Und alle seine Kumpels im Haus des Hades verbeugten sich vor ihm.

Nicht Ana. Niemals Ana.

„Wir sollten in Bewegung bleiben", sagt sie jetzt.

Haven nickt und sagt zu dem Jungen: „Hast du eine Ahnung, wo meine Brüder hin sind?"

„Ich glaube, sie sagten, Kronos habe Lord Hades in die Unterwelt gebracht, aber zuletzt sah ich, dass sie draußen gegen diese Schatten kämpften."

„Danke, Junge." Haven schiebt ihn in Richtung der nächsten Tür. „Jetzt such dir einen sicheren Ort und bleib dort, bis sich das Chaos gelegt hat. Verstanden?"

Der Junge nickt und huscht davon.

„Komm schon." Haven gestikuliert Ana, ihm zu folgen und er joggt durch das Foyer in den Gang, der sie schließlich in die Unterwelt führt.

„Also", sagt Ana, während sie versucht, seinen langen Schritten zu folgen, „was ist unser Plan?"

„Woher soll ich das wissen?" Sie biegen um die nächste Ecke und gehen an mehreren Soldaten vorbei, die Haven nicht erkennt. „Kronos finden und kämpfen?"

„Ist das eine Frage?"

Er lächelt sie über die Schulter an. Er liebt es, sie zu verspotten. Er liebt es, wenn sie ihn mit finsterer Miene ansieht, das ganze Höllenfeuer und die Rache. „Du bist eine Göttin", sagt er ihr. „Ich bin sicher, du findest es heraus, wenn wir da sind."

„Das ist kein sehr guter Plan, Haven!"

Er biegt um die nächste Ecke und bleibt stehen, um dann Ana beinahe auszuknocken, als er versucht, sie aufzuhalten.

„Was ist das?“, fragt sie, als er sie hinter sich schiebt.

„Noch mehr Schattenmänner.“ Er schaut um den Stein herum. „Drei von ihnen. Und sieben von Hades' Soldaten.“

Einer der Soldaten wird totenbleich, als der Schattenmann seine neblige Hand um seine Kehle legt.

„Nun, wir können sie nicht einfach allein kämpfen lassen“, sagt Ana.

Haven kehrt zu ihr zurück. „Warum zum Teufel nicht? Wir haben unsere eigene Mission, zu der es nicht gehört, jeden armen Trottel, dem wir begegnen, zu retten.“

Ana legt ihre Hände auf die Hüften und runzelt die Stirn. Bald schon befürchtet Haven, dass sie eines Tages die göttliche Fähigkeit erlangen könnte, ihn mit ihrem Blick zu entflammen. Aber bis dahin wird er dankbar sein und die Macht seines Willens gegen ihren testen.

„Hättest du auch nur ein bisschen Zeit mit der Ausbildung als Soldat verbracht“, sagt er, „dann wüsstest du, dass Befehle aus einem Grund Befehle sind. Wenn du vom Plan abweichst, riskierst du die ganze Operation.“

„Niemand gibt mir Befehle“, argumentiert sie. „Dein Argument ist also irrelevant.“

Er knurrt. „Waise.“

„Nenn mich nicht Waise.“ Sie schubst sich um ihn herum und rennt ins Getümmel und Haven hat keine andere Wahl, als ihr zu folgen.

# KAPITEL 24

ALS ICH MICH den Schattenmenschen nähere, wenden sie sich mir zu wie Blumen der Sonne.

Auch die Soldaten des Hades drehen sich um. Der Bärtige an der Front blickt auf den Titanstab hinunter, der aus dem Lederseil glüht, das an seinem Hals hängt.

Als er zu mir zurückblickt, spannt er seinen Kiefer an und er stürmt auf mich zu.

Und da weiß ich, dass ich Scheiße gebaut habe. Ich höre schon Havens Stimme in meinem Kopf, die sagt: *Ich hab's dir gesagt, Waisenkind.*

„Ich bin auf deiner Seite!" Ich rufe, aber die Soldaten sind strikt auf ihre Mission fokussiert, genau wie Haven es gesagt hat. Vernichtet den Feind, macht euch nicht die Mühe, anzuhalten und zu fragen, ob es eine Grauzone gibt.

Haven rennt an mir vorbei und trifft den Bärtigen, Klinge an Klinge.

„Knightfall", streckt der stämmige Mann aus. „Ich weiß nicht, was zum Teufel du da tust, aber du musst dich zurückhalten!"

„Sie ist nicht dein Feind!"

Die Schattenmänner kommen wie Wächter, um mich zu flankieren, was unserem Argument völlig widerspricht.

„Ich will nicht gegen euch kämpfen!", schreie ich.

Die anderen fünf Hades-Soldaten ziehen ihre Schwerter und rennen auf mich zu.

„Wenn du ihr weh tust, seid ihr alle verdammt tot!" Haven zieht ein Messer aus einer versteckten Scheide an seinem Unterarm und rammt es dem stämmigen Kerl in die Rippen. Der große Kerl geht zu Boden.

Die anderen Soldaten unterbrechen ihren Angriff nicht. Ich stelle meine Beine breit auf, wie Monstrat es mir beigebracht hat und hebe meine Hände hoch.

Es ist einfach, meine Macht zu nutzen. Es ist so einfach, dass es mich fast überrumpelt. In der einen Sekunde sind meine Hände normal, in der nächsten glühen sie orange und strahlen Hitze aus.

Ich bemerke eine schwache Linie von Zweifel, die sich in den Mienen der Soldaten schärft.

Und kurz bevor sie mich erreichen, laufen noch mehr Männer hinter mir um die Ecke, Stimmen erheben sich in einem Schlachtruf.

Großartig.

Die Schattenmänner wenden sich ihnen zu. Ich weiche aus, stelle die Mauer in meinen Rücken, damit ich alle im Blick habe.

Nur, als die neuen Männer sich dem Kampf anschließen, kämpfen sie nicht gegen mich, sondern mit mir?

Der Mann, der die neue Soldatengruppe anführt, ist doppelt so groß wie ich und wahrscheinlich dreimal so breit. Weil er ein ärmelloses Hemd anhat, kann man leicht die starken Muskeln seiner Arme sehen. Weitere Muskeln schwellen über seine Schultern und über seinen Rücken an. In seinem Lächeln fehlt ein Zahn und als er Haven sieht, wird das Lächeln breiter. Er ruft „Legat!" und schlägt dann einen Soldaten mit einem breiten Schwung seines massiven Arms nieder.

„Big Leif?", sagt Haven. „Was machst du denn hier?"

„Kämpfen, natürlich!"

Die anderen Männer schließen sich mit den Schattenmännern und den Soldaten des Hades zusammen. In dem breiten Korridor herrscht absolutes Chaos.

Ich schaue von der Wand aus zu und versuche herauszufinden, wo die Fronten verlaufen. Ich erkenne die Neuankömmlinge vom Skulpturenweg am Nisa-See, was bedeuten würde, dass sie Haven zugeteilt worden waren, bevor er seinen Posten verließ.

Anscheinend sind sie ihm immer noch treu ergeben?

Haven könnte die Loyalität und die Gunst einer Gorgone gewinnen, denke ich, wenn er sich wirklich dafür einsetzen würde.

Einer der Schattenmänner weicht von einem Schwertstreich zurück und als seine rauchige Gestalt mich überwältigt, strecke ich blindlings meine Hand aus. Obwohl die Schattenmänner keine feste Form haben, berühre ich mit meiner Hand etwas, das sich real und ganz anfühlt, als ich nach einem der Schattenmänner greife. Meine Berührung zwingt ihn, Form anzunehmen, und bald ist er ein Mann mit zwei Armen und zwei Beinen und einem Kopf.

Er schaut mit einem bodenlosen, schwarzen Blick auf meine Hand herab und packt dann meine Kehle.

Ihre Loyalität geht anscheinend nur so weit.

Ich freue mich auf einen Kampf, als mich jemand von hinten packt und wegzieht. Ich werde durch eine Tür gestoßen und stolpere in einen anderen Flur.

Ich drehe mich um und starre in das schweißüberzogene Gesicht von Professor Monstrat.

„Wo bist du gewesen?“, rufe ich und lege meine Arme um seinen Hals. „Ich bin so froh, dass es dir gut geht.“

„Ich bin auch froh, dich zu sehen“, sagt er. „Komm schon.“ Er zieht mich den Flur hinunter und ich spüre, dass der Steinboden weiter in den Berg hinabsteigt.

„Wo gehen wir hin? Was ist mit Haven?“

Monstrat spottet. „Ich dachte, du verabscheust Knightfall?“

Meine Wangen werden rosa und ich bin froh, dass Monstrat mich nicht direkt ansieht, als wir um die nächste Ecke gehen. „Er kann unerträglich nervig sein, aber... er ist gar nicht so schlimm, wie ich dachte.“

„Wir brauchen ihn nicht“, sagt Monstrat, während er eine dicke, ebenholzfarbene Tür aufstößt. Monstrat schließt sie hinter uns, sobald ich drin bin.

„Das Schicksal sagt, wir tun es“, argumentiere ich, auch wenn ich vor nicht mehr als einer Stunde noch Wege gefunden habe, ihn zu verlieren. Jetzt habe ich ihn verloren und kämpfe darum, ihn zurückzubekommen?

Ich weiß nicht, was ich mit diesem internen Kampf anfangen soll. Ich will Haven nicht ins Kreuzfeuer nehmen, aber ich habe ihm auch versprochen, dass ich ihn nicht ausschalten werde, dass ich ihm immer die Wahl lassen werde, zu kämpfen oder sich abzuwenden.

Jeder Knochen in meinem Körper befiehlt mir, ihn zu beschützen, ihn in Sicherheit zu bringen, aber mein Herz ist schwer vor der Erkenntnis, dass ich mein Wort an ihn breche. Vertrauen ist das Wichtigste, nicht wahr? Was bleibt uns ohne Vertrauen anderes übrig als leere Worte?

„Ich sollte zurückgehen, um ihn zu holen“, sage ich und greife nach dem Türgriff. Doch bevor ich sie aufziehen kann, springt ein Schattenmann *hindurch* und zwingt mich zum Zurückstolpern.

Im Nu sind Licht und Magie in meinen Händen. Ich habe ihre Art schon einmal getötet, sicher kann ich wieder töten.

„Bleib zurück, Monstrat", sage ich und stelle mich zwischen ihn und den Schatten.

„Ana, es ist alles in Ordnung." Monstrat tritt vor, und der Schattenmann gleitet neben ihn, mindestens einen Fuß über den Steinboden schwebend.

In meiner Kehle bildet sich ein Klumpen. Nein. Neiiiiiin.

Ich stoße gegen die Tür und suche blind nach dem Türgriff. „Monstrat... bitte sag mir, dass du nicht auf seiner Seite bist."

Ein Flackern von Schuldgefühlen im Gesicht, bevor es schnell verschwindet. „Er hat mir meine ganze Familie genommen, Ana."

„Wer? Kronos?"

„Nein. Hades!" Zorn verdeckt seine Augen. „Es begann mit meinem Bruder. Dann mit meinem Neffen. Ich habe niemanden mehr!"

„Erinnerst du dich an Ely?"

„Ich erinnere mich an sie alle. An jeden einzelnen Nachkommen, der durch das Haus des Hades kam, an all die jungen Männer, die verstoßen wurden, nur weil sie verloren hatten."

„Wie kannst du dich an sie erinnern?"

„Kronos gab mir die Erinnerungen zurück. Und wenn Kronos diesen Krieg gewinnt, wird er die Tore öffnen und sie alle werden wieder willkommen geheißen. Ich werde wieder meine *Familie* haben."

Ein Anflug von Mitgefühl durchschneidet mich. Ich weiß, wie Monstrat sich fühlt. Ich weiß, wie es ist, sich allein zu fühlen. Und ich bin nicht gerade ein großer Fan der ganzen Prüfungs-Spiele. Es fühlte sich für mich nie richtig an, die Namen von Nachkommen aus einer Kiste zu zupfen und sie dann zu zwingen, um ihr Leben zu kämpfen.

Nein, das habe ich nie gemocht.

Und so sehr ich Ely dafür hasse, dass er sich in der ersten Prüfung gegen mich gewandt hat, hat er es nicht verdient, das einzige Leben zu verlieren, das er je kannte.

Und Monstrat... ich kann spüren, wie tief sein Verrat reicht. Aber sich Kronos anzuschließen?

„Wann hat er sich dir genähert?“ Ich frage, ob es noch Loyalität zu Hades in ihm gibt.

„Es ist lange her“, sagt er und ahnt, worauf ich hinauswill. Ich hätte es besser wissen müssen. Monstrat ist nicht ohne Grund Professor. Er ist klug und gewitzt und durchschaut den Schwachsinn.

„*Wie lange* ist es her?“

Monstrat trifft meinen Blick. „Ich war derjenige, der dich aus dem Tartarus geschmuggelt hat.“

Das Geständnis erwischt mich unvorbereitet und die ganze Luft strömt in einem schockierten Ausatmen aus mir heraus. „Du? *Du* hast mich hierhergebracht?“

Er nickt und ich bemerke die liebevolle Wärme seiner Augen durchaus. „Und ich würde es in einem Herzschlag wieder tun. Sieh dich an.“ Er winkt mir mit der Hand zu. „Du bist mächtiger als sie alle. Du könntest den Olymp regieren.“

„Ich will nicht über den Olymp herrschen.“

„Ana“, sagt er.

„Nein, Monstrat. Ich bin nicht deine Schachfigur. Ich bin nicht Kronos' Spielfigur. Das ist nicht der Olymp, in dem ich leben will und wenn du mir im Weg stehst...“

„Was dann?“ Monstrat schnaubt und richtet sich zu seiner vollen Größe auf. Ich habe genug Zeit mit ihm verbracht, um zu wissen, was sein Körper tut, wenn er zum Schlagen bereit ist. Er tut dies. „Glaubst du wirklich, du könntest mich besiegen? In all unseren Trainingseinheiten hast du verloren. Jedes Mal. Du bist untrainiert und ungetestet.“

Ich rufe diese tiefe Quelle der Macht in mir auf und als die Magie dieses Mal kommt, ist sie kein Fluss unkontrollierbarer Macht. Sie ist ein gezielter Stromstoß.

Monstrat hat in einer Sache recht: Ich bin ungetestet. Aber alles, was ich bisher erlebt habe, jeder Verbündete, den ich gewonnen habe, hat mir geholfen, meine Macht zu schärfen. Einschließlich Monstrat.

Und es gibt eine Sache, von der Monstrat nichts weiß - ich stecke nicht mehr in der Klemme.

Und ich bin nicht länger damit einverstanden, sanftmütig zu sein.

Als die Kraft jetzt in meinen Händen aufglüht, ist sie mit Gold und Silber durchzogen und verschmilzt zwischen meinen Händen. Der dunkle Flur leuchtet. Monstrats Augen weiten sich und er tritt zurück.

Der Schattenmann kreischt, als das Licht Löcher in seine neblige Form brennt.

„Jetzt bin ich nicht mehr so ungetestet, nicht wahr, Monstrat?“, rufe ich über das Gebäude, das vor Energie dröhnt.

Ich gebe der Macht kein Kommando, aber in meinem Unterbewusstsein ist ein unverkennbarer Wunsch vorhanden.

*Halt ihn auf.*

Als das Licht erlischt, ist der Schattenmann verschwunden und Monstrat steht wie erstarrt vor mir, den Arm erhoben, um sein Gesicht zu schützen.

Ich komme einen zaghaften Schritt näher. Monstrat blinzelt nicht, atmet nicht und zuckt nicht zurück. Er ist nicht ganz aus Stein, nicht ganz aus Eis, sondern etwas dazwischen. Eingefroren in der Zeit.

„Es tut mir leid“, sage ich. „In allen anderen Dingen sind wir auf derselben Seite. Aber nicht bei diesem. Niemals bei diesem.“

Ich reiße die Ebenholztür wieder auf. „Und es ist mir egal, was du denkst, ich brauche Haven. Ich will ihn an meiner Seite haben, egal wie nervig er sein kann.“ Ich lache, obwohl ich die Einzige auf dem Flur bin.

Ich schlüpfe durch die Tür und laufe den Weg zurück, den ich gekommen bin, zurück zu Haven.

# KAPITEL 25

## HAVEN

ALS DIE SCHATTENMÄNNER endlich vertrieben sind, begutachtet Haven die Trümmer. Mehrere Soldaten des Hades liegen auf dem Boden, die Augen weit geöffnet, die ganze Farbe aus der Haut gelaufen. Es ist eine grauenhafte Szene, aber Haven hat schon Schlimmeres gesehen.

Er dreht im Flur einen Kreis. „Wo ist Ana?“ Panik flackert in seiner Brust auf.

Big Leif und Turm beginnen, Türen zu öffnen. Haven überprüft die auf dem Boden liegenden Leichen doppelt, während er gegen den Drang zu kotzen ankämpft. Wenn sie es bis hierher geschafft haben, nur, damit Ana... etwas passiert.

„Ich glaube nicht, dass sie hier ist“, sagt Hunter.

Ein Schauer läuft Haven über die Wirbelsäule. Hat sie ihn verlassen? Es wäre besser gewesen, wenn sie ihn verlassen hätte, wenn auch nur ein wenig. Wenn sie ihn verlassen hätte, hätte er wenigstens die Gelegenheit, sie später anzuschreien.

Eine Tür am Ende des Saals platzt auf und Haven und seine Männer ziehen erneut ihre Schwerter.

Als Haven sieht, dass es Ana ist, weint er fast. Aber das erste, was aus seinem Mund kommt, ist: „Wo zum Teufel bist du hin?"

„Monstrat", sagt sie und verdreht die Augen. „Das erzähle ich dir auf dem Weg. Aber wir sollten jetzt aufbrechen. Jetzt gleich."

„Boss?", sagt Turm.

Haven sieht sich die Aufstellung seiner Männer an. „Wir gehen in die Unterwelt", erklärt er. „Kronos wird wahrscheinlich dort sein. Es ist möglich, dass wir die Unterwelt nicht verlassen und uns stattdessen auf dem Fluss Styx wiederfinden. Mit uns zu gehen ist kein Befehl. Es ist eine Entscheidung. Aber ihr müsst es schnell tun."

Ein Teil von Haven will, dass sie sich zurückziehen. Man kann nicht sagen, wie blutig es wird. Aber er weiß, wie ihre Antwort ausfallen wird, bevor sie sie geben. Es ist die Antwort, die er gegeben hätte, dieselbe, die er Ana gegeben hat.

„Wir machen keinen Rückzieher", sagt Big Leif.

Turm, Hunter und Roy nicken unisono.

„Wo du hingehst, gehen wir hin, Legat", sagt Roy.

Ana ergreift seine Hand. Ihre Haut ist bei Berührung heiß, aber sie scheint weder zu schwitzen noch überanstrengt zu sein. Tatsächlich glüht ihr Gesicht und ihre Augen sind hell.

Die Vernichtung des Kohls hat sie zum Besseren verändert.

„Komm schon", sagt sie, während sie ihn durch die Tür zieht. „Wir haben keine Zeit zu verlieren."

Haven lässt sie ihn ziehen. Seine Loyalität Ana gegenüber ist die gleiche wie die Loyalität seiner Soldaten ihm gegenüber.

Wo Ana hingeht, geht auch er hin.

Blut oder Tod, komme, was wolle.

# KAPITEL 26

WIE KOMMT ES, dass ich vor etwas mehr als einem Monat noch Gänseblümchen am Berghang gepflückt habe?

Wie kommt es, dass ich jetzt in die Unterwelt hinabsteige, um gegen einen Titanen, meinen Vater, zu kämpfen? Mit Haven Knightfall an meiner Seite?

Haven hat Blut auf seinem Gesicht und Rache in seinen Augen und ich glaube, ich habe ihn noch nie so verdammt heiß aussehen sehen.

Wir können das schaffen.

All unsere Wege haben uns zu diesem einen Moment geführt. Das ist es, was das Schicksal gesagt hat.

Das ist unser Schicksal.

Und wenn ich daran denke, kann ich nicht umhin, mich an die aschfahle Vision am Göttertor zu erinnern. Da ist immer noch dieser durchdringende Instinkt in meinem Körper, Haven in einen Schrank zu schieben und die Tür hinter mir abzuschließen. Ihn sicher aufbewahren. Ich war immer hartnäckig, habe immer hart dafür gekämpft, das zu bekommen, was ich wollte. Aber diese Kämpfe drehten sich um den letzten süßen Kuchen oder eine zusätzliche Stunde Schlaf.

Dies ist ein Kampf um unser Leben. Um das Leben von Haven.

Nichts ist wichtiger als das.

Während wir den Flur hinunterjoggen, gebe ich ihm einen letzten Versuch. „Es ist noch Zeit, umzudrehen."

Havens Gesicht verhärtet sich. „Schon wieder das, Waise?", spottet er. „Betteln ist unter deiner Würde."

„Was wäre, wenn ich versprechen würde, von jetzt an alles zu tun, worum du mich bittest? Was ist, wenn ich dir alles verspreche, überhaupt alles?"

„Ich würde dir sagen, dass es das Einzige ist, was ich mir wünsche, hier zu sein." Seine Wut verwandelt sich in ein böses Grinsen. „Und dann würde ich dich daran erinnern, dass du, wenn du in meinem Bett liegst, bereits alles tust, worum ich dich bitte. Gehorsame kleine Göttin."

Ich stöhne auf und gebe ihm einen Schubs, aber er ist auf den Kampf eingestellt, so dass er kaum stolpert, als wir um die nächste Ecke gehen.

„Dann ziehen wir das wirklich durch?" sage ich.

„Wir ziehen das wirklich durch."

Wir gehen auf Monstrat zu, der immer noch an der Stelle festgefroren ist, an der ich ihn verlassen habe.

„*Verdammt*. Medusa?", fragt einer der Soldaten. Ich glaube, er ist Hunter. Haven hat mich noch nicht vorgestellt.

„Nicht ganz", antworte ich, während die Jungs mit den Knöcheln gegen die gefrorene Form von Monstrat klopfen.

Haven zieht fragend eine Augenbraue hoch. Ich zucke mit den Achseln.

„Wer hätte gedacht, dass das Abbrennen eines Kohls so viel Macht erzeugen kann", sagt er.

„Ich fühle mich immer noch so, als hätte man mir eine

Werkzeugkiste gegeben, während ich nur wenig darüber weiß, was die Werkzeuge sind oder wie man sie benutzt."

Ein Keil der Angst sitzt zwischen meinen Rippen. Habe ich Wahnvorstellungen? Habe ich mehr abgebissen, als ich kauen kann? Vielleicht sollten wir darauf warten, dass die anderen Götter kommen und uns helfen?

Aber Kronos hat bereits Hades und Hestia - es ist möglich, dass er noch andere hat.

Wir gehen weiter und steigen immer tiefer und tiefer in den Berg hinab. Je weiter wir gehen, desto feuchter und kälter wird die Luft. Ich weiß, dass sich das in dem Moment ändert, in dem wir in die Unterwelt eindringen, deshalb versuche ich, die Kälte nicht an mich heranzuziehen.

„Warst du jemals an der Tür zur Unterwelt?", frage ich Haven.

Hinter uns klirrt und rasselt die Rüstung der anderen im hallenden Flur. Es ist seltsam, dass es das einzige Geräusch ist. Seltsam und ein bisschen beunruhigend.

„Einmal", antwortet Haven. „Ich bin mit... Freunden hierher geschlichen", beendet er und fragt sich, ob die Freunde Theo oder Pearce oder die Zwillinge sind. Ich frage mich, wie Kronos Monstrat seine Erinnerungen zurückgegeben hat, ob ich eines Tages dasselbe für Haven tun kann.

Ein Gedanke für ein anderes Mal.

Zuerst muss ich den schurkischen Titan besiegen.

„Wie war das?", frage ich.

Der Gang wird schmaler und die Steinmauern werden steiniger. Der Boden verändert sich von Ziegelstein zu geschnittenem Stein. Wir müssen jetzt näher kommen.

„Es war nur eine Tür", antwortet Haven. „Wir wollten Cerberus sehen, aber wir kamen nicht durch."

Ich halte an. „Scheiße. Cerberus! Ich habe nicht mal an den dreiköpfigen Hund gedacht! Wie sollen wir an ihm vorbeikommen?"

Haven zuckt mit den Achseln. „Ich bin sicher, uns fällt etwas ein."

„Haven!"

„Waise."

„Wir brauchen einen Plan oder so etwas. Oder vielleicht..."

In der Ferne, obwohl wir alle zum Stillstand gekommen sind, höre ich den unverkennbaren Klang einer sich bewegenden Rüstung. Haven und ich tauschen einen Blick.

Es könnten noch mehr Soldaten des Hades sein, die mich mit einem Stab der Titanen verfolgen. Das ist das Letzte, was wir im Moment brauchen. Wenn wir in Bewegung bleiben, können wir ihnen vielleicht entkommen. Oder wir könnten zwischen den Soldaten und Cerberus gefangen sein. Wenn wir ihnen jetzt gegenüberstehen, können wir zumindest die Offensivposition einnehmen.

Haven hat die gleiche Idee wie ich. „Turm und Big Leif mit mir an der Front. Hunter und Roy bleiben mit Ana hinter uns." Sie stellen sich dort im Flur auf, wo es zu einer Biegung kommt, so dass sie den Vorteil der Überraschung haben.

„Ich setze dieses Mal nicht aus", argumentiere ich. „Wähle, erinnerst du dich?"

Haven beißt die Zähne zusammen. Sein Kiefer spannt sich an, während er mein Argument abwägt. „Gut."

Ich lächle zu ihm hinüber, und sein Knurren wird tiefer.

Gemeinsam stellen wir uns alle im Flur auf, bereit für die nächste Bedrohung.

# KAPITEL 27

## HAVEN

Haven hat sein Schwert gezogen, seine Knie sind gebeugt und sein Körper ist kampfbereit. Er ist bereit, jedem entgegenzutreten, der um diese Ecke kommt. Er wird sie vernichten.

Aber als die Schritte näher rücken und der erste Mann in das Flimmern des Feuers tritt, zieht sich Haven zurück.

„Nereus?“

Sein älterer Bruder runzelt die Stirn über ihn, das Schwert in seiner vernarbten Hand gezogen. „Was machst du hier?“, fragt Nereus und blickt dann auf den glühenden Zauberstab der Titanen, der an seinem Hals hängt. Seine Augen richten sich sofort auf Ana.

Nereus beißt die Zähne zusammen und macht einen Schritt. Haven schneidet ihm den Weg ab.

Haven hat sein ganzes Leben lang auf diesen Tag gewartet und jetzt ist er noch mehr auf ihn vorbereitet. Denn Nereus hat ihn angelogen. Er zwang Haven, in die Unterwelt zu blicken und trickste ihn dann aus, damit er denkt, seine Mutter sei umhergeirrt und verloren.

Er hatte das schlechte Auge, welches ihn jeden verdammten Tag daran erinnerte.

Es ist nicht überraschend, dass ein Knightfall eine solch grausame Strafe austeilen würde, aber Haven ist an einem Punkt angelangt, an dem es ihm nicht mehr recht ist, sich dem zu beugen.

Er wird sich jetzt nicht mehr vor Nereus verbeugen.

„Was zum Teufel machst du da?", murmelt Nereus leise. Er sieht Ana wieder über Havens Schulter hinweg an. „Sie hat nie dazugehört und jetzt weiß ich, warum. Ist sie eine Spionin für Kronos?"

„Eigentlich nur seine Tochter", antwortet Haven, denn es hat keinen Sinn, sich um die Wahrheit zu drücken. Sie haben eine Mission und Titanen zu dezimieren.

„Ich will nicht gegen dich kämpfen", sagt Nereus, sowohl zu Haven als auch zu Ana und den anderen Männern.

„Dann tu es nicht." Haven richtet seine Wirbelsäule auf und festigt den Griff an seinem Schwert. „Wir gehen in die Unterwelt, um gegen Kronos zu kämpfen. Du bist entweder auf unserer Seite oder nicht. Ich schlage vor, du gesellst dich auf unsere Seite."

Nereus schnaubt. „Ich habe mehr Männer als du."

„Ist das so?", kontert Haven.

Nereus dreht sich zu einem leeren, hallenden Tunnel um. Verwirrung schwenkt über sein Gesicht, bevor er begreift, was dieser Trick ist. Haven benutzt eine Illusion, um seine Männer verschwinden zu lassen. Für Haven bleiben alle Soldaten sichtbar. Für Nereus sieht es so aus, als stehe er allein da.

Als er wieder zu Haven blickt, verwandelt die Verlegenheit, in das Spiel verwickelt worden zu sein, seine scharfen

Knightfall-Gesichtszüge in Klingen. „Wir haben keine Zeit für deine Spiele."

„Und wir haben keine Zeit für deinen Starrsinn. Wir müssen weiter."

Als Haven die Illusion loslässt, tauchen die Männer hinter Nereus wieder auf und atmen gemeinsam durch.

Havens Nackenhaare stellen sich auf.

Er spürt die Machtverschiebung, bevor Ana mit feuerorange glühenden Händen neben ihm auftaucht. Die Macht windet sich um ihre Finger wie Schlangen in den Sandgruben des Tieflands.

Haven muss einen Schauer unterdrücken.

„Habt ihr vor, gegen Kronos zu kämpfen?", fragt Nereus, als sein Blick von Anas Händen zu Havens Augen gleitet.

„Das tun wir", antwortet Ana. „Du kannst dich uns anschließen, wenn du möchtest."

Haven liest die Spannung, die über den Körper seines Bruders läuft, die Unentschlossenheit, die seine Augen trübt. Er ist ein Soldat mit Befehlen. Haven ist ein Felsbrocken, der ihm im Weg liegt und noch schlimmer, ein unverschämter kleiner Bruder, der ihn gerade vor seinen Männern bloßgestellt hat.

Er weiß, in welchem Moment Nereus seine Entscheidung trifft. Haven, der seit fast zwei Jahrzehnten gegen Nereus kämpft, kann seinen Bruder so gut lesen wie ein offenes Buch. Aber bei diesem Schritt geht es nicht um Dominanz oder Pflicht - es geht um schlampige Vergeltung.

Nereus schwankt. Haven duckt sich, und als er wieder hochkommt, trifft er mit einem schmerzhaften Schlag Nereus' Luftröhre. Als sein Bruder keucht und nach Luft ringt, tritt Haven Nereus in die Brust und wirft ihn zurück.

Er landet auf seinem Hintern auf dem Steinboden.

Er wird tagelang blaue Flecken haben, aber es gibt keine

Anzeichen für den Schaden, den Haven jetzt angerichtet hat, außer dem Schock, der auf Nereus' Gesicht brennt.

Schock und vielleicht ein bisschen Respekt.

Zum ersten Mal in seinem ganzen Leben hat Haven die Oberhand.

„Das war dafür, dass du mir vorgegaukelt hast, Mutter sei in der Unterwelt."

Nereus' Mund klappt auf.

Haven geht zu seinem Bruder und streckt ihm die Hand entgegen. „Und das ist mein angebotener Waffenstillstand. Es ist der letzte, den du bekommst."

Nereus betrachtet Havens Hand, dann seine Augen. Er kann die Frage auf Nereus' Gesicht sehen - ist das ein weiterer Trick?

„Keine Spielchen mehr, Bruder", sagt Haven.

Nereus' Nasenlöcher weiten sich und er schürzt die Lippen, nickt einmal und nimmt die Hand seines Bruders. Haven zieht Nereus auf seine Füße. Ein Teil der Spannung in seinen versammelten Männern schwindet, bis sie sie wieder brauchen.

„Ich habe versucht, dir eine Lektion zu erteilen", beginnt Nereus, aber Haven schneidet ihm das Wort ab.

„Wir werden nicht mehr darüber sprechen."

Nereus nickt und streicht sein Haar zurück. Er geht schnell zum Geschäftlichen über. „Wie wollt ihr an Cerberus vorbeikommen?"

„Soweit waren wir noch nicht gekommen."

Nereus schaut Ana an. „Ich kann uns an dem Hund vorbeibringen."

Ana, die Macht wieder im Griff, antwortet: „Das wäre toll von dir."

Haven dreht seinen Kopf zu Big Leif und den anderen, und sie durchbrechen die Linie und lassen Nereus durch.

Nereus pfeift und seine Soldaten folgen ihm. Nach Havens Zählung sind es nur zwölf Männer.

Wird ihre Anzahl ausreichen?

„Ich habe nicht erwartet, dich hier zu finden", sagt Nereus, während sie sich weiter unter die Erde begeben. „Ryver hat gehört, dass du deinen Posten verlassen hast und Vater hat ein Kopfgeld auf dich ausgesetzt."

Diese Nachricht kommt nicht unerwartet, aber es tut immer noch weh, sie zu hören.

„Ana brauchte mich", sagt Haven, denn das ist die verdammte Wahrheit. Ihm ist es egal, wer sie hört.

„Wie lange weißt du schon, wer sie ist?"

Haven findet Ana am Rande der marschierenden Soldaten. Roy fragt sie nach ihrer Macht und sie unterhält ihn mit Geschichten über ihre Misserfolge. Das Waisenkind ist die selbstironischste Person, der er je begegnet ist. Aber vielleicht ist das genau die Art von göttlichem Wesen, die sie brauchen. Jemand, der nicht über sein eigenes Ego stolpert.

„Wir haben gerade erst die Wahrheit erfahren. Nicht einmal Ana wusste es."

„Mmm." Nereus legt seine Hand auf den Griff seines Schwertes, das jetzt an seiner Seite hängt. „Können wir ihr wirklich vertrauen?"

Roy lacht, als Ana ihm mit einem glühenden Finger schockt.

„Ja", antwortet Haven. „Sie hat einen besseren moralischen Kompass als du oder ich. Wenn jemand das Richtige für den Olymp will, dann ist sie es."

„Manchmal ist das, was richtig ist, nicht immer das Beste", sagt Nereus und als Haven seinen Blick trifft, das Stirnrunzeln über den Augen seines Bruders sieht, fragt er sich, ob sie immer noch über Ana und den Olymp sprechen.

Haven knirscht mit den Zähnen gegen die steigende Flut der Wut in seinem Bauch. Wenn er diesen Krieg überlebt, wird er froh sein, seine Familie hinter sich zu lassen. Er wird froh sein, mit ihnen und ihrem moralischen Elend fertig zu sein.

„Was richtig ist, ist immer das Beste", antwortet Haven. „Das hat mir Ana beigebracht. Ich habe es sicher nicht von dir gelernt."

Er stürmt vor, um neben Ana zu gehen und lässt seinen Bruder zurück.

# KAPITEL 28

ALS WIR DAS Tor zur Unterwelt erreichen, brauche ich volle drei Sekunden, um sie von unten nach oben zu begutachten.

Die schiere Größe ist verblüffend.

Sie besteht aus schwärzestem Holz und wird mit dickem schwarzem Eisen und Nieten in der Größe meiner Fäuste zusammengehalten. Es muss doppelt so hoch sein wie das Haus von Hestia. Wie... ihr ganzes Haus. Man könnte einen Zug der Sterblichen durch diese Tür schieben.

Die komplizierten Metallhebel sind zerrissen und verdreht, so dass die Tür nicht mehr verschlossen ist. Big Leif, Roy, Nereus und Haven schnappen sich die Reihe der Eisenringe und reißen die Tür auf. Die riesigen Scharniere knarren und das Geräusch hallt durch die Kammer und den Flur.

„Wie nah wird Cerberus sein?", frage ich.

„Er ist gerade durch die nächste Tür", sagt Nereus, während er eine Pfeife an einer Goldkette herauszieht.

„Warte", sage ich. „Ist das die Geheimwaffe von Cerberus? Eine Pfeife?"

Nereus wirft mir einen Blick zu, als sei ich die nervigste

Mücke, mit der er je zu tun hatte, und sagt: „Ja, Hearthtender. Ein Pfiff ist alles, was wir brauchen. Jetzt komm schon."

Mit Nereus an der Spitze folgen wir ihm nach drinnen. Gleich hinter der Tür gibt es einen Anbau und einen weiteren steinernen Torbogen. Hier sind Runen in den Stein geätzt, und sie leuchten in feurigem Orange, welche Macht auch immer in sie eingeschrieben ist.

Nereus hat nichts davon gesagt, dass die Runen ein Problem darstellen, also hoffe ich, dass sie nur dazu dienen, Cerberus und verlorene Seelen im Inneren zu halten und nicht dazu, Leute davon abzuhalten, hineinzugehen.

Am Torbogen streckt Nereus seine Hand aus und sagt uns, wir sollen zurücktreten. Er legt die Pfeife zwischen seine Lippen und bläst und... nichts passiert.

„Ist sie kaputt?", frage ich.

Haven beugt sich zu mir, sein Atem an meinem Ohr. „Es ist ein leises Pfeifen." Er lächelt und ich frage mich, ob er mich neckt.

Irgendwo hinter dem Torbogen rasselt eine Kette, gefolgt von dem donnernden Geräusch massiver Pfoten, die auf den Boden schlagen. Ein monströses Knurren hallt durch den Tunnel. Einige der Jungs treten zurück.

Die Pfeife funktioniert wohl doch.

Wir sehen zuerst seine Beine. Borstiges schwarzes Fell bedeckt muskelbepackte Vorderbeine. Scharfe Krallen ragen aus den Pfoten, die groß genug sind, um einen ganzen Trupp Soldaten mit einem Schlag auszuschalten.

Das Knurren wird lauter, als eine kastenförmige Schnauze durch den Torbogen drängt, nasse Nasenlöcher weiten sich auf, während Cerberus an der Luft schnuppert.

Funktioniert das Pfeifen, wenn Cerberus etwas riecht, das ihm nicht gefällt? Vielleicht einen Titan?

Wenn nur Tatar und Russ hier wären. Vielleicht könnten sie Cerberus in ihrer Unterwelthund-Sprache sagen, dass ich

Freund und nicht Feind bin. Aber ich habe sie nicht mehr gesehen, seit wir Gaias Reich verlassen haben.

Nereus bläst erneut die stille Pfeife und Cerberus zieht sich aus dem Torbogen zurück.

„Gut, beeilen wir uns", sagt Nereus und geht als Erster durch.

Ich beeile mich, um ihm zu folgen, aber Haven wirft seinen Arm vor mich. „Ich zuerst, Waise", sagt er.

„Ist das eine Art chauvinistische Nummer?", frage ich ihn.

Ich höre sein Lachen durch die Kammer auf der anderen Seite des Torbogens widerhallen. „Wenn es das ist, würde es eine Rolle spielen? Was würdest du tun, Waise?"

„Dich zu Stein verwandeln wie den Professor", sagt Big Leif mit einem Lächeln. „Ich würde die Dame nicht verärgern."

Schließlich trete ich durch den Torbogen und schaue nach oben zu Cerberus.

Ich habe offensichtlich die Geschichten gelesen. Ich habe die Gemälde im Palast des Hades gesehen. Aber darüber zu lesen und ein Bild eines dreiköpfigen Monsterhundes zu sehen, der die Unterwelt bewachen soll, ist keine Vorbereitung darauf, vor ihm zu stehen.

Drei kastenförmige Köpfe sind an einem massiven Körper befestigt. Sehnen und Muskeln schlängeln sich über seinen Rücken und an seinen Hüften entlang. Sein Schwanz ist kurz, und im Gegensatz zu den langen, nebligen Schwänzen von Tatar und Russ, die wedeln, wenn sie glücklich sind, verrät Cerberus' Schwanz nichts.

An jedem Kopf sind die Lefzen nur leicht nach hinten gezogen, um messerscharfe Zähne zu enthüllen, die mit schaumigem Schlamm bedeckt sind.

Ich möchte mich nicht in diesen Zähnen gefangen finden oder gegen diese Kiefer kämpfen.

Nereus steht unter Cerberus und hat die Pfeife zwischen

den Zähnen eingeklemmt, sollte er sie noch einmal blasen müssen.

Ich denke, es ist alles in Ordnung und wir haben tatsächlich ein weiteres Hindernis überwunden, als sich um uns herum mehrere neblige Schatten abzeichnen. Für den Bruchteil einer Sekunde denke ich auf der positiven Seite. Vielleicht sind es Tarter und Russ?

Aber nein.

Wir haben nicht so viel Glück.

Es ist eine Horde von Schattenmenschen.

# KAPITEL 29

Cerberus schnappt zu und jagt hinter den Schattenmenschen her, wobei jeder Kopf in entgegengesetzte Richtungen zieht. Seine Pfoten heben sich an, holen aus und die Soldaten zerstreuen sich. Der Boden bebt unter mir.

Ich nehme eine breitbeinige Haltung ein und rufe meine Macht herbei. Jedes Mal, wenn es mir leichtfällt, werde ich aufgeregt. Stolz läuft durch mich hindurch. Ich kann es mit diesen Schattenmenschen aufnehmen!

„Geht!“, schreit Nereus, als er seine Klinge durch einen Schatten schwingt. „Wir geben euch Deckung.“

„Wir lassen dich nicht allein kämpfen!“, rufe ich, während mir das Bellen des Cerberus den Magen umdreht.

„Doch, das tun wir“, sagt Haven. „Unsere Mission ist wichtiger als der Kampf gegen die Schatten.“ Er hakt seinen Arm in meinen ein und zieht mich zurück.

Ich will mich wehren, aber er hatte in dem Gang oben recht, als ich die Soldaten, die mich schließlich angriffen, hätte umgehen müssen. Wahrscheinlich hat er jetzt recht, egal wie sehr ich helfen möchte.

Haven führt mich den langen Flur hinunter, wo Fackeln

an die Wand geschraubt sind, die die kühle, nasse Dunkelheit vertreiben. Die Schattenmänner folgen mir nicht und ich muss mich fragen, ob ein Teil des Grundes darin liegt, dass sie denken, ich sei auf ihrer Seite.

Bald höre ich rauschendes Wasser und weiß, dass wir uns dem Fluss Styx nähern. An meinen Armen heben sich die Gänsehaut und im Nacken stellen sich mir die Haare auf. Es ist ein schlechtes Gefühl, das sich in meinem Bauch bildet.

„Vielleicht solltest du zurückgehen, um deinem Bruder zu helfen?", sage ich zu Haven.

„Vielleicht solltest du aufhören zu versuchen, mich loszuwerden, Waise."

„Vielleicht solltest du aufhören, so dickköpfig zu sein."

Er schlingt seine Hand um meinen Hals und zieht mich zu sich heran. Er küsst mich schnell und heftig, seine Zunge huscht mir entgegen und als er sich zurückzieht, starre ich ihn mit an und stottere.

„Wofür war das denn?"

„Um dich zum Schweigen zu bringen."

Ich runzle die Stirn.

„Es hat geklappt", sagt er und zwinkert. „Jetzt gehen wir dem Titanen in den Arsch treten."

* * *

Der Flur öffnet sich zu einer Höhle, in der der Steinboden zum Fluss Styx hin abfällt. An einem Holzdock ist ein Boot festgemacht, aber drinnen ist kein Fährmann. Zwischen den Rissen im Stein wachsen Narzissenblüten, die die Luft mit ihrem süßen, blumigen Duft parfümieren.

Es ist ein unharmonischer Geruch weit hier unten am Rande der Unterwelt.

Ich beobachte das vorbeirauschende Wasser und erblicke etwas, das aussieht wie ein Mund, der nach Luft ringt, dann noch einer und noch einer. Die Münder durchbrechen nie die Oberfläche, und die Luft wird nie nach unten geschluckt.

In einem von Hestias Büchern las ich, dass diese Seelen den Verstorbenen gehörten, die nicht mit einer Münze begraben wurden, um Charon, den Fährmann, zu bezahlen. Ungeachtet des Grundes ist es eine schreckliche Art und Weise, sein ewiges Leben nach dem Tod zu verbringen, gefangen im tintenschwarzen Wasser des Flusses Styx.

Haven und ich machen einen vorsichtigen Schritt in die Höhle. Die Narzissenblüten entfalten ihre Blätter und strecken sich nach mir aus.

Wir finden Kronos, der auf uns wartet. Hinter ihm, gefroren wie Monstrat, stehen Hestia, Hades, Ares, Zeus, Athene und Hermes.

Wählt Kronos nur die Götter und Göttinnen aus, von denen er glaubt, dass sie sich ihm entgegenstellen würden? Oder hat er erst die Hälfte seiner göttlichen Entführung hinter sich? Von den Kriegergöttern gibt es nicht mehr viele. Poseidon mag mächtig genug sein, um gegen Kronos zu kämpfen, aber er war schon immer ein wenig zu eigennützig.

Wenn er glaubt, dass Kronos ihm mehr Macht verleiht als Zeus oder die anderen, könnte er bereit sein, zurückzutreten, während Kronos die Olympioniken stürzt.

„Ana", sagt Kronos und seine Stimme hallt in der Kammer und dann über die unterirdische Flusshöhle wider. „Ich bin so froh, dass du gekommen bist, um mich zu begleiten."

Trotz meines besseren Urteilsvermögens lässt mich das Hören der Freude in seiner Stimme, die Freude, mich zu sehen, zögern. Mein ganzes Leben lang wollte ich von meinen Eltern gewollt werden. Ich wollte, dass sie mich genauso begrüßen, wie Kronos mich jetzt begrüßt.

Ich wollte von den Menschen geliebt werden, die mich geschaffen haben.

Aber dann erinnere ich mich daran, dass Kronos mich

nur geschaffen hat, um seine eigene persönliche Waffe gegen seine anderen Kinder zu sein. Er schuf mich, um ihm dabei zu helfen, die Götter zu stürzen.

Er wird mich nie so lieben wie Sura. Und er wird nie so stolz auf mich sein, wie Hestia es ist.

„Ich bin nicht hier, um mich dir anzuschließen", sage ich. „Ich bin hier, um dich aufzuhalten."

„Oh?" Kronos hebt eine graue Braue. Enttäuschung steht ihm ins Gesicht geschrieben. „Willst du keinen besseren Olymp? Den gleichen wie ich?"

Ich schüttle den Kopf. „Ich glaube, unsere Visionen decken sich nicht ganz. Ich will keinen Krieg beginnen. Ich will denen, die ich liebe, nicht potenziell schaden. Wenn du dich tatsächlich um jemand anderen als dich selbst scheren würdest, würdest du erkennen, dass dies nicht der richtige Weg ist."

Er kommt einen Schritt näher. Haven steht mit gezogenem Schwert vor mir. Kronos ignoriert ihn und sagt: „Wenn du einen besseren Weg hast, bin ich gespannt, ihn zu hören."

Ach, Scheiße. Ich hätte nicht gedacht, dass ich für diesen Showdown ein Motivationsposter für einen besseren Olymp zusammenstellen müsste.

Ich habe nicht wirklich einen Plan, aber ich kenne den Unterschied zwischen richtig und falsch und das hier ist nicht richtig.

„Warum nicht einfach mit ihnen reden?", sage ich und nicke den Göttern und Göttinnen zu. „Vielleicht könntet ihr alle zu einer Einigung kommen und..."

„Glaubst du, das habe ich nicht schon versucht? Vor Millionen von Jahren habe ich versucht, auf meine Söhne und Töchter zu hören. Ich habe versucht, einen Mittelweg zu finden. Aber ich wollte die Tore öffnen und das Goldene Zeitalter des Menschen einleiten und sie" - er fegt den Arm hinter sich - „sie wollten das Goldene Zeitalter der Götter."

Er macht einen weiteren Schritt. Haven richtet seinen Griff an seinem Schwert neu aus. Panik beginnt in meinen Adern zu strömen. Die aschige Vision blitzt in meinem Kopf auf. Ich will nicht, dass sie eintritt. Ich will nicht, dass Haven die Hauptlast von Kronos' Zorn auf sich nimmt.

„Ich habe dich nach meinem Ebenbild geschaffen", sagt Kronos, während das Feuer einer der Wandfackeln Schatten auf sein Gesicht wirft. „Du hast mehr von mir als sie. Besser als die olympischen Götter. Mächtiger als die olympischen Götter. Ist dir das nicht klar?"

Das Feuerlicht passt zu dem plötzlichen Aufflackern in Kronos' Blick, als sich seine Hand zu einer Faust ballt. „Zeigen wir ihnen, wer mächtiger ist. Lass uns den Olymp ohne sie oder ihre arrogante Einmischung regieren."

Ich scanne die erstarrten Gesichter von Hestia und Hades und Athene und Ares.

Ich kenne Athene und Ares nicht gut und ich kenne Hades erst seit kurzem und obwohl er schroffer ist als Hestia und nicht gerade warm und freundlich, glaube ich, dass er es immer gut gemeint hat.

Kronos... ich bin nicht so zuversichtlich, dass ihm das Wohl des Olymps am Herzen liegt. Ich glaube, er will nur das, was er will und verdammt diejenigen, die sich ihm entgegenstellen.

Deswegen ist er die schlimmste Art von Führer.

„Arrogante Einmischung?", wiederhole ich. „Hast du deshalb die Schicksale getötet?"

Er schüttelt den Kopf. „Du und ich brauchen sie nicht."

„Ich werde mich dir nicht anschließen", sage ich. „Ich will nicht das einzige Heim ruinieren, das ich je kannte."

Kronos wirft mir einen scharfen Blick zu. Ich bin die

Marionette, deren Fäden nicht mehr funktionieren. „Als ob du mich aufhalten könntest?“, sagt er.

Ich schlucke den Zweifel hinunter, der sich in meinem Hals aufgebraut hat. Es gibt niemanden sonst, der Kronos gegenübersteht. Ich muss es tun. Daran muss ich glauben, und daran, dass dies mein Schicksal ist. Ich kann an nichts anderes denken. Sicherlich nicht an den Zweifel.

Ich bewege mich an Haven vorbei, denn er wird mich in dieser Sache auf keinen Fall beschützen.

Macht summt durch meinen Körper. Ich muss nur daran denken und schon ist sie da.

Ich hebe meine Hände vor mir hoch, während ein Blitz in meinen Händen knistert. „Ich weiß, ich kann dich aufhalten. Ich bin schließlich eine Göttin und eine Titanin.“

Und so wie sich Kronos' Augen weiten, weiß ich, dass der Trumpf, auf den ich gewartet habe, seinen Zweck erfüllt hat.

Er weiß es nicht.

Er weiß nicht, dass Gaia geholfen hat, mich zu dem zu machen, was ich bin, dass er, wenn er mir gegenübersteht, nicht nur gegen eine olympische Göttin kämpft, sondern auch gegen eine Titanin.

Das Beste von beiden.

Nichts Schlechtes.

Die Macht zerreißt die Luft, als ich Kronos angreife.

Ich werde meinen Vater vernichten und wenn es das Letzte ist, was ich tue.

# KAPITEL 30

Ich sende ein stilles Dankeschön an Monstrat aus, während ich mich unter Kronos' erstem Schwung ducke und seine Rippen mit einem Schlag treffe, hinter dem genug Kraft steckt, um Titan-Knochen zu brechen.

Ich schaffe das.

Ich schaffe das!

Und dann trifft mich Kronos mit der rückhandgehaltenen Faust und ich segele wie eine Puppe durch die Luft.

Ich krache gegen die Felswand und der Schmerz schießt mir in den Rücken. Der metallische Geschmack von Blut füllt meinen Mund.

Ich krabble schnell wieder auf meine Füße, nur um zu sehen, wie Haven in meiner Abwesenheit auf Kronos losgeht.

Nein. „Haven, warte!"

Er schwingt sein Schwert. Kronos tanzt davon, dann weicht er dem zweiten Hieb aus. Er lacht. Haven knurrt und schwingt wieder und Kronos weicht auch diesem Hieb aus.

In einem Augenblick verschwindet er vom Rand der Höhle und Haven und ich gehen in Alarmbereitschaft.

Ich drehe mich im Kreis, als mein Herz pocht.

„Waise", sagt Haven, „mit dem Rücken an die Wand. Da lang..."

Kronos erscheint zur Linken von Haven.

„Haven! Passt auf!"

Haven wendet sich, aber nicht schnell genug. Kronos packt ihn am Kragen seines Hemdes und hebt ihn in die Luft.

Der Atem stockt mir im Hals, als Haven in der Luft gehalten wird und Kronos ihn mürrisch anschaut.

Meine Vision erwacht zum Leben.

„Nein", sage ich, aber meine Stimme ist kaum ein Flüstern, und sie wird vom Rauschen des Flusses Styx übertönt. „Bitte nicht."

„Dieser Junge", sagt Kronos, „ist eine deiner Schwächen. Und wenn du mächtig sein willst, darfst du keine Schwäche haben."

„Bitte", sage ich und alle Gedanken an einen Sieg sind fort. Kronos hat recht. Haven ist meine Schwäche. Aber das ist mir egal. Es ist mir scheißegal. „Ich tue alles, was du willst."

„Waise", sagt Haven, während er mit den Zähnen knirscht und seine Hand um Kronos' Handgelenk wickelt. „Das ist meine Entscheidung, schon vergessen?"

„Und das ist *meine*."

Haven sieht mich missmutig an. Er wird von einem Titan in der Luft gehalten und ist immer noch sauer, dass ich ihm den Ruhm klauen könnte.

Die verdammten Knightfalls und ihr Stolz.

Mir brennen die Tränen in den Augen. Obwohl ich wusste, dass dies eine Möglichkeit ist, scheint es immer noch unmöglich. Haven jetzt zu verlieren? Auf keinen verdammten Fall. Das kann nicht passieren. Nicht auf diese Weise.

„So ist es am besten", sagt Kronos. „Vertrau mir."

Und dann zieht er eine Klinge aus einer versteckten Scheide an seiner Hüfte und rammt sie in Havens Brust.

„Nein!", schreie ich.

Ich renne, als Kronos die Klinge herauszieht und Blut durch die Luft sickert.

Ich renne, während Haven am Blut erstickt, das ihm die Kehle hinaufströmt und seine Lippen bedeckt.

Ich renne, als Haven mich durch die Höhle ansieht, seinen Kopf schüttelt und mir *Nein* sagt.

Kronos wirft seinen Arm zurück und schleudert Haven, schlaff und blass, in den Fluss Styx.

# KAPITEL 31

Ich fALLE zu Boden und starre auf die Stelle, an der Haven unter dem tintenschwarzen Wasser verschwunden ist.

Tränen quellen mir aus den Augen und laufen über mein Gesicht. Übelkeit wirbelt in meinem Magen und ich schlucke den Drang zum Erbrechen zurück.

Ich wusste, dass das passieren würde.

Ich sah, wie es passierte und doch konnte ich es nicht verhindern. Ich hätte ihn in einen Schrank sperren sollen. Ich hätte mich von Monstrat hierherbringen lassen und Haven oben verlassen sollen. Ich hätte ihn in Sicherheit bringen sollen, verdammt seien Konsequenzen.

Ich hätte Havens Hass ertragen können, solange er noch am Leben war, um mich überhaupt zu hassen.

Die feinen Härchen auf meinen Armen steigen auf, während eine pulsierende Energie meine Wirbelsäule hinaufläuft.

Ich suche im Wasser nach Havens Gesicht, seinen Haaren, nach allem Möglichen. Ich kenne seinen Körper wie meinen eigenen und nichts in den trostlosen, grauen Formen kommt mir auch nur annähernd bekannt vor.

Wie konnte ich ihn hierherbringen, obwohl ich wusste, dass er in Gefahr war?

Komm an die Oberfläche, Haven.

Ich beobachte, wie mehrere Gesichter auftauchen und wieder verschwinden. Ich halte meinen eigenen Atem an, als ob es Haven helfen würde, seinen zu halten, bis er die Oberfläche durchbrechen kann.

*Komm verdammt noch mal zu mir zurück!*

Die Sekunden vergehen in meinem Kopf.

Ich starre so lange, dass meine Augen brennen.

„Haven", flüstere ich. „Tu mir das verdammt noch mal nicht an."

Hinter mir atmet Kronos ein. „Eines Tages wirst du mir danken, Tochter."

Ihm danken?

Ich stehe langsam auf. Die Luft summt vor geladener Energie.

Ich drehe mich zu Kronos um.

Ihm danken, dass er den einzigen Mann getötet hat, den ich je geliebt habe? Der mich nicht nur beschützt hat, als er keinen Grund dazu hatte, sondern immer wieder zurückkam, trotz des ständigen Kampfes zwischen uns, trotz all der Gründe, *nicht* zusammen zu sein?

Ich soll Kronos dafür *danken*, dass er ihn getötet hat?

Ein Knistern der Macht steigt in meinen Armen auf, als sich Hitze in meinem Bauch aufbaut und mir die Kehle hinaufzubrüllen droht.

Mein Herz schlägt in meiner Brust, aber ich schwöre, es wurde mit einem Messer herausgestochen und mit Haven in den Fluss geworfen.

Ich habe alles getan, was ich konnte, um ihn zu retten und trotzdem habe ich versagt.

Er wird nicht zurückkommen.

Ein Schluchzen entweicht aus meiner Kehle und ich

beiße die Zähne zusammen, damit kein weiteres folgt. Es wird genug Zeit für Tränen geben.

Ich werde Kronos jetzt zeigen, wie viel Dank ihm gebührt.

Um mich herum baut sich Macht auf und ich ziehe sie an, in einem Strudel aus Farbe und Licht.

Wut liegt mir bitter auf der Zunge. Sie ist Feuer in meiner Magengrube.

Ich werde ihn vernichten.

Ich werde ihn bezahlen lassen für das, was er getan hat. Für Haven. Für die Schicksale. Für den Olymp.

Für mich.

„Tochter", sagt er und verengt seine Augen, während die Magie in meinen Händen zusammenfließt. „Lass uns nicht streiten."

„Dafür ist es zu spät."

Er bewegt sich im Gleichschritt mit mir im Kreis um die Lichtung der Höhle. Blaue Macht wirbelt um seine Hände. „Du bist mir nicht gewachsen."

„Ich glaube schon."

Er lacht. Das Geräusch hallt durch die Kammer. „Ich bin mächtig. Ich bin über eine Million Jahre alt. Du bist kaum dreißig."

Ich schlucke den Köder nicht. Ich gehe weiter, suche weiter nach einer Öffnung.

Kronos liest die Entschlossenheit in meinem Blick. „Ist es das, wofür du dich entschieden hast?"

Meine eigene Macht füllt die Höhle mit einem warmen, bernsteinfarbenen Schein.

„Ja", sage ich einfach.

„Also gut", sagt er. „Dann soll es so sein."

Er streckt seinen Arm aus und schickt einen Schuss Macht direkt auf meinen Kopf.

# KAPITEL 32

Bevor mich der Schlag trifft, öffne ich Zeit und Raum, schlüpfe in sie hinein und durchquere die Höhle in der Spanne eines Atemzuges.

Ein oranger Blitz umkreist meine Faust, als ich sie gegen Kronos' Gesicht schlage. Dunkles Blut durchzieht die Luft, während er brüllt, weil er überrascht wurde.

Als er seinen Kopf frei macht, schwingt er sich auf mich zu, aber ich ducke mich unter der weiten Spanne seines Arms, tanze dann zu seiner linken Seite und packe sein Handgelenk. Seine Haut wird unter meiner Berührung schwarz. Er blickt auf das sterbende Fleisch seines Armes herab, knirscht mit den Zähnen und tritt mich weg.

Ich falle auf den schmutzigen Boden und meine Zähne knallen aufeinander, Sterne drehen sich in meiner Vision, während mein Kopf auf den Stein prallt.

Als ich ihn abschüttle und wieder aufstehe, ist Kronos bereits verheilt, die Haut ist makellos, die Schnitte sind wieder zusammengestrickt.

Einen Gott zu verletzen ist fast unmöglich. Und einen Titanen? *Ist* das überhaupt möglich?

Ich könnte ihm tausend Schnitte zufügen und käme trotzdem nicht weiter.

Warum haben mir das Schicksal oder Gaia nicht gesagt, wie ich das tun soll? Ich verliere bereits und habe gerade erst angefangen.

Blitze knistern um Kronos herum und die Macht springt in weiten, netzartigen Bögen von seinen Schultern.

„Es ist noch Zeit, deine Meinung zu ändern", sagt er, während wir uns wieder umkreisen.

Warum sollten mich die Schicksale und die Mutter aller zu diesem Kampf hinunterschicken, wenn ich nicht die geringste Ahnung hätte, wie man ihn gewinnen kann?

Ich habe keinen Haven. Ich habe keine Soldaten an meiner Seite. Ich habe keine Waffe oder...

*Ich habe keine Waffe.*

Aber Kronos machte mich zu der seinen. Er machte mich mächtig genug, um die Götter zu zerstören.

*Ich bin die Waffe.*

Der Boden der Höhle bebt unter mir.

Kronos wendet seinen Blick in meine Richtung und runzelt die dunkle Stirn, während Magie an seinen breiten Schultern knistert.

Das Wasser des Flusses Styx wird wild.

„Bist du das?", fragt Kronos.

„Mein ganzes Leben lang", sage ich, „dachte ich, mit mir stimmt etwas nicht. Ich dachte, ich sei ungewollt, ungeliebt. Ich dachte, dass dieses Ding in meinen Händen, diese unkontrollierte Macht bedeutet, dass ich gebrochen bin.

„Ich hasste, wer ich war, und schlimmer noch, ich hasste es, dass ich nicht einmal zu den unerwünschten Waisenkindern gehörte. Aber jetzt wird mir klar, dass ich immer genau da war, wo ich sein sollte.

„Einschließlich jetzt."

Kronos verengt seine Augen, während sich jeder Muskel in seinem Körper anspannt, bereit zum Sprung.

Ich atme ein und aus und der tosende Fluss wird still.

Kronos verlangsamt sich auf die Geschwindigkeit der aufgehenden Sonne.

Zum ersten Mal erkenne ich echte Angst auf dem Gesicht des Titanen, während er um seine Befreiung ringt.

Ich stelle mir die Länge des Seils zwischen uns vor und ziehe daran.

Ich verschwinde aus meinem Blickfeld und tauche hinter ihm wieder auf.

Kronos, König der Titanen, Gott der Zeit und ihrer Zerstörung, hat mich zu einer Waffe gemacht.

Zu einer Zerstörerin.

Ich springe auf seinen Rücken, lege meine Hände seitlich an seinen Kopf und drücke meine Finger in seine Schläfen.

Ich zerre an jeder Unze Macht, die ich habe. Meine Hände glühen wieder auf und Kronos' Haut wird schwarz.

Alles wird still und still.

Ich drücke, die Zähne zusammengebissen.

Ich gebe nicht nach.

Ich gebe nicht auf.

Nichts wird mich aufhalten.

Hitze blüht an meinem Brustbein und Schmetterlinge füllen meine Lungen. Die Welt brodelt um mich herum, als ob die Zeit versucht, die Risse zu füllen.

Ich schiebe die Macht durch meine Arme und durch meine Fingerspitzen nach oben.

Um uns herum, in der Höhle, gehen die Narzissenblüten in Flammen auf und tauchen die Luft in glühende Glut. Die Asche fängt eine Phantombrise ein und erzeugt einen Wirbelsturm. Sie nimmt schnell Gestalt an, und bald ist es, als würde ich in einen Spiegel schauen.

Die Asche zeigt mich, die Hände an Kronos' Kopf.

Schwärze kriecht über sein Gesicht, dann über seinen Hals, über seine Arme.

„Neiin", sagt Kronos.

Die Asche glüht mit geschmolzenen Rissen in Kronos' Körper, und schon bald spiegelt sich die Schwärze, die seine Arme hinunterkriecht, in der Vision wider. Seine Haut bricht auf und er brüllt.

„NEIN!", schreit er, während die Zeit vorwärts kriecht. Es gelingt ihm, auf mich einzuschlagen, aber durch die Bewegung spalten sich die Wunden weiter auf und Feuer strömt aus seinem Inneren.

„Ich bin die Zerstörerin", sage ich über sein Brüllen. „Und du bist der Zerstörte."

Ich ziehe an der immer größer werdenden Quelle der Macht in meiner Mitte und schiebe sie vorwärts.

Meine Macht, auch wenn ich keine Ahnung hatte, wer ich war, war immer darin verwurzelt, Leben zu nehmen und zu zerstören, was unter meiner Berührung war.

Das ist der Kern dessen, was ich bin. Und jetzt gibt es nichts mehr, was mich zurückhält.

Das ist mein Schicksal.

Das war schon immer mein Schicksal.

Die Risse breiten sich über Kronos' Arme aus und winden sich in seinem Nacken. Sein Dröhnen hallt durch die Höhle und über den Fluss, als scharfes, goldenes Licht aus meinen Händen erblüht und Kronos zu Asche zerspringt.

# KAPITEL 33

## HAVEN

HAVEN SCHWEBT. Ein knochentiefer Schauer füllt seinen Körper.

Ist er tot?

Er greift nach oben, um die Wunde in seiner Brust zu berühren, aber er kann sie nicht finden. Seine Haut ist makellos, aber sein Körper fühlt sich zu leicht, zu kalt an.

Und er kann mit beiden Augen *sehen*. In seinem schlechten Auge gibt es keine Trübung.

Schlimmer noch, er scheint nicht atmen zu müssen. Nichts brennt wegen Sauerstoffmangels in seiner Brust. Wenn das kein Zeichen ist, weiß er nicht, was es ist.

Ana.

Er hat Ana allein gelassen.

Er dreht und zieht seine Arme durch das Wasser und kämpft sich zur Oberfläche. Aber es ist sinnlos. Die Strömung hat ihn jetzt und je mehr er kämpft, desto weiter entfernt er sich.

Gerade als er anfängt, sich Sorgen zu machen, dass das Leben nach dem Tod darin besteht, für immer in diesem Fluss zu schwimmen, streckt sich eine Hand vom Ufer aus und zieht ihn sanft heraus.

Als seine Füße wieder festen Boden finden, ist es weder Stein unter ihm noch Felswände, die ihn umgeben. Es ist nur Schwärze und ein funkelnder Nachthimmel. Und als Haven auf die Hand schaut, die ihn gerettet hat, dann brennen ihm sofort Tränen in den Augen.

Die Kälte lässt nach.

„Mama?", sagt er und seine Stimme hallt durch die große Schwärze.

„Mein Sohn." Sie legt ihre Hände in einer Art Gebet zusammen und sagt: „Du bist so sehr gewachsen."

Haven rennt zu ihr und obwohl er sie jetzt um fast einen Meter überragt, kann er nicht anders, als sich wieder klein zu fühlen, als sie ihre Arme um ihn schlingt.

„Ich habe dich vermisst", sagt er.

„Und ich dich erst, mein Sohn."

Haven atmet ein. Irgendwie riecht sie immer noch nach frisch gebackenem Brot und Rosenwasser und schwarzen Teeblättern. Sie riecht nach Zuhause.

Er hat sie nicht nur vermisst. Er hat auch das hier vermisst. Dieses Gefühl, als ob alles in Ordnung wäre, weil er seine Mutter an seiner Seite hat.

„Es tut mir so leid", sagt er.

„Entschuldige dich nicht."

Sie zieht sich zurück und Haven gönnt sich einen Moment, um sich ihr Gesicht wieder einzuprägen. Es ist so lange her, dass er sie gesehen hat, dass er Angst bekam, ihr Gesicht ganz zu vergessen.

Er vergaß die Mandelform ihrer Augen und die weiße Narbe an ihrem Kinn, die sie als Kind bekommen hatte, weil sie fiel.

Er vergaß, wie schön und alterslos sie war, trotz ihrer zerbrechlichen Sterblichkeit.

„Du siehst so… glücklich aus“, entscheidet er, denn das ist das beste Wort dafür. Gegen Ende ihres Lebens hatte man ihr alle Farbe und Freude ausgesaugt, bis sie Tag und Nacht wie ein Gespenst aussah.

„Ich habe allen Grund, glücklich zu sein. Mein Sohn ist zu einem Krieger und einem guten Mann herangewachsen.“

Der Stolz ihres Lobes verblasst jedoch schnell, als Haven sagt: „Aber ich bin gestorben und habe Ana verlassen, um diesen Kampf allein zu führen.“

Seine Mutter tätschelt ihm die Wange. Sie muss auf den Zehenspitzen nach ihm greifen. „Ich weiß nicht viel über Schicksal und Verderben. Das liegt weit über meiner Macht. Aber ich glaube, deine Ana kann auf sich selbst aufpassen.“

Haven nickt. „Das mag stimmen, aber…“

„Aber dennoch willst du an ihrer Seite sein.“

„Ja. Und stattdessen habe ich sie im Stich gelassen.“

„Du hast sie gerettet“, sagt seine Mutter. „Du hast sie mit deinem Leben beschützt.“

„Und jetzt wird sie dafür allein sein.“ Der Schmerz strahlt durch ihn hindurch. Er ist jedoch nicht körperlich und er weiß nicht, was er mit diesem Schmerz anfangen soll, der in seinem Herzen und nicht in seiner Haut brennt.

„Du hast sie nicht für immer verlassen.“

Haven blickt zurück zu seiner Mutter. „Wie meinst du das?“

„Dachtest du wirklich, das wäre dein Ende?“ Sie schüttelt den Kopf. „Das war Gaias Geschenk an uns. Eine Chance für uns, uns auf die richtige Art und Weise zu verabschieden.“

„Aber zurückzugehen bedeutet, dich zu verlassen.“

„Ja. Du hast noch zu viel Leben übrig, das du leben musst. Mach dir keine Sorgen um mich.“

Haven blickt auf seine Mutter herab und sein Herz droht erneut zu brechen.

„Wann immer du mich brauchst", sagt sie, „schau einfach zu den Sternen."

Er zieht sie wieder in eine Umarmung und legt seine Wange an ihr Haar. „Ich bin so froh, dass es dir gut geht."

„Genau wie ich." Sie zieht sich zurück. „Geh jetzt. Geh zurück zu deiner Ana. Ich freue mich darauf, all das zu sehen, was euer gemeinsames Leben bringen wird. Sie ist eine wunderbare Frau."

Haven schnaubt. „Das kannst du laut sagen."

Seine Mutter rümpft die Nase über ihn, wie sie es als Kind tat, das sich schlecht benommen hat. „Sei nicht so streng mit ihr."

„Wenn ich es nicht tue, wer dann?"

„Sie wird dich in deine Schranken weisen." Seine Mutter lacht und das Geräusch hallt durch den Nachthimmel. „Daran habe ich keinen Zweifel."

Das kann man nicht gerade bestreiten.

„Ich liebe dich", sagt er.

„Und ich dich, mein schöner Junge, mehr als es Sterne am Himmel gibt", flüstert sie zurück und drückt ihm einen Kuss auf die Wange.

Die Sterne flackern in der Ferne auf, während die Dunkelheit ihn zurück in die Tiefe zieht.

# KAPITEL 34

Ich falle auf die Knie zum felsigen Höhlenboden, meine Hände zittern und mein Atem ist flach.

Ich habe Kronos getötet.

Ich habe einen Titanen getötet?

Ich habe meinen Vater getötet.

Ich habe Kronos besiegt und Haven ist tot.

Ich atme zitternd ein und setze mich aufrecht hin, um mir eine feuchte Haarsträhne von der Stirn zu schieben.

Und dann erregt die Bewegung im Fluss meine Aufmerksamkeit.

Ein Kopf mit dunklem Haar durchbricht die Oberfläche des Flusses Styx. Tintenschwarzes Wasser klebt an breiten Schultern, als die Figur Halt findet und sich erhebt.

Eine unbefleckte Hand hebt sich zu einem Gesicht mit scharfen Zügen und wischt das Wasser weg.

Ein Schluchzen baut sich in meiner Kehle auf.

*Haven.*

Ich sehe fassungslos zu, wie er sich mit Leichtigkeit vom Flussufer auf den felsigen Höhlenboden hebt, während Wasser aus seiner Lederrüstung tropft.

Ich treffe seinen Blick und...

Sein Auge... das erbleichte, ohne jegliche Farbe... es ist normal.

Und jetzt lächelt er mich mit zwei perfekten goldenen Augen an.

Ich stehe auf, renne auf ihn zu und springe in seine Arme. Er taumelt zurück, bevor er mich auffängt und uns aufrichtet, seine eigenen Arme schlingen sich um meine Taille.

„Heilige Scheiße. Du bist hier. Du bist wirklich hier." Ich weine und bin im Delirium und so verdammt glücklich. Ich kann meine Gedanken kaum noch richtig ordnen.

Haven lacht mir ins Ohr. „Du dachtest doch nicht, dass ich dich verlassen würde, oder?"

Ich ziehe mich zurück und klopfe auf das Loch in seiner Rüstung. „Die Stichwunde..."

Er packt mich am Handgelenk und zwingt mich, nicht mehr nach ihm zu tasten. „Sie ist weg."

„Weg? Wie..."

Und da erinnere ich mich an den Achilles-Mythos, den Clea immer wieder Sura rezitieren ließ, als wir vaterlose kleine Mädchen auf der Suche nach einem Helden waren.

Achilles' Mutter tauchte ihn am Knöchel in das magische Wasser des Flusses Styx und machte ihn unbesiegbar. Bis auf seine Ferse war er unbesiegbar.

Haven wurde untergetaucht und er kam unversehrt wieder heraus. Geheilt.

*Heiliger Strohsack.*

Ist er jetzt unzerstörbar, wie Achilles es war?

Während noch Wasser von ihm tropft, legt Haven seinen Arm um meine Schulter und zieht mich an sich.

„Ich dachte wirklich, ich hätte dich verloren", sage ich und wische die Tränen weg.

Er schiebt eine Haarsträhne hinter mein Ohr und beugt sich vor, um mich auf den Scheitel zu küssen. „Niemals,

Waisenkind. Ich werde nie wieder von deiner Seite weichen."

Ich weiß noch, was die Schicksalsgöttin sagte. Dass Haven und ich auf der gleichen Reise waren, aber auf zwei verschiedenen Wegen. Und schließlich kamen die Wege wieder zusammen.

Denn hier sind wir nun. Verändert. Besser.

Die Vision erfüllte sich. Haven ist lebendig.

Kronos ist tot.

Und ich?

Ich bin genau da, wo ich immer sein sollte. Ich bin, wozu ich immer bestimmt war.

Ich bin die Zerstörerin.

Aber in jeder Zerstörung gibt es eine Wiedergeburt.

Ich bin mein Vater und meine Mutter.

Aber mehr als das, ich bin Anastasha Hearthtender.

Eine Göttin.

Eine Titanin.

Und die verdammte Heldin dieser Geschichte.

# KAPITEL 35

„Ana“, sagt jemand über meine Schulter und ich drehe mich um, um Hestia zu sehen. Jenseits von ihr stehen Athene, Hades, Hermes und Ares in einer Reihe und strecken ihre Arme, ihre Hände, als ob sie die Kraft abschütteln würden, die sie erstarren ließ.

Ich komme auf die Füße. „Es geht dir gut!“ Ich lege meine Arme um die jungfräuliche Göttin und atme den vertrauten Duft von ihr ein. Glyzinie und Persimone und Tageslicht.

„Danke, dass du uns gerettet hast“, sagt sie in mein Haar. „Und so beginnt die neue Morgendämmerung“, sagt sie leiser und zitiert die Vorhersage in ihrem Buch.

Als ich mich zurückziehe, lächelt sie mich an und legt ihren Arm um meine Schultern und dreht mich zu den anderen Göttern. „Brüder und Schwestern“, sagt sie. „Ich möchte euch offiziell unsere Schwester Ana vorstellen.“

Athene, Hades, Hermes und Ares legen einen Arm über ihre Brust und beugen sich auf ein Knie. Ich habe noch nie gesehen, dass die Götter so etwas tun, also weiß ich nicht, was es bedeutet.

Mit gesenkten Köpfen sagen sie: „Willkommen, Schwester."

Hades ist der Erste, der sich erhebt und nach vorne tritt, sein Umhang weht um seine Lederstiefel. „Dir verdanken wir eine große Schuld."

„Nenne deinen Preis", sagt Hermes.

Athene tritt an die Seite von Hades. „Kein Preis ist zu hoch."

„Sie will ihr eigenes Haus."

Ich drehe mich um und schaue Haven an. Er steht ein paar Meter hinter mir, das Haar noch nass und zerzaust. Ich lächle ihn an, bevor ich mich umdrehe.

„Ja, mein eigenes Haus", höre ich mich sagen und wende mich dann Hades zu. „Und Haven Knightfall als General meiner Armee."

Hades runzelt die Stirn und schaut von mir zu Haven. Ich bin mir nicht sicher, ob er bemerkt hat, dass Havens Auge geheilt wurde, oder ob er sich fragt, wie das möglich ist. Er fragt nicht und ich werde ihm diese Information nicht geben. Ich bin mir fast sicher, dass Haven im Fluss Styx starb und unzerstörbar herauskam. Ich möchte nicht, dass Hades davon erfährt und versucht, Anspruch auf Haven zu erheben.

Haven gehört mir.

Und ich gehöre ihm.

Wo er hingeht, gehe ich hin, und umgekehrt.

„Ist es das, was du willst, Knightfall?", fragt Hades.

„Ja, Mylord", antwortet er ohne zu zögern.

„Dann soll es so sein."

# KAPITEL 36

Obwohl die Götter (ähm, meine Geschwister?) aus der Höhle der Unterwelt verschwinden, um nach ihren eigenen Häusern und dem Schaden zu sehen, den Kronos angerichtet hat, beschließen Haven und ich, den Rückweg anzutreten. Ich bin zu aufgeregt vom Kampf, und ich muss das Adrenalin abarbeiten, das noch immer durch meinen Körper pumpt.

Als wir durch den Tunnel zum steinernen Torbogen und zu Cerberus zurückkommen, finden wir Nereus blutverschmiert und gerädert, aber lebendig, vor. Leider kann man von einigen Soldaten des Hades nicht dasselbe sagen. Sie liegen verstreut im Tunnel und die ganze Farbe ist aus ihrer Haut gelaugt.

Alle vier von Havens Männern stehen auf ihren eigenen zwei Füßen und ich bemerke den stolzen Blick von Haven, als er erkennt, dass es ihnen gut geht.

Ich frage mich, ob Hades bereit wäre, noch ein paar seiner Soldaten aufzugeben? Ich nehme an, ich könnte mein Gewicht in die Waagschale werfen... Habe ich Gewicht, das ich in die Waagschale werfen könnte? Etwas sagt mir, dass ich es habe. Und allein der Gedanke daran bringt mich zum Lächeln.

Vor etwas mehr als einem Monat war ich noch ein Waisenkind in Hestias Haus, mit alltäglichen Aufgaben und ohne Perspektiven. Jetzt werde ich mein eigenes Haus haben? Einen Platz unter den Göttern? Ich kann es noch nicht einmal in Worte fassen. Ich weiß nicht, ob ich das jemals werde.

Cerberus döst im Schatten und nachdem Haven jedem seiner Männer ein Schulterklopfen gegeben hat, kommt Nereus herüber. Ich sehe den Moment, in dem er erkennt, dass Havens Auge geheilt ist.

Die Überraschung lässt Nereus anders aussehen als normalerweise. Ich hätte nicht gedacht, dass er der Typ ist, der jemals überrumpelt werden könnte. Sein Mund klappt auf und seine Lippen bewegen sich, als wolle er sich dazu äußern und beschließt dann, es nicht zu tun. Stattdessen ergreift er Haven und umarmt ihn.

Jetzt bin ich diejenige, die überrascht ist.

Nereus scheint fast erleichtert zu sein, dass Haven überlebt hat.

Vielleicht liebt Nereus seinen kleinen Bruder auf seine eigene Art und Weise.

Als er sich zurückzieht, klopft er Haven auf die Schulter und drückt mir dann vorsichtig den Arm. „Gut gemacht, ihr beiden“, sagt er.

„Danke, Bruder“, sagt Haven ruhig, als ob ihm dieses große Kompliment nichts bedeutet.

Ich scanne den Tunnel. „Und wo sind die Schattenmänner hin?“ Als ich die Schatten im Labyrinth des Minotaurus besiegte, zerfielen sie zu Asche, ähnlich wie Kronos. Aber ich sehe keine Asche auf dem Steinboden.

„Es gelang uns, sie eine Zeit lang abzuwehren“, sagt Nereus.

Roy springt ein. „Aber dann verloren wir die Oberhand und es sah aus, als würden wir verlieren."

„Big Leif hat sich vor uns gestellt", sagt Hunter.

Turm schnaubt. „Der verdammte Idiot wollte versuchen, sich zu opfern, um uns zu retten."

„Aber zum Glück verschwanden die Schatten", sagt Roy mit einem Fingerschnippen. „Einfach so."

Haven richtet seine Aufmerksamkeit auf Big Leif. „Du wolltest dich opfern?"

Big Leif schaut schüchtern weg. „Ich bin ein größeres Ziel. Es ergab Sinn."

Haven legt seinen Arm um den größeren Mann und sagt: „Du bist ein unglaublicher Anführer, mein Freund. Danke."

Big Leif strahlt, als ob das Kompliment von Hades selbst überliefert worden wäre.

Während die anderen Haven mit der Geschichte ergötzen, wie sie einen Schattenmann unter dem hungrigen Schlund des Cerberus in die Enge trieben, schleiche ich mich durch den Tunnel zurück, bis ich die Stelle hinter der ersten Tür erreiche.

Monstrat ist nicht mehr dort, wo ich ihn zurückgelassen habe.

Irgendwie hatte ich erwartet, dass er verschwunden sein würde, aber ich hatte gehofft....

Ich schaue nach links, dann nach rechts, aber es gibt keine Spur von ihm, keinen Hinweis darauf, in welche Richtung er gegangen sein könnte, also erfinde ich meine eigene Geschichte.

Ich stelle mir vor, wie er sich aus dem Palast des Hades herausschleicht, durch den dunklen Wald und zum Göttertor, zurück zu der Familie, die er verloren hat.

So wütend ich auch bin, dass er mich, den Hades und den Olymp verraten hat, wünsche ich ihm nichts Schlechtes.

Ich will, dass er das hat, was er die ganze Zeit wollte: seine Familie zurück.

Als Haven und die anderen sich mir anschließen, erwähne ich Monstrat nicht, und Haven liest den Ausdruck in meinen Augen. Stillschweigend sind wir uns einig, dass wir diesen einen gehen lassen.

„Komm schon, Göttin", sagt Haven, während er seinen Arm um meine Taille schlingt. „Es ist Zeit, unsere Siege zu feiern."

Er zwinkert mir mit seinem frisch geheilten bernsteinfarbenen Auge zu, als wir die Unterwelt hinter uns lassen.

# KAPITEL 37

## HAVEN

ALS HAVEN vor Ana aus dem Flur herauskommt und das Hauptfoyer des Palasts von Hades betritt, stellt er fest, dass sich der Sieg bereits in Olympus City herumgesprochen hat. Nachkommen des Dionysos sind mit Fässern Wein und Ale auf ihren Schultern eingetroffen.

„Dem Sieger gehört die Beute", schreit einer der Jungs.

„Die Beute ist der Alkohol!", sagt eine Frau in einem Perlenkleid.

Der Palast des Hades ist in völligem Durcheinander, aber wenn jemand von einer Party spricht, sind die Nachkommen des Hades immer mit dabei. Normalerweise wäre Haven das auch, aber wenn Ana keine Lust hat, dann hat er es auch nicht.

Und er ist sich nicht ganz sicher, ob er sich ausruhen muss? Technisch gesehen stach Kronos auf ihn ein und warf ihn in den Fluss Styx und... war er gestorben?

Er ist sich immer noch nicht sicher.

Es geht ihm gut. Er fühlt sich sogar besser als je zuvor. Sogar als unsterblicher Nachfahre des Hades hatte er von Zeit zu Zeit immer noch Schmerzen und Qualen. Soldat zu sein ist die Hölle auf Erden. Aber im Moment ist er so voller Elan, dass er denkt, er könnte eine zweite Runde mit Kronos gewinnen.

Ana taucht neben ihm auf und schlingt besitzergreifend ihren Arm um seine Taille, als Lyantha das Foyer vor ihnen überquert. Haven lächelt Ana an – er weiß, was sie tut, und sie rümpft nur die Nase über ihn und tut so, als wüsste sie nicht, wovon er redet.

„Markierst du dein Revier, Waise?", flüstert er ihr ins Ohr.

Sie errötet. Sie ist eine Halb-Titanin und trotzdem errötet sie, weil er sie neckt. Er liebt das. Er hofft, dass sich das nie ändert.

„Ich wollte nur eine Umarmung, das ist alles", sagt Ana, als Lyantha sie noch einmal ansieht.

„Mhm." Er zieht sie in den Schwarm von Enthusiasten. „Also, sollen wir in den Ballsaal oder in mein Bett gehen?"

„Wir sind ekelhaft." Sie wischt Asche von Havens Brustpanzer ab, um ihren Standpunkt klarzumachen.

„Erst duschen, dann in mein Bett?"

Sie denkt eine Sekunde nach und quält ihn dabei. Vielleicht wirft er sie über seine Schulter und trägt sie wie ein Fass Bier davon.

Als sie im Begriff ist zu antworten, erscheint Hades vor ihnen. Havens erster Instinkt ist es, sich zu verbeugen, formell zu grüßen, zu flehen, aber technisch gesehen ist er dem Gott der Unterwelt nicht mehr verpflichtet. Haven ist sich nicht sicher, wie er sich verhalten soll, also tut er nichts anderes, als Ana näher an sich zu ziehen.

Sie ist jetzt seine Göttin.

„Hearthtender", sagt Hades und als Ana ihn mit einem Blick ebnet, sagt er „Ana."

Scheiße, das Waisenkind bringt sogar Hades ins Schwitzen.

Haven verliebt sich ein wenig mehr in sie.

„Ana", fängt er wieder an, „möchtest du dich mir für einen Moment privat anschließen? Ich würde gerne besprechen, wie es weitergeht."

Sie schaut zu Haven auf. Sie hatten Pläne.

Aber ihre Pläne können natürlich warten. Obwohl Haven nicht zu diesem Tête-à-tête eingeladen ist, weiß er, dass Ana die Einzelheiten mitteilen wird, sobald sie allein sind, und Haven ist wirklich neugierig, was der dunkle Gott jetzt zu sagen hat.

„Du kannst mich später finden", sagt er zu ihr, und sie stellt sich auf die Zehenspitzen, um ihn zu küssen. Vor dem Gott der Unterwelt. Scheiße, dieses Mädchen sorgt ernsthaft dafür, dass er einen grandiosen Tag hat.

Haven sieht zu, wie sie mit Hades weggeht und lässt sich dann von der Prozession in den Ballsaal mitreißen. Er geht zu Big Leif und den anderen, die an einem der dicken Holztische sitzen. Turm und Hunter haben beide schon ihre Bierkrüge geleert und ihr Lächeln ist etwas breiter vom Alkoholrausch. Big Leif hat kein Glas, sondern isst aus einer Schüssel mit Feigen und Nüssen.

„Haven!", schreit Roy und klatscht Haven auf den Rücken. „Schließ dich uns an!"

Einer der Diener kommt mit einem Tablett voller Weinkelche in der Hand vorbei. Haven schnappt sich einen, bevor er davoneilt und hebt ihn in die Luft. „Auf den Sieg", sagt er.

„Auf den Sieg", sagen sie unisono und stoßen an.

Sie trinken alle ihre Getränke in einem Zug, bevor sie Luft holen.

„Es ist echt schade, dass du gehst", sagt Big Leif, während der Alkohol in Haven mit schwungvoller Wärme eintrifft.

„Mmmm." Er setzt sich gegenüber des großen Mannes hin. „Wenn ihr mit mir kommen könntet, würdet ihr es tun?"

Sie schweigen, während sie sich gegenseitig betrachten. Haven hatte Glück, dass er eine Einheit von Männern bekam, die bereits eine gute Beziehung zueinander hatten, eine Verbindung, die manchmal ohne Worte funktioniert.

Das sind die besten Männer, die man an seiner Seite haben kann und Haven weiß, dass er die besten brauchen wird, wenn er Ana beim Aufbau eines neuen Hauses helfen soll.

Aber er versucht, sich nicht anmerken zu lassen, wie sehr er sich gerade diese Männer wünscht.

Bedürftig zu sein ist unter seiner Würde.

Er durchblickt den Ballsaal, während er auf ihre Antwort wartet. Ein volles Orchester ist bereits aufgestellt und spielt auf dem Podium auf der rechten Seite. Sie befinden sich mitten in einem basslastigen Siegeslied. Das Klopfen der Trommel ist im Takt mit dem Klopfen seines Herzens.

„Wenn unser Herr Hades es erlauben würde", sagt Big Leif schließlich, „würden wir dir überall hin folgen, Legat."

Haven nickt und schult sein Gesicht in Gleichgültigkeit, während er innerlich erleichtert und mehr als nur ein wenig erfreut über ihre Zustimmung ist. „Ausgezeichnet. Ich werde gleich morgen früh eine Petition an Hades richten." Er schnappt sich eine Feige aus Leifs Schüssel und lächelt. „Und ich verspreche, dass ihr nicht zu viel Scheiße schaufeln müsst."

„Oh Mann, komm schon!", sagt Roy.

Big Leif kichert und seine massiven Schultern schaukeln mit der Bewegung.

Sie machen eine Weile weiter und erzählen von ihren Heldentaten der letzten vierundzwanzig Stunden.

Haven ist in ein weiteres Glas Wein vertieft, als seine Brüder ihn finden.

Caib und Damon schlendern hinüber, beide mit Bierkrügen. Ihrer lockeren Haltung nach zu urteilen, sind sie schon weit über angetrunken hinaus.

„Bruder!", sagt Caib und Havens Nackenhaare stellen sich auf. „Ich hörte, deine Freundin besiegte Kronos. Und was war es, was du getan hast?"

„Nun, wenn du dagewesen wärst", keift Haven zurück, „wüsstest du es, nicht wahr?"

„Ach, komm schon", sagt Damon, „wir ärgern dich nur."

„Ja, wir wissen, dass du bei der Niederlage eines Titanen extrem wichtig warst."

Seine beiden älteren Brüder sehen sich an und unterdrücken das Lachen.

„Tatsächlich", fügt Caib hinzu, „musst du müde sein. Vielleicht solltest du dich ausruhen?"

Haven wird starr und spürt, wohin das führt. Caibs Fähigkeit, Männer in Schlaf zu versetzen, war immer eine Fähigkeit, gegen die Haven nie etwas ausrichten konnte.

Und wenn sie ihn bewusstlos machen, ist nicht abzusehen, wo er landen wird.

Er erhebt sich auf seine Füße. „Caib", sagt er. „Mach keinen Scheiß..."

Caib lächelt ein verschlagenes Lächeln und schnipst mit den Fingern für eine dramatische Wirkung.

Und... nichts passiert.

Der Schock auf Caibs Gesicht wird schnell sichtbar. Damon runzelt die Stirn.

„Was zur Hölle?", sagt Caib und schnipst wieder mit den Fingern. „Warum funktioniert es nicht?"

Gute Frage. Haven will einem geschenkten Gaul nicht ins Maul schauen, aber das ist riesig.

Als er ein Junge war, wollte er Achilles sein. Er wollte in die Fußstapfen des verehrten Kriegers treten und ein Bad im Fluss Styx nehmen. Wurde sein Wunsch doch noch erfüllt?

Er kam geheilt und unversehrt aus dem Fluss, vielleicht ist er also wirklich unzerstörbar, unantastbar.

Und vielleicht bedeutet das, dass eine Macht wie die von Caib nicht mehr bei ihm wirken wird.

Was bedeutet... dass Caib nicht mehr die Oberhand hat.

„Was ist mit dir passiert?“, fragt Damon.

Haven steht auf. Caib und Damon treten zurück.

„Wie ich schon sagte“, sagt Haven, während er seine Stimme senkt, so dass nur seine Brüder die dünn verschleierte Drohung darin hören können, „wenn ihr da gewesen wärt, wüsstet ihr es, aber vielleicht möchtet ihr mich testen?“ Dann stürzt er sich auf sie und sie rennen davon wie Feiglinge.

Hinter ihm lachen seine Männer und locken ihn zurück an den Tisch. Er setzt sich und nimmt das angebotene Getränk.

Was war mit ihm geschehen?

Er hat sich verändert.

Zum Besseren.

# KAPITEL 38

Hades bringt mich in sein Privatbüro. Eisenkerzenständer, die im Raum verteilt sind, halten schwarze Kerzen, die Dochte flackern in einer Brise, die durch offene Balkontüren hereinströmt. Dort landen wir, Hades an das steinerne Geländer gelehnt und ich stehe unbeholfen neben den Türen, die Hände vor mir verschränkt.

Ich weiß nicht, wie ich Hades' Schwester sein soll. Ich glaube, die einzige Person, die ich sein kann, bin ich selbst. Ich stehe und warte.

Schwarzer Nebel zieht von den Schultern des Hades auf. Seine Augen sind dunkel und schwer zu lesen, aber ich glaube, ich kann auch bei ihm eine gewisse Unbeholfenheit entdecken und das lässt mich ein wenig entspannen.

„Ana", sagt Hades, während er seine Arme vor der Brust verschränkt. „Ich wollte mich für den Mangel an Transparenz entschuldigen, den ich dir während deiner Zeit in meinem Haus und während meiner Nachkommensprüfung bereitet habe. Dass dein Name bei der Wahlzeremonie genannt wurde, hat mich überrascht. Meine erste Reaktion war, dass ich dachte, es sei ein Trick einer meiner Brüder oder Schwestern."

„Jetzt weiß ich natürlich, dass es Schicksal war. Du hättest immer genau hier enden sollen, als Zerstörerin von Kronos."

Na, das klingt doch schon ganz gut, oder?

Mein Instinkt sagt mir, ich solle mich vor ihm verbeugen, es verneinen und sagen, dass es ok ist. Es ist nicht seine Schuld. Er hat es nicht gewusst. Aber dann erinnere ich mich daran, dass es uns allen eine Menge Ärger erspart hätte, wenn er von Anfang an einfach ehrlich zu mir gewesen wäre.

Und so atme ich ein und überlasse es dem Gott der Unterwelt.

„Ich weiß deine Ehrlichkeit zu schätzen, aber du musst wissen, dass du mich wochenlang gequält hast. Du hast mich glauben lassen, dass es möglich sei, dass du mein Vater bist und ich glaube, du wusstest die ganze Zeit, wie sehr ich die Wahrheit darüber wissen wollte, wer ich bin. Ich wollte hierhergehören. Aber das wäre nie passiert und wenn du bei der Auswahlzeremonie etwas offener darüber gesprochen hättest, wie ich auf dieser Bühne gelandet bin, also nicht durch deine Hand, dann hätten wir gemeinsam herausfinden können, wer ich war und wer mich dorthin gebracht hat.

„Stattdessen hast du mir Informationen vorenthalten und damit den gesamten Olymp gefährdet."

Ich mache einen Schritt. Das Licht auf dem runden Balkon wird heller.

„Kronos hätte mich leicht für seine Sache rekrutieren können, wenn man bedenkt, dass du mich abblitzen ließest und mir das Gefühl gab, verrückt zu werden, weil ich dachte, ich könnte in deinem inneren Kreis ein Schicksal haben."

Hades schreckt zurück. „Ana, du musst..."

„Ich *muss* gar nichts!"

Der schwarze Nebel sammelt sich um ihn herum wie eine

zweite Haut, die sein Gesicht beschattet, während seine Augen mit Höllenfeuer funkeln.

Ich merke, dass das lebhafte Licht auf dem Balkon von mir kommt. Von meinen Händen.

Und das ist genau der Moment, in dem Tarter und Russ auftauchen.

Sie nehmen zu meinen Füßen Gestalt an, haben die Nackenhaare aufgestellt und die Zähne gefletscht.

In meinem Inneren denke ich, dass ich sie *vermisst* habe, während ich äußerlich meine Gesichtszüge kontrolliere.

„Die oberste Herrschaft der olympischen Götter ist dabei, sich zu ändern", sage ich. „Ich hoffe, du bist darauf vorbereitet."

Die Glut in seinem Blick blitzt auf, als wolle er mit mir streiten. Er tritt mit Zähneknirschen von der Wand weg. „Verstehst du, mit wem du sprichst? Du bist praktisch ein Neugeborenes. Ich" - er schlägt sich mit der Faust auf die Brust - „regiere den Olymp seit über einem Jahrtausend. Wenn du wirklich denkst..."

Eine neue Figur betritt den Balkon in einen Pool aus Mondlicht. Hades und ich drehen uns beide um und sehen Gaia so strahlend wie immer, aber in einem einfachen Kleid, die Haare über die Schulter geflochten.

„Mutter aller", haucht Hades und geht sofort mit gesenktem Kopf auf die Knie.

Ungeschickt tue ich ihm nach, aber Gaia hält mich auf.

„Nein. Er verbeugt sich. Du nicht."

Heiliger Strohsack.

*Heiliger Strohsack.*

Die Luft nimmt den scharfen Geruch von Schwefel und brennendem Holz an. Ich muss Hades nicht ansehen, um zu wissen, dass er das überhaupt nicht gut verkraftet.

Gaia lässt Hades eine ganze Minute lang mit gesenktem

Kopf und gebeugtem Knie auf dem Stein leiden, bevor sie sagt: „Du darfst aufstehen."

Hades erhebt sich zu seinen Füßen und richtet sich auf, als ob er beweisen wollte, dass mit seiner Größe nicht zu spaßen ist.

Aber dies ist die Mutter von allem.

Unter ihrem mächtigen Blick spielt die Größe keine Rolle.

„Lass mich dir, Gott der Unterwelt, sagen, wie es weitergehen wird", sagt Gaia. „Wenn du denkst, du kannst dein Gewicht in die Waagschale werfen, irrst du dich. Wenn du denkst, du bist mächtiger als Ana, irrst du dich. Was ich vorschlage, ist, dass du deine Augen und dein Herz für sie öffnest. Die olympischen Götter sind stagnierend und eitel geworden."

Sie überquert den Balkon und bleibt einen Fuß vor dem Hades stehen. „Wenn du nicht willst, dass ich diese Welt ungeschehen mache, dann schlage ich vor, du lässt den Wandel zu. Verstehst du das?"

„Ja, Schöpferin", sagt Hades.

„Gut."

Gaia dreht sich zu mir um und ein Lächeln glüht auf ihrem Gesicht. Tarter und Russ winseln mir zu Füßen, aber benehmen sich ansonsten. Waren sie die ganze Zeit bei Gaia? Wenn sie doch nur mit mir sprechen könnten, um von ihren Abenteuern zu erzählen.

„Das hast du gut gemacht", sagt Gaia zu mir. „Aber ich wusste, dass du es schaffst." Sie zwinkert und wendet sich ab.

„Warte", ruft Hades.

Gaia bleibt auf der Schwelle zu seinem Büro stehen. „Ja?"

„Was ist Ana, die Göttin der... Weiß sie es überhaupt?" Er wirft einen fragenden Blick in meine Richtung. Um die Wahrheit zu sagen, nein, ich weiß es nicht. Meine Kräfte sind an diesem Punkt unterschiedlich.

Gaia schaut mich über die Schulter, strahlend goldenes Licht umstrahlt sie. „Sie ist die Göttin der Zeit und des Schicksals."

Nach allem, nach all den unbeantworteten Fragen und den Unbekannten in meinem Leben fühlt sich das endlich wie ein passender Titel an.

Einen, den ich gerne annehme.

# EPILOG

## DREI MONATE SPÄTER

Ich stehe im Garten und schaue zu meinem neuen Haus hinauf.

Eigentlich ist es ein Palast.

Der vordere Rasen ist lebhaft, üppig und grüner als ein Smaragd. Gänseblümchen, Lilien und Pfingstrosen wachsen in den Beeten um das Haus aus weißem Sandstein. Und an dem steinernen Torbogen, der zur Eingangstür führt, klettern Weria-Ranken empor, deren Blüten in der Luft duften.

Es ist größer als das Haus der Hestia, kleiner als der Palast des Hades, aber das macht mir nichts aus. Ich will nie prahlerisch oder exzessiv sein. Ich glaube, genau darauf wollte Gaia vor all den Monaten hinaus, als sie auf dem Balkon des Hades ankam.

Es gibt eine richtige Art und Weise, eine Führungspersönlichkeit zu sein und seinen Reichtum oder Status deutlich zu präsentieren gehört nicht dazu,.

Und wo wir gerade von Reichtum sprechen... Ich habe

heutzutage so viel, dass ich nicht weiß, was ich damit anfangen soll.

Als sich in Olympus City und eigentlich im ganzen Olympus herumsprach, dass mein offizieller Titel Göttin der Zeit und des Schicksals war, kamen die Leute auf der Baustelle meines neuen Hauses an, um Opfergaben in Schmuckkästchen und goldenen Kelchen und Samtbeuteln zu hinterlassen. Jeder wollte einen Segen der Zeit und des Schicksals, vor allem, da die Schicksale weg waren. Ich kann Schicksal nicht ganz so weben wie sie, aber meine Asche-Visionen sind anscheinend die neue Brille in die Zukunft.

Ich weiß immer noch nicht, wie ich eine Göttin oder gar eine Titanin sein soll, aber jeden Tag fühle ich mich ein wenig sicherer.

„Was denkst du, Waisenkind?", fragt Haven von meiner Seite. Heute ist der erste Tag, an dem wir das Haus fertig sehen. Keine Arbeiter mehr. Keine Gerüste. Keine Schmutzhaufen oder Steinbrocken.

Alles ist an seinem Platz. Alle Fenster, Fensterläden und Türen sind da, wo sie hingehören.

Endlich ist es geschafft.

Endlich habe ich meinen eigenen Platz.

„Ich finde es schön", sage ich, meine Stimme ein wenig rau, meine Sicht ein wenig verschwommen. Es ist verrückt zu denken, dass es noch nicht einmal ein Jahr her ist, dass das Schicksal mich aus der Dunkelheit geholt und mir geholfen hat, mich auf diesen Weg zu bringen.

Jetzt bin ich hier, halb Göttin, halb Titanin, mit Haven Knightfall an meiner Seite, dem Kommandeur meiner (winzigen) Armee, dem Mann in meinem Bett.

Wir gehen den steinernen Weg hinauf, und Haven öffnet die Haustür. Als ich mich zum Eintreten bewege, hält er mich an, legt seinen Arm hinter meine Knie und um meine Taille und zieht mich in seine Arme.

„Es ist ein sterblicher Brauch", sagt er, „dass eine Dame des Hauses über die Schwelle hereingetragen wird."

Ich lehne meinen Kopf zurück und lache, aber lasse ihn tun, was er will. „Ich glaube, das ist für das eheliche Haus."

„Sind wir nicht verheiratet?"

„Nicht nach sterblichen Maßstäben, nein."

Im Foyer setzt er mich ab, aber seine Hände weichen nicht von meinem Körper. „Nach sterblichen Maßstäben", spottet er. „Und ihre albernen, unbedeutenden Papierfetzen."

„Hey, du liebst die Sterblichen und ihre unbedeutenden Papiere."

Er lächelt. „Ich nehme an, das tue ich."

Nach Kronos und nachdem die Götter endlich akzeptiert hatten, dass ich war, wer ich war und daher mächtiger als sie, setzten wir uns zusammen, um uns über das Reich der Sterblichen und all die Olympier zu unterhalten, die verbannt worden waren. Ich wollte das Tor nicht wie Kronos zerstören, aber ich dachte, es wäre für uns alle von Vorteil, mehr Reisen zwischen beiden Reichen zuzulassen. Angefangen damit, die verbannten Nachkommen wieder willkommen zu heißen. Nachdem ich natürlich das ganze Gedächtnisproblem gelöst hatte. Gaia hat mir dabei geholfen.

Haven hat eine große Sammlung von Artefakten von Sterblichen, jetzt, da wir etwa jede Woche oder so in das Reich der Sterblichen reisen. Er ist fasziniert von ihren Erfindungen und ich muss zugeben, ich bin es auch.

Haven legt seine Arme immer noch um meine Taille und drückt mich mit dem Rücken gegen die Steinmauer zwischen dem Foyer und dem großen vorderen Salon. „Sollen wir das Schlafzimmer inspizieren?", fragt er, während sein Mund über meinem Ohrläppchen schwebt.

Ein Schauer läuft mir über den Rücken. „Eine sehr wichtige Aufgabe", sage ich. „Ja, das sollten wir."

Er drückt in mich hinein und ich bemerke seine

vertraute und eifrige Härte durch seine Hose. Wie lange ist es her, dass wir das letzte Mal Sex hatten? Eine Stunde? Zwei? Zu lange.

Jetzt, wo er mir gehört und ich ihm, können wir anscheinend die Hände nicht voneinander lassen. Genauso, wie ich es mag.

„Wie wäre es, wenn wir es etwas aufreizender machen?", sage ich und schiebe meine Hand zwischen uns, damit ich sie an seiner harten Länge reiben kann.

Seine Augen rollen in seinem Kopf fast zurück. „Wie?"

„Der Letzte, der ins Schlafzimmer geht, muss dem anderen zweimal täglich einen... Gefallen tun, eine Woche lang jeden Tag."

Er hebt seine dunklen Brauen. „Böses Mädchen", schnurrt er und küsst dann meinen Hals. Ich lasse den Kopf nach hinten fallen und schließe die Augen und genieße das Gefühl seiner Lippen auf meiner Haut.

Und dann ist er plötzlich verschwunden.

Ich öffne die Augen und sehe, wie er die Treppe hinaufschnellt. „Hey! Das ist Betrug!"

Er hält nicht inne, um mit mir zu streiten. Wenn Haven Knightfall auf einer Mission ist, ist er einer der engagiertesten Soldaten, die ich je getroffen habe.

Aber natürlich habe ich ein Ass im Ärmel und ich habe die Absicht, es anzuwenden.

Ich stelle mir ein Seil vor, das mich mit dem Schlafzimmer verbindet und ziehe daran. Im Handumdrehen stehe ich in der Mitte unseres neuen Schlafzimmers.

Ein paar Sekunden später rennt Haven herein und blickt mich finster an. „Wer ist jetzt der Betrüger?"

„Wie ist das Betrügen, wenn es eine Fähigkeit ist, die ich besitze? Beschuldigt die Sonne die Wolke des Schummelns, wenn es regnet?"

Haven schließt die Distanz zwischen uns, greift den Saum

meines Hemdes und reißt es mir über den Kopf. „Ich habe diese Spiele satt, Waisenkind."

Ich greife nach seinem Hemd, aber er schnappt nach meinem Handgelenk und schnalzt mit der Zunge. „Ich bin so ungeduldig." Mit der anderen Hand greift er um mich herum und löst meinen BH ohne jede Anstrengung. Als nächstes zieht er mir die Hose und dann den Slip aus und lässt mich nackt vor sich stehen.

Ich versuche, so zu tun, als würde mich das stören, aber in Wahrheit gefällt es mir, wenn er mich mit seinen Augen aufsaugt.

Er richtet seine bernsteinfarbenen Augen auf mich und geht absichtlich langsam auf die Knie. Er beobachtet mich durch das Tal zwischen meinen Brüsten.

„Lass mich dir ein Geheimnis verraten, Waisenkind", sagt er und führt seinen Mund an meinen Innenschenkel. Er küsst mich, immer wieder, geht höher und höher, bis es mich überall kribbelt und meine Klitoris pocht.

„Was ist das?"

„Ich habe absichtlich verloren."

Ich lache, und dann bringt er seinen Mund zu meinem Hügel und leckt meine Nässe auf.

„Ich werde immer hier sein", sagt er und knabbert an meiner Knospe, was mich zum Zittern bringt. „Auf meinen Knien." Er streckt seine Zunge aus und zieht sie über mich, und eine Welle der Lust lässt meinen ganzen Körper zittern. „Dich anbeten."

Schmetterlinge füllen meinen Bauch und mein Herz schlägt schnell in meiner Brust.

Ich grabe meine Finger in Havens dunkles Haar, während er mich immer näher an den Rand der Klippe bringt, als die Lust stetig ansteigt.

Ich könnte mich daran gewöhnen, angebetet zu werden.

* * *

EBENFALLS VON NIKKI KARDNOV UND CADENCE PRICE

**Die Spiele der Götter**

Hades Nachkommen

Grausamer Champion

Schicksalshafte Göttin

Printed in Poland
by Amazon Fulfillment
Poland Sp. z o.o., Wrocław

78121969R00150